古典文獻研究輯刊

九 編

曾永義 主編

第12冊

明清之際吳江葉氏家族的生活意態與文體書寫

孟羽中 著

國家圖書館出版品預行編目資料

明清之際吳江葉氏家族的生活意態與文體書寫／孟羽中 著 ——
初版 —— 新北市：花木蘭文化出版社，2014〔民 103〕
目 4+174 面：19×26 公分
（古典文學研究輯刊 九編：第 12 冊）
ISBN：978-986-322-544-7（精裝）
1. 葉氏 2. 明清文學 3. 文學評論
820.8   103000754

ISBN-978-986-322-544-7

古典文學研究輯刊

九 編 第十二冊   ISBN：978-986-322-544-7

明清之際吳江葉氏家族的生活意態與文體書寫

作　　者　孟羽中
主　　編　曾永義
總 編 輯　杜潔祥
副總編輯　楊嘉樂
編　　輯　許郁翎
出　　版　花木蘭文化出版社
社　　長　高小娟
聯絡地址　235 新北市中和區中安街七二號十三樓
　　　　　電話：02-2923-1455／傳真：02-2923-1452
網　　址　http://www.huamulan.tw 信箱 hml 810518@gmail.com
印　　刷　普羅文化出版廣告事業
初　　版　2014 年 3 月
定　　價　九編 27 冊（精裝）新台幣 48,000 元

明清之際吳江葉氏家族的生活意態與文體書寫

作者簡介

孟羽中，女，1983 年生，河南安陽人。2005 年、2008 年分別獲鄭州大學中文系學士學位、上海大學中文系碩士學位，2011 年 7 月獲南京大學中文系博士學位，2013 年 9 月進復旦大學中文系博士後流動站工作。現爲浙江警察學院公共基礎部講師，主要從事古代散文與駢文研究、明清女性文學研究。

提　　要

　　明清之際吳江葉氏家族才藻驚世，男女比肩。葉紹袁、沈宜修夫婦文雅相映，葉小鸞、葉燮等姊妹兄弟英華聯璧。葉氏合集《午夢堂集》自問世以來即享盛名，錢謙益、周亮工等文壇宿將讚賞有加。在近數十年女性文學研究及家族文學研究趨熱的學術環境下，吳江葉氏受到的關注度不可謂不高，但從族群生活意態與文體書寫關係的角度，探討葉氏家族留存於各類文體中的審美積澱，尚不多見。本書即致力於彌補這一研究面向的不足。本書在參用諸多研究視野中，較爲重視文體視野，一方面達到對葉氏運用文體類別豐富性的認識，另一方面也藉此觀察中國韻文史與散文史的進程在文人生活中的運化透顯。

　　第一章探討葉氏家族的燕居生活與文體選擇興趣的關聯。通過描述葉氏的居所環境、家中的典藏與葉氏成員的悅讀體驗，以及幾次遊賞，勾勒出他們美意嫺情的心境。在這種具有家族審美遺傳的氣質下，逞才與遊戲成爲葉氏詩文的隱含主題。葉氏三兄弟擇賦而作，抒發對心中仙山的嚮往。女子們常選擇富於技巧性的文體以述懷，比如連環、迴文等。沈宜修、葉小鸞以身體爲書寫對象所作的豔體連珠，彰顯出她們對於女性美的妙賞，同時這些文體也都顯示出嫺於用典的特色。

　　第二章探討葉氏家族的生計與謀身在文體書寫上的反映。對葉氏一家的貧困及原因進行披露，瞭解其更具世俗感的生活狀態。並對葉氏貧病詩進行解讀，感知他們對於貧困的態度。另外，從更深層次分析葉氏的治生與謀道，可知其對於古人高誼的崇尚，以及藉詩文以不朽的心願。葉紹袁自傳文《一松主人傳》，描述了蕭然淡泊的隱者生活，反映了他隱居獨處、不與世務交接的處世態度。

　　第三章探討葉氏家族的病亡經驗與文體表達的關係。描述葉氏的家族病史以及早逝成員生病時的症狀，瞭解致使葉氏病亡不斷的內因——肺病與腹瀉，外因——功名與婚嫁。親人離世，葉氏及相關懿親雅朋，用詩文述寫悲哀。這些悼念文作，很大比重是在追溯逝者的生平，創作者在寫作時，不可避免地融入了自己的想像，並在敘述中加深了對亡者的理解。葉紹袁通過所寫《亡室沈安人傳》與《百日祭亡室沈安人文》，深刻瞭解到妻子沈宜修的隱忍與委屈。江南閨秀在悼念葉紈紈、葉小鸞時，一再表達了對葉紈紈愁情的理解，以及對葉小鸞仙逝的篤定。家族內部在悼念葉世偁、葉世傛等早逝的男性成員時，表達了對他們有志無時的哀痛，並極力追憶令他們早逝的徵兆。

第四章探討葉氏家族的宗教虔信與文體創作。族內徂謝不斷，令葉氏對於世間未可知事十分篤信。夢，被他們視爲先知的化身以及溝通陰陽二界的橋梁。葉氏素有佛學信仰，早逝成員的臨終之作，反映他們內心對佛國的嚮往。葉氏與分湖祠寺來往密切，《西方庵碑記》描述了西方庵重建的過程，並於碑文末尾詳述庵產，似有保護的功用。筆記體小說《瓊花鏡》、《竊聞》、《續竊聞》全景記錄了葉氏族內幾次扶乩招魂的過程。金聖歎曾化名爲泐大師，降乩於葉氏，葉氏對於其所言篤信不疑，在金聖歎的勸說下，葉氏對佛教更爲篤信。

第五章探討葉氏家族的山中歲月與文體創作。甲申之後，葉紹袁帶子輩隱遁山林，託身於蕭寺，與其他遺民互慰忠貞，間或與抗清義兵相往還。在這樣的遺民的語境下，葉紹袁創作了一系列史學著作。《湖隱外史》講述分湖地方的史實，文筆清麗、內容翔概，諸多條目與抗清義士相關。葉紹袁在史學著作中，內容採錄上有尚奇、珍重女史的才藝與文名等特色，也留下了耐人尋味的留白。《啓禎紀聞錄》託名於葉紹袁，記述了明末清初以蘇州爲中心的時事與風俗，具有很高的史料價值。事實上，該書與葉紹袁無關，本名《埜語秘彙》，內附有《國難睹記》、《史閣部、黃虎山殉國記》、《播遷日記》三書，分屬於不同的作者。但因該書主體部分的史學關注點，與葉紹袁以往的史學著作頗爲相似等原因，故託名於葉紹袁，流傳至今。

目
次

緒　論

一、研究緣起

明清之際，吳江葉氏出現了許多令文學史家驚歎的名字：創作《甲行日注》、《湖隱外史》而在明代史學著作中佔有重要地位的葉紹袁、以拾遺補缺爲目的編選女性作品集《伊人思》的沈宜修、有林黛玉原型之稱的葉小鸞、中國第一位女雜劇家葉小紈、代表清初詩學理論高峰《原詩》的作者葉燮，眞可謂「一門才藻人間罕」〔註1〕。目前學術界對葉氏家族的研究，呈百花開放之態。

在作品整理、資料輯佚及版本梳理方面，冀勤輯校的《午夢堂集》（中華書局，1998 年版），爲集大成者。該書較好地梳理了《午夢堂集》從明代到清代流傳的版本，並將葉氏家族成員的佚作與後世譜傳類、序跋、詩文評中相關記錄附錄於後，爲後學者的研究鋪平了道路。

葉氏家族女性作家成就斐然，故得到了學者們最熱切的關注。臺灣學者李栩鈺著《閨閣傳心──〈午夢堂集〉女性作品研究》（臺北里仁書局，1997 年版），堪稱系統研究吳江葉氏女性文學的第一部專著，該書重點在《午夢堂集》主題探討與《午夢堂集》的意象塑造和女性經驗描寫上。陳書錄《德、才、色主體意識的復蘇與女性群體文學的興盛──明代吳江葉氏家族女性文學研究》（《南京師大學報》2001 年第 5 期），從女性文學意識的覺醒處，探討葉氏女性的詩詞成就。徐子方《葉小紈和她的〈鴛鴦夢〉雜劇》（《中國文化

〔註 1〕法式善：《梧門詩話合校》卷十五，鳳凰出版社，2005 年版。

報》1999 年 12 月 25 日第 3 版）開啓了關注《鴛鴦夢》的高潮。據筆者眼力所及，此後先後有六篇碩士論文從女性角度切入，以葉氏家族、沈氏家族，或吳江地區爲範圍，討究葉氏家族的文學。此外，杜桂萍《詩性建構與文學想像的達成──論葉小鸞形象生成演變的文學史意義》（《文學評論》2008 年第 3 期），從文學史的高度，梳理葉小鸞形象在後代的演變、傳播與接收。曹虹師《明代女性古文家的登場》一文，站在女性古文史角度上，關注葉氏家族的女性創作，將目光拓展到女性所作的文章之中，爲研究中的亮點。

　　對女性角度的關注，也涉及到對葉紹袁的討論中，現有研究多從他作爲午夢堂主的身份，討論他的女性文學觀，以及家族女性成員創作中他所具備的異性影響，而對葉紹袁本人的創作及文學觀念涉及較少。嚴迪昌《「長明燈作守歲燭」之遺民心譜──葉紹袁〈甲行日注〉》（《西北師範大學學報》2005 年第 2 期），從遺民的角度關注葉紹袁之文，文體與思維上均有新的突破。

　　葉氏子女中，葉燮在文學批評史上享譽最盛。除《原詩》以外，還著有《已畦集》等。目前，學術界對於《原詩》研究蔚成大觀，詩文作品的研究尚缺乏縱貫性的關注。蔣凡所著《葉燮和〈原詩〉》，重點在《原詩》，但對葉燮的詩文創作也進行了論述。西北師大張雪碩士論文《葉燮詩文研究》（2006 年），第四章從史論文、砭世說、雜記文、碑傳文、序跋與題辭的角度分析葉燮的散文，條理清楚。

　　葉氏作爲吳江望族，與周圍諸多世家大族均有聯姻，尤以與同邑沈氏的聯姻爲密切。李眞瑜《文學世家的聯姻與文學的發展──以明清時期吳江葉、沈兩家爲例》（《中州學刊》2004 年第 2 期），從姻親之間的文學影響、文學活動中討論文學的進程。與外部文壇的聯繫交遊而言，陸林《〈午夢堂集〉中「泖大師」其人──金聖歎與晚明吳江葉氏交遊考》（《西北師大學報》2004 年第 4 期），介紹了金聖歎與葉氏家族的交往。

　　葉氏家族的文化生活也進入了學者的研究視野，比較有代表性的是南京師範大學吳碧麗碩士論文《明末清初吳江葉氏家族的文化生活與文學》（2005 年），通過再現葉氏家族日常生活與文學活動，進而探討文化生活的成因。

　　用全面的視野論述葉氏家族文學，當屬復旦大學蔡靜平博士論文《明清之際分湖葉氏文學世家研究》（2003 年），該論文從文學世家的角度，揭示葉氏家族的家世源流與家學傳統，並分別以葉紹袁、沈宜修和葉燮爲中心，聚焦於詩詞，論述他們的文學思想、成就和影響，並以此透析該文學家族的文

化風貌。

　　綜上可知，由於視角、側重點的不同，之前的研究多集中在女性與詩詞，從族群生活意態與文體書寫關係的角度，探討葉氏家族留存於各類文體中的審美積澱，尚不多見。

二、葉氏家族的文體分佈

　　文體論淵源於《詩》《書》，形成於魏晉，演進於宋元，鼎盛於明清〔註2〕。曹丕在《典論・論文》中即對文體有細緻分類，梁代時，昭明太子編《文選》，已將文體分為三十八或三十九種。劉勰在《文心雕龍》中，也是「論古今文體，引而次之」〔註3〕。到明代，人們對文體的研究更為系統化，出現了很多專門論述文體的詩文評著作。明代徐師曾《文體明辨》取同期吳訥《文章辨體》「捐益之」〔註4〕，所列文體達一百二十七類之多。作為徐師曾的同邑後學，吳江葉氏所作的文體，種類堪稱繁多。概而觀之，詩、詞、曲、文，一應具有。

（一）詩

　　葉氏以詩學相承，詩作典雅洗煉。詩如四、五、七言古詩，各言皆有。比如四言古詩，鍾嶸《詩品》認為，四言之作已是「苦文繁而意少，故世罕習焉」〔註5〕，魏晉之後，人們習於五言詩，四言便「數極而遷，雖才士弗能以為美」〔註6〕。不過葉氏運起筆來卻十分精熟，葉世侗十六歲那年，用四言體作《哭母》十五章，云：「交交黃鳥，集於灌木。我生不辰，罹此凶鞠。」讓人看到《詩經・蓼莪》諸章的嗣響。這種整煉的句式，也被葉氏成員吸納到其他文體之中，如葉紹袁為亡子葉世傛所作的《斷七祭文》，正文全用四言：「嗚呼痛哉！朝雲不停，水流如夢。天上青鸞，人間紫鳳。文銷金薤，頌虛銀甕。鶴駕無歸，雁沙長凍。門外花飛，簾前春送。日月幾何，江山摧慟。」〔註7〕悲痛的感情依循整飭的軌道奔跑。再如五言、七言律詩，

〔註2〕　參褚斌傑：《中國古代文體概論》緒論第二節《中國古代文體分類和文體論》，北京大學出版社，1990年版。
〔註3〕　姚思廉：《梁書》卷五十《劉勰傳》，中華書局，1973年版。
〔註4〕　紀昀等：《四庫全書總目》（整理本），中華書局，1997年版，第2692頁。
〔註5〕　鍾嶸：《詩品序》，人民文學出版社，1958年版。
〔註6〕　章太炎：《國故論衡・辨詩》，上海古籍出版社，2006年版，第99頁。
〔註7〕　葉紹袁：《斷七祭文》，《午夢堂集》，冀勤輯校，中華書局，1998年版，第496

以及絕句，凸現聲律與對偶，在富於文采的葉氏成員筆下，更是得到最密集的關注。如沈宜修曾作七言絕句《梅花詩》一百首，尤為世人稱道，這些詩或寫梅花「高情不與眾芳同」的品質，或寫其「衝霜初發奈寒何」的氣骨，故族人沈自炳以「清潤冰玉之姿，瀟灑林下之氣」目之〔註8〕。《文選》以文體為綱，在詩類中又分補亡詩、述德詩、勸勵詩、遊仙詩等子目，揭開了詩體分類的另一個視角。才女葉小鸞臨終之際所作的遊仙詩，顯露了一個美慧少女的高蹈出塵之思。葉紹袁曾作《貧病詩十首》並自為賡和，後不斷有子輩步韻，成為一個家族創作的母題，這在文學史上是個有趣的現象。

（二）詞

清代是繼宋代以來詞這一文體及詞學大盛的時代，而在明清之際，即已呈現出此特色，葉氏家族即有許多詞作傳世。葉氏現存詞作幾乎都出自女性之手，沈宜修詞集《鸝吹》存詞一百九十首，「為明代女詞人中存詞最多的作家」〔註9〕。葉紈紈寫詞擅長結構，「無論小令還是長調，首尾完密，意境完整，顯示出在詞的形式上她比母親有著更為濃厚的探索興趣和純熟的修養」〔註10〕。葉小鸞的詞作更有拔萃之才，為清詞論家所激賞，「閨秀工為詞者，前則李易安，後則徐湘蘋」，陳廷焯認為其為「李、徐之亞」，而「較深於朱淑真」〔註11〕。能夠接踵李易安、徐湘蘋，顯然是脫出流輩的。

（三）戲　曲

明代戲曲得到了全面發展，而身處花部發源地的崑山附近，吳江葉氏自然與戲曲頗多因緣。沈宜修的伯父即為創立了吳江學派的沈璟，論曲之作《商調·二郎神》，曲譜《增定南九宮十三調曲譜》，韻書《南詞韻選》、《北詞韻選》，在戲曲界佔有重要的地位。作品《紅蕖記》、《義俠記》、《博笑記》等，在當時也廣受歡迎。之後，沈氏家族有沈自晉、沈自徵、沈自繼、沈永喬、沈永馨、沈永令等二十多人從事戲曲、散曲創作。同時，明代戲曲文化已然波及社會各階層，文人學士的妻女近水樓臺，往往浸染於音樂與文學之中，時有家宅演劇會在廳堂舉行〔註12〕。在外部風氣以及家庭的陶染下，葉氏

頁。按：本書以下凡錄於《午夢堂集》中者，均省略書名與版本。

〔註8〕沈自炳：《梅花詩序》，第24頁。

〔註9〕鄧紅梅：《女性詞史》，山東教育出版社，2000年版，第183～184頁。

〔註10〕鄧紅梅：《女性詞史》，第190頁。

〔註11〕陳廷焯：《白雨齋詞話》卷五，人民文學，1959年版，第122頁。

〔註12〕參王安祈：《明代傳奇之劇場及其藝術》，臺北學生書局，1986年版，第157

於戲曲類也有參與。葉小紈作有雜劇《鴛鴦夢》，被以創作雜劇《漁陽三弄》
（《鞭歌妓》、《簪花髻》、《霸亭秋》）而享有「世有續《錄鬼簿》者，當目之
爲第一流」之稱的沈自徵〔註13〕，贊爲「俊語韻腳，不讓酸齋、夢符諸君」
〔註14〕。貫雲石、喬夢符乃元代一流的曲家，沈自徵對侄輩葉小紈激賞有
加。

（四）文

葉氏還存有大量的文章，惜學界關注向少。茲依傳統文類，粗列如下。

1、騷賦類

騷賦類對學養文采有較高的要求，現存有葉紹袁《婚逝賦》，爲哀傷季女
葉小鸞婚前遽隕而作。沈宜修《醉芙蓉賦》、《寒閨賦》、《傷心賦》與《擬招
（招兩亡女）》，或借植物而抒情志，或直敘哀思，用筆精整。葉世侗《羅浮
山賦》與葉世倌《夢遊崑崙山賦》，名爲山川賦，實爲貧寒之士苦學生涯中的
逍遙遊，而《曉起賦》（葉世侗）與《遠遊賦》（葉世倌）則是觸目興懷，歎
「時冉冉其漸降兮」〔註15〕，「寄遐想於寥廓」〔註16〕。

2、傳記類

宋代以降，私人敘寫傳記流行，尤其是爲親近或熟識的人物立傳，成爲
文人寫作的常見題材。搦管成章，葉氏成員所敘寫的傳主，助於我們更眞切
地瞭解這個家族的生命狀態。如葉紹袁《亡室沈安人傳》，敘沈宜修生平點滴，
如在眼前。其「性好潔，床屏幾榥，不得留塵埃」，其書法「端麗可愛」，其
「待人慈恕，持己平易」〔註17〕。葉紹袁晚年有自傳體《一松主人傳》，乃摹
擬陶淵明《五柳先生傳》而作，文章用凝練的筆法、他者的視角勾勒出一位
慷慨急義、嗜書好酒的隱者形象，透現出蕭然淡泊的人生志趣。

3、序跋類

無論葉紹袁言短情長的小引，抑或葉燮揮灑千言剖析詩文之道的序文，
葉氏成員所寫的序跋類文章，風格多姿，情韻動人。沈宜修現存序文僅《周

～169頁。
〔註13〕朱彝尊：《靜志居詩話》卷二十二，人民文學出版社，1999年版，第702頁。
〔註14〕沈自徵：《鴛鴦夢序》，第378頁。
〔註15〕葉世侗：《曉起賦》，第411頁。
〔註16〕葉世倌：《遠遊賦》，第452頁。
〔註17〕葉紹袁：《亡室沈安人傳》，第225、227頁。

挹芬詩序》與《伊人思自序》二章，在廣爲「羅今」的背後，「透顯了珍重當世女子文名的願力」〔註18〕。葉小鸞的《秋日同兩姐作詞母命爲序》，敘寫了一次「挹秋光而更美」的家庭文學唱和。葉世侔《嚼無子隱歸墟五山序》，讓讀者知曉了歸墟五山，「其上禽獸皆純縞，臺觀皆金玉，珠玕之樹叢生」〔註19〕，乃葉世侗理想的仙隱之所。

4、雜記類

葉氏成員的雜記類文章，無論山水遊記，亦或人事雜記，均有心志隱約表露其中。如葉小鸞的《蕉窗夜記》，自稱爲「煮夢子」，「隱於一室之內，惟詩酒是務，了不關世事」〔註20〕，後偶遇蕉之靈，幻化出一段仙遇。「煮夢子」的形象既清逸又純情，在中國追夢文學系列中頗有獨特的韻致。葉世傛的《臥室記》，葉燮的《獨立蒼茫室記》、《二棄草堂記》等，也抒發了各自的人生感懷。

5、哀祭類

葉氏家族接連遭隕珠之痛、摧龍之悲、荀奉倩之傷、蓼莪之哀，他們將萬斛哀思細繹爲一篇篇哀祭之文。葉氏創作此類文體人數最多，無論在史料還是文學上都不應被遺忘。「祭奠之楷，宜恭且哀」〔註21〕，葉氏成員筆下的祭誄之文，情真語悲，多不忍讀。如葉紹袁在《百日祭亡室沈安人文》中，開篇即「嗚呼痛哉！死生聚散，可勝言耶！天下固未有生而不死者，未有聚而不散者，顧如君之所死，則正未可死也；如君之散，則我亦不知胡爲而散也」〔註22〕，以迷頑之筆抒失魂之慟。《清明祭文（葉世傛）》中，「我之所屬望於諸子者，於汝最深」，如何「胡然而死耶」〔註23〕！對亡子早逝的不捨，亦予以激越地表達。

6、論辯類

論辯類，可以充分顯示創作者的學養與睿智。在葉氏成員中，現存有葉世傛、葉燮兩昆仲的論辯之文，藉此可窺葉氏成員的雄辯之才。如葉世傛僅

〔註18〕曹虹師：《明代における女性古文家の登場》，大平幸代譯，收入松村昂編《明人とその文學》，東京汲古書院，2009 年版。
〔註19〕葉世傛：《嚼無子隱歸墟五山序》，第 413 頁。
〔註20〕葉小鸞：《蕉窗夜記》，第 352 頁。
〔註21〕劉勰：《文心雕龍·祝盟》，人民文學出版社，1958 年版，第 177 頁。
〔註22〕葉紹袁：《百日祭亡室沈安人文》，第 208 頁。
〔註23〕葉紹袁：《清明祭文（葉世傛）》，第 487 頁。

存的一篇《紀信論》，敘楚漢之戰滎陽，漢疲楚強，因紀信的詐降，漢軍得以解圍之事。論紀信詐降，「此固一時之僥倖，而非完全之謀也」〔註24〕，論題首尾呼應，文間論證嚴密有序。

7、連珠體

連珠作為中國古老而又獨特的體裁形式。葉小鸞模仿六朝梁孝儀豔體連珠之作，以髮、眉、目、唇、手、腰、足、全身、七夕為題，抒發對女性身體的妙賞，流露出少女含蓄的喜悅，高彥頤稱這種喜悅為「高貴的快樂」〔註25〕。其母沈宜修見後甚喜，「亦一拈管」，後其父葉紹袁也欣然屬和。葉氏嫻於用典，用筆精工，三人的豔體連珠之作，讀之令人「醉心蕩魄」〔註26〕。

8、史學類

葉氏還涉足史學類著作，葉紹袁所作《甲行日注》及自撰年譜系列，展現了「太湖流域及錢塘三角洲一線遺民集群之流亡生涯，亦為特定歷史時期東南人文生態之縮影」〔註27〕。其中，《甲行日注》在《午夢堂集》諸作品中，最令周作人喜歡，因為「除去不少的雜質與火氣，所表現出來的情意自然更為純粹了」〔註28〕。《湖隱外史》記述分湖物產與人物，為研究明清之際士大夫及地方風俗的珍貴資料。

以上只是舉其犖犖大端。就實際創作看，還有其它一些文類被涉足，如沈宜修、葉小鸞均作有偈，葉世侗作有表《擬上因皇太子加冠講學敦念皇太后增崇尊謚覃恩中外廷臣謝表》、碑銘《泗洲寺橋碑銘》，葉紹袁作有《西方庵碑記》，沈宜修有筆記體若干則等，充分顯示了葉氏家族創作文類的豐富性。

此外，葉氏還多與親朋酬歌互贈，尤其在葉小鸞、葉紈紈玉殞後，名媛閨秀紛紛送來挽什，文類同樣豐富。如沈璟從孫女沈蕙端，精曲律，作散曲《皂羅袍》等傷之，禾中閨秀黃媛介用騷賦抒發「天壤奇恨」、「人間酸悽」的感懷〔註29〕，詩詞更是眾閨秀所慣用的抒情方式，數量亦最多。

〔註24〕葉世侗：《紀信論》，第 456 頁。
〔註25〕高彥頤：《閨塾師》，江蘇人民出版社，2005 年版，第 176 頁。
〔註26〕蟲天子：《香豔叢書》凡例，團結出版社，2005 年版。按：蟲天子將沈宜修、葉小鸞的豔體連珠之作，收入《香豔叢書》。
〔註27〕嚴迪昌：《「長明燈作守歲燭」之遺民心譜——葉紹袁〈甲行日注〉》，《西北師範大學學報》，2005 年 3 月期。
〔註28〕周作人：《知堂書話》，中國人民大學出版社，2004 年版，第 533 頁。
〔註29〕黃媛介：《傷心賦》，第 681 頁。

三、文體視野與家族視野研究的雙重意義

文體論到明代，方由蕞爾小邦，蔚然而成大國。但重視文體，歷代文論家卻是一以貫之的。劉勰《文心雕龍》云：「夫才量學文，宜正體制，必以情志為神明，事義為骨髓，辭采為肌膚，宮商為聲氣，然後品藻玄黃，摛振金玉，獻可替否，以裁厥中。斯綴思之恒數也。」〔註30〕對於「正體制」的作用，明代徐師曾曾《文體明辨序說》引用宋人倪思之語曰：「文章以體制為先，精工次之。失其體制，雖浮聲切響，抽黃對白，極其精工，不可謂之文矣。」〔註31〕並將此句放在總論之首，用以強調文體是文章形成的關鍵。

文體如此重要，其確切所指又當為何？張伯偉教授認為：「如果要對這一術語對應於西方文論，則一近似於『風格』（style），又一近似於『體裁』（genre）。其特色是綜合了二者，是文學性的集中體現。」〔註32〕而風格恰是文學批評中的「玄學」，借助文體的形，似可避免？言漫衍。《典論‧論文》曰：「奏議宜雅，書論宜理，銘誄尚實，詩賦欲麗。」則雅、理、實、麗分別為奏議、書論、銘誄、詩賦的風格，而奏議等已是大家熟知的體裁，相關範文亦多有存留，在體裁的規定以及選文的互映下，可以更好地把握文章風格。

葉氏卓越的文體成就，依託於文體演進的時代大環境，亦得益於家族的文化陶染。關於葉氏的詩文傳承，沈德潛在《午夢堂集八種序》載：

> 吳江之擅詩文者固多，而莫盛於葉氏。其最著者，如虞部（葉紹袁）、廷尉（葉紹顒）、橫山（葉燮）、萊亭諸先生。而橫山則出自虞部，為余所師事。師門群從類長吟詠，雖閨閣中亦工風雅，郡志所載《午夢堂集》，婦姑姊娣，更唱疊和，久膾炙人口。〔註33〕

令沈德潛「心竊契之」的分湖諸葉，從葉紹袁至葉燮，青藍相續，不墜家學，促成「門才之盛，幾為一邑之冠」〔註34〕。這其中，沈宜修的母教榜樣，為家學的傳承提供了積極的助力。如兒女四五歲，宜修即「口授《毛詩》、《楚辭》、《長恨歌》、《琵琶行》，教輒成誦」〔註35〕，子輩的學養在髫齡即開始

〔註30〕劉勰：《文心雕龍注》，人民文學出版社，1958 年版，第 650 頁。

〔註31〕徐師曾：《文體明辨序說》，人民文學出版社，1962 年版，第 80 頁。

〔註32〕張伯偉：《陶淵明的文學史地位新論》，香港浸會大學《人文中國學報》，第 15 期。

〔註33〕沈德潛：《午夢堂集八種序》，第 1095 頁。

〔註34〕陳去病：《笠澤詞徵》卷七，第 1135 頁。

〔註35〕葉紹袁：《亡室沈安人傳》，第 227 頁。

點滴蓄殖。葉紹袁長年在外師塾仕宦，由「耽情翰墨」的沈宜修主引家中的文化生活〔註36〕，葉氏遂一門唱和，風雅滿堂。特別是天啓五年，被母親目爲「小友」的季女葉小鸞從舅氏沈自徵家還，自始更是唱和不廢。葉紹袁崇禎三年寄詩於家，在沈宜修的倡導下，葉氏三女都有詩作賡和〔註37〕。而葉小鸞更常受命習作，有《慈親命作四時歌》、《秋日同兩姊作詞，母命爲序》等。不僅如此，昆仲之間，筆硯相親，亦恒問道切磋。或長攜幼，如葉世佺少時「父母命誦《毛詩》十五國風以及二雅諸誦，無不與姊相對几席，朝夕籲吟。佺有未達，悉爲指示」，故敬稱長姊葉紈紈爲「半世手足，兩年師友」〔註38〕。葉小鸞奔月前一天，「粥後，猶教六弟世佺暨幼妹小繁讀《楚辭》」〔註39〕。或已稍識詩書之後，子輩之間的奇文共賞，疑義相析。葉世傛就稱「余兄弟促膝共坐，則詠歌可以怡顏，高談可以快志」〔註40〕。可知葉氏日後成就，乃「家世傳統少時薰習有以成之也」〔註41〕。

　　家中的典籍，亦是增加學殖的沃壤。雖然，有學者認爲十六世紀中期江南文人書籍仍然匱乏〔註42〕，不過葉氏累代書香，似有積存。沈宜修曾敍「然貧士所有，不過紙筆書香而已」〔註43〕，葉世侗亦稱「平日，父母常有分與，或祖傳書典，或隨常器什，諸如紙筆、刀碬之屬」〔註44〕。同時基於葉紹袁、沈宜修夫婦的豁達明識，葉氏閱讀範圍似乎頗廣。葉小鸞有《又題美人遺照》六首，葉紹袁旁注云：「坊刻《西廂》、《牡丹》二本，前有鶯鶯、杜麗娘像，此前後六絕俱題本上者。」〔註45〕沈宜修亦留有《題屏上美人》六首及《題美人圖》三首。坊刻戲曲進入書香之家，家長不以爲怪，且不吝於讚美，則子輩自可納入閱讀範圍，增闊視野與識見。

　　《文心雕龍‧物色》有云：「屈平所以能洞鑒風騷之情者，抑亦江山之助

〔註36〕葉紹袁：《亡室沈安人傳》，第 227 頁。
〔註37〕葉小鸞：《庚午秋父在都門，寄詩歸，同母暨二姊和韻》，第 310 頁。
〔註38〕葉世傛：《祭亡姊昭齊文》，第 283 頁。
〔註39〕沈宜修：《季女瓊章傳》，第 203 頁。
〔註40〕葉世傛：《祭亡兄聲期文》，第 428 頁。
〔註41〕陳寅恪：《崔浩與寇謙之》，《金明館叢稿初編》，三聯出版社，2001 年版，第 148 頁。
〔註42〕參（美）周紹明：《書籍的社會史》第二章第三節《獲取書籍的難易》，北京大學出版社，2009 年版。
〔註43〕沈宜修：《季女瓊章傳》，第 202 頁。
〔註44〕葉世侗：《祭亡兄聲期文》，第 430 頁。
〔註45〕葉紹袁：《返生香》，第 317 頁。

乎？」生活空間的拓展也是葉氏在文學上取得成就的重要原因。天啓七年，葉紹袁授南京武學教授，率「太宜人、內人、同諸子女偕往，逗舟江干，候風良久，取道龍潭，方得到任蒞事」〔註 46〕。葉氏也曾去杭州天竺寺禮香遊覽，年僅十三歲的才女葉小鸞，在泛覽西湖之後，便留下了堪稱驚豔的《遊西湖》。

資質不凡的分湖葉氏，得遇天時與人和的契機，所作文體蔚爲大觀，從文學史抑或世家角度，均允稱典範。

《文心雕龍·物色》云：「情以物遷，辭以情發。」葉氏諸作，源於一定的境遇感動與目的。而「文有體，亦有用。體欲其辨，師心而匠意，則逸轡之御也。用欲其神，拘攣而執泥，則膠柱之瑟也」〔註 47〕，不同的文體有不同的功能。同時，「一旦選擇某種文體，就仿如進入歷史文化的迴廊，在一種熟悉的語句格式、典事氛圍中，完成發現當下自我同時也是再現傳統的書寫活動」〔註 48〕。葉氏嫻熟地選擇不同的體式書寫內心丘壑，顯示其審美趨向以及對文體的精熟。首敘葉氏創作時的生活動因及環境，次繹葉氏所作的各類文體，構成本書的主題脈絡。

葉氏創作時的生活動因及環境離不開家族視角的考量。在人類文明發展的長河中，家族扮演著極爲重要的角色。它不僅是蘊育諸多士人文化創造的搖籃，還是傳播和傳承中國古代文明的重要渠道，於社會學、史學、文學方面有著不容忽視的價值。近百年來，以家族視角在文史研究中取得矚目成就的，執牛耳者當屬陳寅恪，借助陳先生的門徑，深化探究葉氏家族，不失爲方便法門，其云：

> 陶、范俱天師道世家，其思想冥會如此，故治魏晉南北朝思想史，而不究家世信仰問題，則其所言恐不免皮相。……此嵇、陶符同之點實與所主張之自然說互爲因果，蓋研究當時士大夫之言行出處者，必以詳知其家世之姻族聯繫及宗教信仰二事爲先決條件。〔註 49〕

〔註 46〕葉紹袁：《葉天寥自撰年譜》，第 838 頁。

〔註 47〕徐師曾：《文體明辨序說》，人民文學出版社，1982 年版，第 14 頁。

〔註 48〕鄭毓瑜：《文本風景：自我與空間的相互定義》，麥田出版社，2005 年版，第 193 頁。

〔註 49〕陳寅恪：《陶淵明之思想與清談之關係》，《金明館叢稿初編》，三聯出版社，2001 年版，第 224、227 頁。

葉氏與同邑沈氏，崑山張氏、顧氏，常熟嚴氏，平湖馮氏，嘉善袁氏等家族，結成密集的姻親網絡。這些姻親，名望與文化上都與葉氏相配宜得，沈氏與葉氏更是「文化上的優勢組合」〔註50〕。在葉氏族內信仰中，葉紹袁的母親馮氏篤信佛教，積極施善於寺廟，並時與西方庵主持往來〔註51〕，帶動了整個家庭的禮佛惜生。馮氏七十大壽之際，家中還舉行了大型的佛事集會。葉紹袁自幼跟隨博學尚奇的袁黃生活，頗習易術占卜，特別是中年蒙遭人生劇痛後，常問卜於筮。故族內的虔信因素，為本書不可放棄的考察視角。同樣，在家族文學研究日趨升溫的現在，有學者提倡：「適度引入政治學、經濟學、社會學、地理學、人類學、哲學、歷史學、民俗學、美學、語言學等學科的視角，使研究方法不斷融入新的元素，注入新的活力。」〔註52〕故本書也引入了諸如生計、病亡、日常生活等社會學角度，予以論述。

附葉氏家族簡表〔註53〕

　　葉紹袁（1589～1648），字仲韶，號粟庵，又號天寮道人。

　　沈宜修（1590～1635），字宛君，沈珫（懋所）之女，沈璟之侄女。

　　葉紈紈（1610～1632），字昭齊，長女。歸家哭妹而亡。

　　葉小紈（1613～1657），字蕙綢，次女。

　　葉世佺（1614～1658），字雲期，長子。

　　葉小鸞（1616～1632），字瓊章，又字瑤期，三女。婚前五日遽隕。

　　葉世偁（1618～1635），字聲期，次子。以科舉不中，鬱鬱而亡。

　　葉世㑺（1619～1640），字威期，三子。以科舉不中，鬱鬱而亡。

　　葉世侗（1620～1656），字開期，四子。與七弟誤食毒菌而亡。四女，失載。

　　葉世儋（1624～1643），字退期，又字書期，五子。以科舉不中，鬱鬱而亡。

〔註50〕　李真瑜：《文學世家的聯姻與文學的發展——以明清時期吳江葉沈兩家為例》，《中州學刊》。2003 年 3 月。

〔註51〕　葉紹袁：《西方庵碑記》，吳江北厙午夢堂陳列室存此拓本。

〔註52〕　張劍：《宋代以降家族文學研究的理論、方法及文獻問題》，《文學評論》，2010 年第 4 期。

〔註53〕　按：此譜系表參蔡靜平：《明清之際分湖葉氏文學世家研究》，復旦大學 2003 年學位論文。

葉小繁（1626～？），字千瓔，又字香期，五女。

葉世倌（1627～1703），字星期，後改名燮，清初文壇著名文論家。

葉世侄（1629～1655），字工期，又字弓期。七子，誤食毒菌亡。

葉世儼（1631～1635），八子。癲癇早夭。

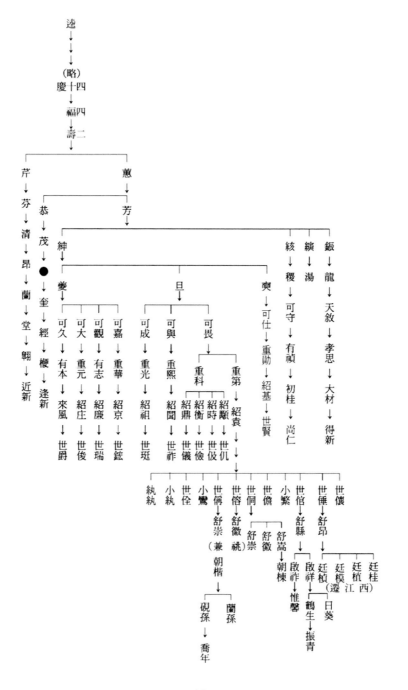

第一章　美意嫻情——葉氏家族的 燕居生活與詩文遊藝

　　《論語·述而》載:「子之燕居,申申如也,夭夭如也。」楊氏注:「申申,其容舒也。夭夭,其色愉也。」〔註1〕聖人閒暇無事時的歡愉舒展之貌,躍然紙端。翻閱《午夢堂集》,葉氏燕居之景況,亦令人嚮往之。分湖之畔〔註2〕,風景殊美,「千家禾黍,十里菱花」,湖中「纖草碎石,歷歷可數,魚蝦如遊畫中,與碧天蕩漾矣」〔註3〕,如此之境,漁人也當志而終迷。丹納認為,正是伯羅奔尼撒半島「溫和的自然界」,使希臘人的「精神變得活潑與平衡」,揭櫫了地理對人文的影響〔註4〕。同樣,葉氏居於斯,其襟懷與氣象無疑是清新且積極的。儘管家產日益見絀,但在樸素的「造物忌全」思想下,他們陶然於天倫之樂中,沈宜修曾對葉紹袁耳語:「甚勿憂貧,世間福已享盡,暫將貧字予造化藉手作缺陷耳。」〔註5〕

　　有論者認為,晚明美學具有「閒賞」的風格意識〔註6〕。耽於審美的葉氏

〔註1〕 朱熹:《四書章句集注·論語集注》,中華書局,1983年版,第93頁。
〔註2〕 舊名分湖,以其半屬吳江半屬嘉興故也。後人加水旁,云汾湖。見莫旦:《中國地方志叢書·吳江志(弘治元年刊本)》卷二,臺灣成文出版社,1983年版,第87頁。
〔註3〕 葉紹袁:《湖隱外史·風景》,第1034頁。按:以下凡《午夢堂集》中所引文獻,只注作者、篇名與頁碼。
〔註4〕 丹納著,傅雷譯:《藝術哲學》第四編《希臘雕塑》第一章《種族》,河南人民出版社,1998年版,第247頁。
〔註5〕 葉紹袁:《亡室沈安人傳》,第228頁。
〔註6〕 參毛文芳:《晚明閒賞美學》第二篇《晚明美學之風格意涵與範疇定位:「閒賞」》,臺灣學生書局,2000年版。

著力經營閒適清賞的生活藝術，並將此審美投射於創作之中。得益於明代發達的造紙與印刷技術，與同代詩書世家弟子一樣，葉氏泛覽典籍，華文麗辭沾溉良多。江南頗具山水形勝之美，葉氏多有旅行，對於女性無疑大大增闊了視野。加之家中群居切磋之風，使他們更加孜孜於詩文技巧上的琢磨，葉氏女輩在吟風弄月篇章中尤著力於此。逞才與遊戲，成為葉氏詩文中的共有氣象。葉氏男輩在覽閱山水賦記後，亦恒有對名山大川中仙子之遊的響往。以上種種，是為本章的主要內容。

第一節　葉氏家族的燕居境況

葉紹袁在甲申年後，忽看到一小詞，乃「太平時序兒女柔情」之作，不覺刪凝久之。詞云：「韶光悄悄溶溶處，半是落花與飛絮。人靜晝長，重門深閉，芳籜疏簾無語。畫屏春夢正來時，上苑東風又歸去。燕子泥香，遊絲日暖，一霎薔薇紅雨」〔註7〕。該詞作可視為其燕居境況的寫實。落紅滿地、門庭重鎖，午夢堂居所富於清寂之美。在這裡，葉氏坐擁書城、吟詠不斷，又間或外訪出遊，生活陶陶然。

一、清寂的居所

審美乃人類「超生物的需要和享受」〔註8〕。「審美能力（審美趣味、觀念、理想）的擁有和實現」，「是人的感知心意和內在精神的塑造建立」，並「表現為審美能力（趣味、觀念、理想）的形態學」〔註9〕。在群居氛圍的陶冶下，書香葉氏在陋室雅居中，透現了相似的審美趣味。葉紹袁曾如是回憶愛妻沈宜修：

> 日蒔佳卉，藥欄花草，清晨必命侍女執水器櫛沐。桐陰映窗，簾橫一幾，焚香獨坐，有荀令君之癖。吟詠餘暇，或共瓊章飄姚藥徑，恒有履迹焉，貧居無聊，故尋清寂之趣。〔註10〕

娓娓道出女主人營造的家庭審美取向——清寂。荀令君指東漢末年荀彧，為

〔註7〕 葉紹袁：《甲行日注》，第921頁。
〔註8〕 馬克思：《關於費爾巴哈的提綱》，《馬克思恩格斯選集》第一卷，人民出版社，1972年版，第16頁。
〔註9〕 李澤厚：《美學三書・美學四講》，安徽文藝出版社，1999年版，第536頁。
〔註10〕 葉紹袁：《亡室沈安人傳》，第229頁。

人偉美有儀容，好薰香，久之身帶香氣，《襄陽耆舊記》有「荀令君至人家，坐處三日香」的記錄〔註11〕。「飄姚」指輕揚的步態，《漢書・外戚傳》載漢武帝之李夫人「的容與以猗靡兮，飄姚虖愈莊」，顏師古注引孟康曰：「言夫人之顏色的然盛美，雖在風中飄姚，愈益端嚴也。」〔註12〕沈宜修、葉小鸞母女何嘗不是如此呢，二人流連於花徑之中，美麗且端莊。清包含了美與潔，寂偏重環境的沉靜。尋清寂之趣，暗示了葉氏耽情於此，追求於斯、并享受於斯。

陋室雅居，葉氏不忘擇音義俱佳者而名，以增清寂之感。午夢堂建築群落中有記載的居室名稱如下〔註13〕：

名 字	居 者	功 能	名 字 源 起
午夢堂	全家	廳房	取「日午夢餘」意。〔註14〕
清白堂	全家	廳室	葉重第的為官理念。〔註15〕
秦齋	葉紹袁	書房	泐大師稱葉紹袁前身為秦觀，故名。
謝齋	葉氏男輩	書房	庭有玉蘭二樹，《晉書・謝安傳》載：「譬如芝蘭玉樹，欲使其生於庭階耳。」
垂繡館	沈宜修	臥室	不詳，葉燮《午夢堂詩鈔》記沈宜修之作為《垂繡館遺集》。
芳雪軒	葉紈紈	臥室	取王融《梨花》「芳春照流雪」之意。
疏香閣	葉小鸞	臥室	取林逋《詠梅詩》「疏影橫斜水清淺，暗香浮動月黃昏」之意。

此外，葉家還有棲鳳館〔註16〕、半不軒〔註17〕等室。以上居室實景的平面圖如下〔註18〕：

〔註11〕習鑿齒原著，舒焚、張林川校注：《襄陽耆舊記校注》，荊楚書社，1986 年版，第 389～390 頁。
〔註12〕班固：《漢書》卷九十七上《孝武李夫人》，中華書局，1962 年版，第 3953 頁。
〔註13〕此表部分內容參南昌大學 2007 級黃曉丹碩士論文《沈宜修研究》對屋名來源的歸納。
〔註14〕沈宜修：《張倩倩傳》，第 205 頁。
〔註15〕葉紹袁：《天寥年譜別記》，第 882 頁。
〔註16〕葉小紈：《存餘草》旁注小字有「棲鳳館在故居」，第 750 頁。
〔註17〕葉紹袁：《天寥年譜別記》，第 901 頁。
〔註18〕參吳江北厙鎮午夢堂展覽館陳列圖片。

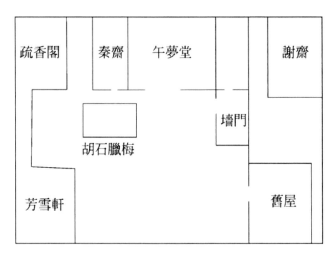

　　陋室雅居，花木布飾佔據了重要的分量。同時代的蘇州名士文震亨，乃文徵明之後，酷愛遊園、詠園、畫園，也居家自造園林。其《長物志》便將明末士人裝點園林之匠心著於篇中：

> 若庭除欄畔，必以劬枝古幹、異種奇名、枝葉扶疏、位置疏密，
> 或水邊石際、橫偃斜坡；或一望成林、或孤枝獨秀，草花不可繁雜，
> 隨處植之，取其四時不斷，皆入圖畫。〔註19〕

這是明末士大夫的共同愛好，葉氏也如此。在午夢堂群落中，正是花木掩映，「四時不斷，皆入圖畫」，此雅好始於葉重第。當年他在芳雪軒外植「梨花數樹」，後葉紹袁與袁黃「嚼花醉月」於其下〔註20〕，盡得風雅之致。午夢堂庭中「有故松，修幹聳立，清音謖謖」〔註21〕，亦為其手植。而葉重第更大的手筆，乃「築堤於湖上，堤植垂柳、櫻桃、海棠、芙蓉，俱各數十本。蓮藥瀲灩，滿湖渚間，春波載酒，夜月流觴。坐看紅蕊，飛綠草而成茵；閒聽黃鶯，喚白鷗以點水」〔註22〕，惜因早逝而未能完竣。後葉紹袁賦閒在家，「稍稍蒔植」，得以玉成先父遺願。而對家中樓閣花木的交錯輝映，葉紹袁亦有情不自禁的自喜。秦齋庭中有「孤松修竹數竿，梅花一二枝，芭蕉、芍藥，楚楚欄砌間」〔註23〕，「午夢堂西偏有小樓，窗櫺四達，梅花環繞，餘名曰：『疏香閣』。其南相對有軒，曰『芳雪』，庭無雜樹，梅花之外只有

〔註19〕文震亨：《長物志》卷二《花木序》，重慶出版社，2009年版，第30頁。
〔註20〕葉紈紈：《梨花》小序，第245頁。
〔註21〕葉紹袁：《湖隱外史》，第1062頁。
〔註22〕葉紹袁：《葉天寥自撰年譜》，第825頁。
〔註23〕葉紹袁：《天寥年譜別傳》，第882頁。

梧桐、芭蕉數本，右翼以廊，以通往來」〔註 24〕。梧桐爲佳祥潔淨之樹，文震亨認爲：「青桐有佳蔭，株綠如翠玉，宜種廣庭中，當日令人浣拭，且取枝梗如畫者，若直上而旁無他枝，如拳如蓋及生棉者，皆所不取。」〔註 25〕葉氏的梧桐正是種在廣庭中，以沈宜修的清潔之癖，定會令童僕日常浣拭，兼顧樹形枝梗的修剪。而當瀟瀟細雨之際，雨打芭蕉，清音入耳，自當難忘。此外，家中還有金桃、淡葉竹、秋芍藥、秋海棠、蜀葵、茉莉花等，葉小鸞曾欲盡爲題詠〔註 26〕。故當葉氏拈韻分箋、唱和不廢之際，周遭定有暗香浮動吧。

　　這種有關生活日用的審美能力，子輩多有繼承，尤以葉紈紈爲最。早年芳雪軒由她「稍稍修葺」即煥然一新，嫁於袁氏後，其姑分授數椽之屋予之，紈紈「悉心整理，竹窗藤幾，花欄藥砌，一一楚雅」〔註 27〕。六子葉燮晚年歸隱於橫山腳下，購田五畝建構二棄草堂，有友人如斯記錄：「（草堂）內外各三間，採椽不斲，前鑿方池，蓄金魚數十尾，畦圃籬落，雜蒔花竹桃柳，遠望門外，列峰如幛，煙雲變幻，意態不一。其堂後則疊石爲假山，曲徑螺蚪，登眺闌闠，雕薆繡錯，如置身千仞岡，別構二小軒於上，約可坐數人，每當花晨月夕，手一編箕踞哦誦，或與二三良友，煮魚菽，燒筍蕨，佐飲賦詩，陶然樂也。」〔註 28〕無怪乎宋犖在拜訪二棄草堂不值後，慨然長歎「別圃幽幽境愈奇」〔註 29〕。

　　可以想像，葉氏以庭院爲紙幅，以花木爲顏料，在園居美景的賞悅之外，當也有藉陋室雅居以暫避世俗名利、展現山林學問的隱秘願力。

二、典藏與悅讀

　　葉燮晚年歸隱橫山，思讀書以開卷有益，憶及家中典藏，「祖父累世略有傳書，雖遠不及藏書之家，僅僅數千卷，既更世故，盡爲灰燼無遺」〔註 30〕。

〔註 24〕葉紹袁：《天寥年譜別傳》第 897 頁。
〔註 25〕文震亨：《長物志》卷二「梧桐條」，第 33 頁。
〔註 26〕葉紹袁：《返生香·淡葉竹》小注，第 322 頁。
〔註 27〕葉紹袁：《祭長女昭齊文》，第 278 頁。
〔註 28〕林雲銘：《挹奎樓選稿》卷六《二棄草堂記》，《四庫系列存目叢書》集部 230
　　　　冊，第 85 頁。
〔註 29〕宋犖：《綿津山人詩集》卷二十七《春日過訪葉星期二棄草堂不值二首》，《四
　　　　庫全書存目叢書》集部 225 冊，第 559 頁。
〔註 30〕葉燮：《已畦集》自序，《四庫全書存目叢書》集部 244 冊，第 1 頁。

數千卷書，在其筆下雲淡風輕，但有記載表明，明初蘇州府治有「近一千卷古書」和「幾千卷」的士人即可列爲藏書家〔註31〕。與葉氏同期著名藏書家祁承㸁、祁彪佳父子，其所經營的澹生堂書樓，巔峰時期藏書九千餘種，超過十萬卷書。藏書家固然重在質而非量，但在數字的類比中，我們可以追想葉家當年藏書的豐富。

葉氏爲清望之家，素重典籍。當年葉重第亡後，遺「書一床」〔註32〕，葉紹袁亦有書嗜，遇有典籍，常盡力而求。在他任職南京國子監時，「同年同郡，及他相識，託余印《十三經》、《二十一史》，大都二十餘金便可印兩部矣。余代人印去甚多，而不能印一本歸。官貧無他恨，此可恨耳」〔註33〕。遺珠《十三經》與《二十一史》固然失落，但另一方面講，這份對書籍的熱衷，當使他在力所能及時，盡量沒有遺珠之憾。一次逛書肆，「偶見新刻《說郛》，雕鏤甚工」，《說郛》亦爲巨帙，價格當亦不菲，而葉紹袁「亟買之」。雖然閱後發現，其中所收《齊東野語》，「舊本十一行細字，共七十三紙，而今本十行疏字，止七十紙，竟將前後極無關係者，存期首尾，中間盡行刪去，不知是何肺腸。其他本本皆然，無一全帙，可恨之至」〔註34〕。此段記載，似已超越了泄憤，而具文獻價值。但就網羅典籍而言，平日生活中，這種「亟買之」的購書癖行爲定所在多有。而古代中國士人獲取書籍的途徑，除卻購買，還有贈予〔註35〕。在一次爲人排難解紛之後，友人就贈葉紹袁「一卷袁中郎詩，爲歸途伴寂寥也」〔註36〕。點滴聚沙中，葉氏的書籍漸有所增，適逢淡雲麗日，「曝書於庭」的雅事自然常會在午夢堂庭院中上演〔註37〕。甲申之後，當葉紹袁率領子輩遁走山林之際，清兵闖入其家，「書櫥悉毀，簡帙拋零滿地」〔註38〕，可以想像其平日聚書規模，值得一提的是，與葉家關係密切的平湖馮氏、同邑袁氏，也都是以藏書而知名。葉紹袁的表兄馮洪業（字茂遠、號

〔註31〕葉瑞寶：《蘇州藏書史》，江蘇古籍出版社，2001年版，第144～145頁。

〔註32〕袁黃：《奉政大夫貴州按察司提學僉事振齋葉公墓誌銘》，《續修吳中葉氏族譜》戌集，葉長馥等輯，明萬曆原刊清康熙中修補印本。

〔註33〕葉紹袁：《自撰年譜》，第839頁。

〔註34〕葉紹袁：《天寥年譜別記》，第893頁。按：此則材料相當有趣，還可從版本學角度予以考究。

〔註35〕參（美）周紹明：《書籍的社會史》，第二章第三節《獲取書籍的難易》，北京大學出版社2009年版。

〔註36〕葉紹袁：《天寥年譜別記》，第891頁。

〔註37〕葉紹袁：《天寥年譜別記》，第889頁。

〔註38〕葉紹袁：《甲行日注》，第945頁。

兼山），建有傳書閣與萬卷樓。輯有《耘廬彙箋》千餘卷，亦悉心佛教典籍，刻有唐釋玄奘譯《大乘大集地藏十輪經》十卷、《佛說大方廣十輪經》八卷等多種經本。明清之際著名史學家談遷在《棗林雜俎》「厄書」條載：

> 平湖馮孝廉茂遠，常熟錢宗伯錢謙益諸家，非流散則炻焰矣。縹帙緗函，何預天曹事？往往被厄，不能久錮。〔註 39〕

錢謙益絳雲樓，世人皆知，當年的絳雲之火，乃江南圖書史上一劫，「甲申之亂，古今書史圖籍一大劫也，庚寅之火，江左書史圖籍一小劫也」〔註 40〕。談遷在此將馮洪業與錢謙益同舉，可見其藏書規模。據葉燮回憶，表叔馮氏所居的耘廬，「連山複嶺，人行其間如在絕谷中」，梅、海棠、桂樹數千，另有馴舞鶴三十餘，「擲果空中，群鶴翺翔以赴爭啅長鳴，聲振山谷」〔註 41〕。作爲至親，葉氏恒往來於耘廬，書香環繞，俯仰間流觴綺景，定是難得的悅讀體驗。

葉紹袁義父袁黃家藏書亦多。晚明與李贄齊名的紫柏大師，就曾在袁家「閉關三年，盡司馬公諸書而去，以此益名聞天下」〔註 42〕。到甲申之年，袁若思子誤信流賊，引尊爲上客，因以兆禍。「有松江陸季先集兵，焚四履之屋，書籍器什，靡有孑遺」，最可悲的是，「數十年堂構化爲灰燼，而異書秘本，鄴架惠車，無一存焉」〔註 43〕。葉紹袁從小寄養袁家，歸家後又多年與袁若思同處備考，所焚「異書秘本」當歷歷在目，故有關心之痛。長女葉紈紈，嫁與袁若思子，得益於夫家的典籍之屬，嗜於讀書的她，學殖定當有所增長。

基於葉紹袁、沈宜修夫婦的豁達明識，葉氏閱讀範圍似乎頗廣。葉小鸞有《又題美人遺照》六首，葉紹袁旁注云：「坊刻《西廂》、《牡丹》二本，前有鶯鶯、杜麗娘像，此前後六絕俱題本上者。」〔註 44〕沈宜修亦留有《題屛上美人》六首及《題美人圖》三首。坊刻戲曲進入書香之家，家長不以爲怪，且不吝於讚美，則子輩自可納入閱讀範圍，增闊視野與識見。

〔註 39〕談遷：《棗林雜俎》，聖集「厄書」條，中華書局，2006 年版，第 254 頁。
〔註 40〕錢謙益：《舊藏宋雕兩漢書》，《絳雲樓題跋》，上海古籍出版社，2005 年版，第 13～14 頁。
〔註 41〕葉燮：《已畦集》卷十八《馮孝廉兼山傳》，《四庫全書存目叢書本》，第 172 頁。
〔註 42〕葉紹袁：《湖隱外史・飛錫》，第 1069 頁。
〔註 43〕葉紹袁：《年譜續纂》，第 872 頁。
〔註 44〕葉小鸞：《又題美人遺照》，第 317 頁。

三、遊　賞

得益於經濟的發展、便捷的交通，以及引導士大夫歸趣天眞、委心自然的陽明思潮的流佈，晚明社會遊賞之風大熾。當是時，世面上出現了許多與旅遊相關的書籍，如都穆編寫的《遊名山記》，王世貞採錄的《名山記廣編》等。同時，還湧現了一批圖文並茂的旅遊書，如楊爾曾所撰的《新鐫海內奇觀》，內附有全國各地風景名勝130餘篇，出版後，很受士人追捧。在時代環境的感召下，文人雅士遊興頗濃。袁中道稱：「天下質有而趣靈者莫過於山水。」〔註45〕都穆亦言：「余性好山水，所至之處，山水之佳者未嘗不遊，遊必有作，所以識也。」〔註46〕江南人文薈萃，兼具形勝之美，分湖地處嘉興、吳江交界，「吳多佳山水，莫不可遊觀」〔註47〕，葉氏遊覽固得樓臺之便。在葉氏遊蹤中，以蘇州、南京、杭州三地爲著。

蘇州「風物雄麗爲東南冠」，距離分湖百餘里地，是葉氏常去之處。葉紹袁曾記錄了中秋前後在虎丘賞月的遊歷：

> 癸丑八月，余偶在城中，時季若館於城外，率爾興致所寄，以月白風清之夕，訪袁若思於瑞光寺。已下春矣，一葦杭之，渡太湖未半，東山月出，影浸湖底，煙光水色，搖漾飄渺，眞大觀也。抵寺，戶無人聲，燈火闌然，若思爲友人往虎阜看月矣。興索然幾敗，然必不可報，亦泛棹虎阜，則畫船紛集，簫鼓喧闐，若思所在何從問也。借僧僚於千人石畔，市酒脯，對月聽歌，亦自不俗。杯未及舉，但聞笑語聲自下而上，則若思也。各相見，具言所由，諸人俱大笑。其友遂拉入舟，引舫浮白，四鼓酒散，眾皆酣睡。余遲來未醉，與季若帶殘月登山，人影寥寥，僅清歌一二，有「幾番明月，幾度青燈」之句，繞梁過雲，情迷意蕩。鄭聲本淫，而歌者又復抑揚宛轉，數百人環坐而聽，則一小妓與我宗昆優之相唱耳。優之，

〔註45〕袁中道著，錢伯誠點校：《珂雪齋集》卷十《王伯子岳遊序》，上海古籍出版社，1989年版，第460頁。

〔註46〕都穆：《遊名山記》卷三《觀音岩》，《叢書集成新編》史地類第90冊，臺北新文豐出版社1985年版，第8b～9a頁。

〔註47〕皇甫信：《遊金碧山記》卷三《山》，崇禎《吳縣志》，上海書店據崇禎刊本影印《天一閣藏明代方志選刊續編》，1990年版，第54頁。關於晚明江南旅遊風氣之盛，參巫仁恕：《晚明旅遊風氣與士大夫心態》，載熊月之、熊秉眞主編《明清以來江南社會與文化》，上海社會科學院，2004年版。

郡中給諫吳西公子也。茲亦爲浪遊一快云。〔註48〕

葉紹袁在月白風清的晚上，一葦航之，造訪袁若思。與《世說新語》所記王徽之雪夜訪戴逵一樣，是「乘興而行」。途中，月華映落太湖，景色美不勝收。到了瑞光寺，適逢袁若思外出虎丘賞月，葉紹袁遂也泛棹追隨。虎丘爲「吳中第一名勝」，中秋賞月最爲知名。曾任吳中知縣的袁宏道言虎丘「蕭鼓樓船，無日無之。凡月之夜，花之晨，雪之夕，遊人往來，紛錯如織，而中秋爲尤勝」，「每至是日，傾城闔戶，連臂而至。衣冠士女，下迨蔀屋，莫不靚妝麗服，重茵累席，置酒交衢間，從千人石上至山門，櫛比如鱗。檀板丘積，樽罍雲瀉，遠而望之，如雁落平沙，霞鋪江上，雷輥電霍，無得而狀」〔註49〕。在遊人如織的熱鬧場景中，俗世的繁華令葉紹袁欣欣然，遂舉觴對月，此刻，又奇迹地與袁若思相逢，眞是一大快事。據《板橋雜記》載，明末許多秦淮歌姬往來於金陵與蘇州。明末公子冒襄，就曾在姑蘇聽陳圓圓演劇，「其人（陳圓圓）淡而韻，盈盈冉冉，衣椒繭時，背顧湘裙，眞如孤鸞之在煙霧。是日演弋腔《紅梅》，以燕俗之劇，呷呀嘔唧之調，乃出之陳姬身口，如雲出岫，如珠在盤，令人欲仙欲死」〔註50〕。據此，可想見蘇州歌劇之繁榮。月色漸淡後，葉紹袁與袁若思登山，亦曾聽清歌一二，「繞梁遏雲，情迷意蕩」。此次出行，算是「盡興而返」！

南都金陵，鄉試之所，葉紹袁作爲考生，亦多往之。萬曆四十年，葉紹袁參加鄉試，提學御史熊廷弼「飭諸士毋得歸家，虛笙簧盛事，遂得遍遊鳳凰臺、石頭城、燕子磯」〔註51〕，這一年他二十四歲，漫長的鄉試之途剛剛展開，心中仍洋溢著年輕人的意氣與憧憬。登鳳凰臺時，他想到李白「三山半落青天外，二水中分白鷺洲」之句，千古在目。瞻覽建於萬曆二十二年（1594）的表忠祠，柱題「漢庭豈少攀龍客，周道還高叩馬心」，乃東閣大學士葉臺山親筆，此次賞遊留下了美好的回憶〔註52〕。十五年後天啓七年，葉紹袁授南京武學教授，率「太宜人、內人、同諸子女偕往，逗舟江干，候風良久，取道龍潭，方得到任蒞事」〔註53〕。明代晚期，秦淮河景象十分

〔註48〕葉紹袁：《天寮年譜別記》，第 877 頁。
〔註49〕袁宏道著，任亮直選注：《虎丘記》，《袁中郎詩文選注》，河南大學出版社，1993 年版，第 190～191 頁。
〔註50〕冒襄：《影梅庵憶語》，上海古籍出版社，2000 年版，第 6 頁。
〔註51〕葉紹袁：《葉天寮自撰年譜》，第 830 頁。
〔註52〕葉紹袁：《天寮年譜別記》，第 876 頁。
〔註53〕葉紹袁：《葉天寮自撰年譜》，第 838 頁。

富麗，「水上兩岸人家，懸椿拓梁爲河房水閣，雕欄畫檻，南北掩映。夏水初闊，蘇、常遊山船百十隻，至中流，簫鼓士女闐駢，閣上舟中者彼此更相戲爲景。蓋酒家煙月之趣，商女花樹之詞，良不減昔時所詠」〔註54〕。可惜的是，已經出閣的長女葉紈紈未能偕往，共「攬長干桃葉之盛，弔莫愁子夜之遺」〔註55〕。此次葉紹袁復訪表忠祠，「則頹圮已極，忠魂烈骨，泣冷月而蔽荒榛矣」〔註56〕，令其深深感到歲月流逝、人事消磨的無奈。

禮佛出行，亦爲士人遊屐盛事。葉氏素來禮佛，馮太宜人尤甚。據沈宜修載，葉氏曾去杭州天竺寺兩次，一次在其十八歲時：

> 余自初笄時，隨姑大人往天竺禮大士，過西湖堤上，時值暮秋，
> 疏柳環煙，嵐光淒碧，迴波清淺，掩映空山，恨不能周覽湖光山色，
> 悵然別歸，徒然神往。〔註57〕

作爲新婦的沈宜修，深深被「三秋桂子，十里荷花」的西子湖畔所吸引，但囿於時間急促，不能周覽湖光山色，只能悵悵然而歸。此次禮香，葉紹袁亦有同往，「辛亥二月，往天竺禮大士，次日至靈鷲一遊」〔註58〕。據《天竺山志》載：「東晉咸和初，慧理來靈隱卓錫，登武林云：『此乃中天竺國靈鷲山之小嶺，何年飛來此地耶？』」由此，山名「天竺」，峰稱「飛來」，後人把峰南所建各寺稱「天竺寺」，分上、中、下三竺。此次登靈鷲、順覽西湖，給年輕的沈宜修留下了十分美好的回憶。二十年後戊辰歲（1628）的故地重遊，「復隨姑大人再禮大士過此，時落紅將盡，餘綺翻風，細草茸青，鳥啼碧野，聊欲登覽。又已斜陽銜山，暝煙籠樹，大人急問歸途，已月出矣。時正暮春十日，遙憶湖光泛影，山色浮風，此際不知是何景也」。沈宜修意在觀景，馮太宜人意在禮拜，春之遊賞又草草收尾。後，沈用《望江南》十二闋詞，分別以湖上柳、山、女、酒、水、花、風、雲、月、雪、雨、草爲目，又補多景八闋，摹西湖之態，以示向慕。如湖上水：

> 湖上水，流繞斷橋橫。渺渺泛連遙岫碧。溶溶浮向落花明。魚
> 浪簇青萍。環曲岸，游練浸雲平。棹引纖羅香拂拂，鏡窺嬌粉豔盈
> 盈。歌管作波聲。

〔註54〕王士性：《廣志繹》卷二《兩都》，中華書局，1982年版，第24頁。
〔註55〕葉紹袁：《祭長女昭齊文》，第278頁。
〔註56〕葉紹袁：《天寥年譜別記》，第876頁。
〔註57〕沈宜修：《鸝吹集》，第171頁。
〔註58〕葉紹袁：《天寥年譜別記》，第876頁。

西湖因波光瀲灩而最為知名，詞作塑造「魚浪簇青萍」與「歌管作波聲」意象，充滿妙想。與之相對的，年僅十三歲的才女葉小鸞，此次也留下了其驚豔之作《遊西湖》，詩作中有山、水以及笙歌的描述：

> 堤邊飛絮起，一望暮山青。畫楫笙歌去，悠然水色冷。〔註59〕

當母親著意於嬌粉香羅的繁華、魚浪笙歌的美麗時，葉小鸞卻直指「笙歌去後之水色清冷」，難怪其父感歎，「超凡出塵之骨，已兆此矣」。

另據祁彪佳《寓山自注》載，葉小紈、沈憲英、沈華鬘三人曾題寓山。寓山位於山陰縣城西南，毗鄰祁氏所居。明末，祁彪佳卜築於此，是為寓山園林，據載園內「綠映朱欄」和「丹流翠壑」〔註60〕。葉小紈有《孤峰玉女臺》詩：

> 荷花缺處天，魚鳧家於此。猶欲與之爭，讓鷗徒偃爾。〔註61〕

孤峰玉女臺為寓山一景，「由渡而東，一峰崢青，萬衣簇碧，丹樓翠水」，風景殊美。夏天荷花映日，游魚在此自由翱翔，心境愉悅。日後嫁給葉家三子葉世俗的沈憲英，留有《宛轉環》一首：「天風吹海岫，翠影若層波。皓月懸明鏡，春山黛孰多？」沈憲英的胞妹沈華鬘有《即花含》：「玉宇靜無暑，清風遠絕塵。不知香國裏，何處是吾身？」固然三女的題作，未必親臨勝景，也可能趨於想像的促動，但就詩作所敘，三人已然獲得親身遊歷的雅興。

葉氏對於遊賞的愛好，後在六子葉燮身上體現地最為盡致。他東到泰山，西至嵩山、華山，南遊閩粵，歷雁蕩、羅浮二山。甚而在晚年，仍不顧阻攔，奮而出遊紹興五泄。葉燮自稱「生平好名山水如同饑渴」，又云：「倘獲長逝於削成萬仞雪嶺天半、丹崖翠壁、古剎名藍之間，便當埋此，題一碣曰：『有吳橫山人葉子之墓。』斯願長畢矣。」〔註62〕對山水的摯愛，發自於肺腑。

第二節　葉氏三兄弟的山水賦作

葉世俌、葉世俗、葉世侗兄弟三人，嚮往名山大川之遊，有志不能，遂相與寓辭，擇山而隱。現存世俌《羅浮山賦》（十五歲作），世俗《夢遊崑崙

〔註59〕葉小鸞：《遊西湖》，第311頁。
〔註60〕祁彪佳：《祁彪佳集》，中華書局，1960年版，第151頁。
〔註61〕按：葉小紈、沈憲英、沈華鬘三人的詩見祁彪佳《寓山注》卷下，清光緒元年山陰安越堂平氏刻本。
〔註62〕葉燮：《已畦詩集》卷九《將遠遊奉別諸同人》，《叢書集成續編》第152冊，第747頁。

山賦》（二十歲作），世侗文失載〔註63〕。賦作敘述了瑰麗奇幻的仙域之境，在這裡山峰聳峙，神禽樓焉，仙子紛紛而來下，讀之令人心旌搖蕩。

一、寫作的緣起

葉氏「八龍」手足情深，平日「分梨競栗，喧花弄竹」，歡樂良多。群居讀書時，「何有別室，靡不同席，或有一人往彼異處，偶然目中此時不見，無不馳神」〔註64〕。其中，葉世偁、葉世傛、葉世侗三人因年齡相近，而相知最深。他們因覽山水賦記，遂有擇山而隱之志：

> 吾兄弟又每觀山水賦記，靡不神遊慷慨，則言曰：「為人一世，
> 不遍遊名山，曠覽大水，非夫也。」因寓辭，兄（葉世偁）隱羅浮、
> 三兄（葉世傛）隱崑崙，弟（葉世侗）居岱輿。〔註65〕

葉氏多年依分湖而居，幾次遊歷，足跡亦囿於江南形勝。三人想像的促媒，固然來自於《山海經》、《列子》、《海內十洲記》等古籍，亦與時風有關。當其時，商品經濟興起，旅遊風氣大熾，遊記之文井噴〔註66〕，著名的《徐霞客遊記》即誕生於此期。山水賦數量也遠勝於前朝，如王守仁《九華山賦》、唐順之《遊盤山賦》、王漸逵《遊羅浮賦》、方學漸《浮山賦》、謝廷瓚《黃山賦》、鄺宗舜《金山賦》等〔註67〕，這些賦作將「山川地貌、景觀風俗連綴起來，匯成形象的時代地理圖卷」〔註68〕。紙上閱讀對山水的神往，碰撞現實的制約〔註69〕，「徒有志不能」，那麼神遊寓詞、娛心寫志，成為心智活潑的葉氏的必然選擇。

葉世偁仰慕羅浮，司馬遷曾將此山比作為「粵嶽」。據《羅浮山志》載，羅浮為中國十大道教名山之一，山中有東晉葛洪所留煉丹遺址朱明洞等，更

〔註63〕按：葉世偁存《嚼無子隱歸墟五山序》文，可視為代述。

〔註64〕葉世侗：《祭亡兄聲期文》，第 431、432 頁。

〔註65〕葉世侗：《祭亡兄聲期文》，第 433 頁。也許其餘的兄弟亦有賦作，囿於文獻不可考。

〔註66〕據周振鶴對明人文集中遊記數量的統計，明代前中葉的遊記並不多，至嘉靖間漸有所增加，萬曆以後則大量出現。參周著《從明人文集看晚明旅遊風氣及其與地學的關係》，《復旦學報》，2005 年 1 期。

〔註67〕參章滄授：《歷代山水名勝賦鑒賞辭典》，中國旅遊出版社，1997 年版。

〔註68〕許結：《賦體文學的文化闡釋》，中華書局，2005 年版，第 144 頁。

〔註69〕按：明代旅遊花費很高，非葉氏所能承受。一代名士歸莊就在途中屢遭旅費告罄，窘迫甚。見歸莊：《歸莊集》卷六《五遊西湖記》，中華書局，1962 年版，第 375 頁。

爲羅浮增添了文化的景深〔註 70〕。葉世俗「嘗讀《山海經》、《十洲》、《拾遺》諸記」，知「崑崙山，王母之所治也，神物之所生，聖人神仙之所集也」〔註 71〕，欣然選擇崑崙。崑崙山地處西藏、新疆和青海之間，海拔六千米左右，多雪峰、冰川，儘管在典籍記載中，它與海上三神山享有同高的美譽，但作爲山水的描寫對象，崑崙遠不如他山那樣爲歷代文人所歌詠。葉世侗所心儀的，前後記述似有差異，天啓元年（1621）葉世俌稱「開期弟一日偶讀《列子》，有海名歸墟，中有五山。其上禽獸皆純縞，臺觀皆金玉，珠玕之樹叢生，隨潮波往還，不得暫峙焉。甚愛之，乃戲曰：我仙矣，隱於此山」〔註 72〕。十四年後在亡兄世俌的祭文中，葉世侗自述爲岱輿山〔註 73〕。有學者認爲，「由神話傳說而來的仙域模式包含三種類型，崑崙型乃高峻險絕的隔離空間；蓬萊型爲海中孤島的隔離空間；壺天型具有突出四壁回合的圍護與屏蔽特徵，加上一個不能再小的活口，即洞天」〔註 74〕。無疑，葉世俌、葉世俗選擇了崑崙型，葉世侗選擇蓬萊型。

雅士認爲，世之所樂有等第之別，焚燭把臂喧囂熱鬧的夜宴，是世俗之樂；鑒古玩者，觀書畫弄琴弈，是閒適之樂；而泛遊名勝山川以至臥遊賞者，是達者之樂〔註 75〕。同樣爲遊賞，其中亦有層次，遊山水以形遊爲下等，神遊爲上等，以道學爲遊爲上上〔註 76〕。葉氏三兄弟端賴紙上閱讀，而與山水神遊交寤，無意中擁獲了較高的審美姿態。

二、賦體的選擇

文各有體，體各有用。人們在創作時，文體作爲文章的外在依託固化下來，另一方面，在形式規範的預期作用下，文體又使人們在閱讀時產生某種心理期待。所以，「從創作心理角度來看，作者對某種文體的親近與選擇，與其內在生命氣質、生活經歷及審美追求、表達目的有著直接的關係」〔註 77〕。

〔註 70〕有關羅浮山的更多內容，參故宮博物院編：《羅浮山志彙編》，海口出版社，2001 年版。
〔註 71〕葉世俗：《夢遊崑崙山賦》，第 448 頁。
〔註 72〕葉世俌：《嚼無子隱歸墟五山序》，第 413 頁。
〔註 73〕葉世侗：《祭亡兄聲期文》，第 431 頁。
〔註 74〕俞孔堅：《理想景觀探源——風水的文化意義》，商務印書館，1998 年版。
〔註 75〕參焦竑《李如野先生壽序》，見《焦氏澹園集》卷十八。
〔註 76〕湛若水：《湛甘泉先生文集》卷十七《送謝子振卿遊南嶽序》，《四庫全書存目本》，1997 年版，第 83 頁。
〔註 77〕張麗傑：《明代女性散文研究》，中國社會科學出版社，2009 年版，第 15 頁。

葉氏兄弟選擇賦體的方式摹景述懷，如下原因不可或缺。

　　首先，賦描繪性的文體特徵，適於展現葉氏兄弟擇山而隱的想像。《毛詩序》認為詩有六義，其二曰賦。劉熙《釋名‧釋典藝》詮解字義有：「敷布其義，謂之賦。」〔註78〕陸機《文賦》言：「賦體物而瀏亮。」〔註79〕成公綏《天地賦序》語：「賦者，貴能分賦物理，敷演無方，天地之盛，可以致思矣。」〔註80〕劉勰《文心雕龍‧詮賦》述：「賦者，鋪也，鋪采摛文，體物寫志也。」〔註81〕劉熙載《藝概‧賦概》載：「賦起於情事雜沓。詩不能馭，故為賦以鋪陳之。斯於千態萬狀、層見叠出者，吐無不暢，暢無或竭。」〔註82〕更是詳述賦鋪敘特徵的緣起以及帶給人審美上的愉悅感。可見，「賦體文學作為人對自然事物作對象化審美觀照和人對外部世界整體性審美觀照的藝術，具有鮮明鋪敘功能」〔註83〕，為賦論家公認。葉氏兄弟所摹山水，乃出於文化認知上的想像，充溢著少年式的浪漫哲思，故極盡誇張之能事，賦體的鋪敘功能恰長於表現此瑰麗的想像。

　　比如，葉氏兄弟曾極力描摹山峰之雄偉、高聳，葉世侗文中的羅浮山峰如下：

> 至若高峰刺天，連岫蔽日，嶻嶭塘岹，峃鬱崔嵬。驚濤拂石，
> 洄流抱峴，峻嶒駕磧。吞吐雲霄，出納瑞霧，或疊如雲，或斷如煙。
> 若伏而峙，若絕而連。屹然如立，飆然如騫。萬壑交映，千岩互旋，
> 峰名會真，群仙集焉。

本段伊始，即運用了一系列山字旁的漢字。我國文字精妙，每一個字都有不同意義和色彩，看似相似的文字鋪敘中，蘊含了作者諸多沉思，這也是賦體描寫時的慣用手法。如司馬相如漢賦名篇《上林賦》即載：「於是乎崇山矗矗，九嵕崔巍，深林巨木，嶄岩參差，九嵕巀嶭。南山峨峨，岩陁甗錡，崔巍崛崎。」採用眾多許多字形、字音相近的詞彙，力求將山的百態都模敘出。接著，在葉世侗連騰跳躍的想像中，這些雄偉的高峰幻化出各種動態，「疊如雲、斷如煙」，又「若伏而峙，若絕而連」。不過句法相近，且多四言，顯

〔註78〕劉熙撰，畢沅疏證，王先謙補：《釋名疏證補》，中華書局，2008年版，第213頁。

〔註79〕陸機：《文賦集釋》，人民文學出版社，2002年版，第99頁。

〔註80〕房玄齡等：《晉書‧成公綏傳》，中華書局，1974年版，2371頁。

〔註81〕劉勰：《文心雕龍》，人民文學出版社，1958年版，第134頁。

〔註82〕劉熙載：《藝概注稿》，中華書局，2009年版，第441頁。

〔註83〕許結：《中國賦學歷史與批評》，江蘇教育出版社，2005年版，第13頁。

露出作者筆力的某種屏弱。

葉世傛筆下的崑崙山峰，運筆相對豐腴：

> 其爲狀也，鉴鉴分岌岌，嶪嶪分峰峰。冠眾靈以苞峙，體岑峭而頹嵿。亶崔嵬以窈窕，渺匝沓而亭騫。氣龍嵸以縈合，勢崛屼以紆邅。初曠莽而浩衍，乍邃幽以夷延。岈嶢不斷之岫，屴崱無階之巔。迴屋岝峰而互壑，銅柱嶙峋以入天。

脫離單純的形象字的堆砌，從山峰的姿態上予以統照。中間每句的開頭字，引領整句，爲點睛之詞，很有功力。詞語之間，虛實相隔。如「亶崔嵬以窈窕」句中，崔嵬爲實，窈窕則虛，實詞給人以形象的概念，虛詞予人靈動的想像。且句法相錯，「冠眾靈以苞峙，體岑峭而頹嵿。亶崔嵬以窈窕，渺匝沓而亭騫」，即《賦譜》所謂「隔句對者」〔註84〕。葉世傛的才情，在賦體的空間中，得到了盡情的施展。

其次，**賦體對個人才學的倚重適於作爲一種唱和比才的手段**。賦重才學，「非儉腹之士可率爾操觚」〔註85〕，世所公認。《文心雕龍·詮賦》論漢賦「京殿苑獵，述行序志，並體國經野，義尚光大」，魏晉賦「至於草區禽族，庶品雜類，則觸興致情，因變取會。擬諸形容，則言務纖密，象其物宜，則理貴側附」。章學誠《校讎通義》卷三認爲，賦有「假設問對」、「恢廓聲勢」、「排比諧隱」、「徵材聚事」等特徵〔註86〕，均爲對賦取博象現象的描述。劉熙載謂「賦兼才學」，並引《漢書·藝文志》「感物造端，材智深美」〔註87〕，得出「古人一生之志，往往於賦寓之」〔註88〕，「以賦視詩，較若紛至沓來，氣猛勢惡。故才弱者往往能爲詩，不能爲賦」的結論〔註89〕。

葉氏素重唱和，與午夢堂主葉紹袁、沈宜修組織、提倡有關。如崇禎五年（1632）家中置太湖石，葉紹袁命葉世佺、葉世侗、葉世傛、葉世侗及葉小鸞，以《分湖石記》爲名，同題共作，書寫一段午夢堂之佳話。沈宜修亦勤於三女的詩歌聯詠，曾命葉小鸞爲之作序，述說秋日詞作的緣起〔註90〕。

〔註84〕張伯偉：《全唐五代詩格彙考》，鳳凰出版社，2002年版，第557頁。
〔註85〕許結：《中國賦學歷史與批評》，第7頁。
〔註86〕章學誠著、王重民通解：《校讎通義通解》，上海古籍出版社，2009年版，第116頁。
〔註87〕劉熙載：《藝概·賦概》，第467頁。
〔註88〕劉熙載：《藝概·賦概》，第448頁。
〔註89〕劉熙載：《藝概·賦概》，第468頁。
〔註90〕葉小鸞：《秋日同兩姊作詞母命爲序》，第352頁。

小鸞搦管成章,即書「將棄班姬之扇,暫惜流光;非同宋玉之辭,詎悲秋氣」,令父親引以爲傲。父母樂於組織的背後,當包含了子輩互相激勵促進的期許。葉氏兄弟素來勤奮,「攻苦勤事,蕭然數椽,日共披誦」〔註91〕。葉世偁、葉世侶、葉世侗遙想擇山而隱,述盤互於心中的山之美景,才學之逞隱隱然含於創作之中。葉世偁十五歲作《羅浮山賦》,這一年葉世侶十四歲,葉世侗十三歲。囿於學殖的薄弱,他們未能及筆。六年以後,葉世侶殫精竭慮寫下《夢遊崑崙山賦》,算爲對亡兄創作的追和。兩篇賦作之高下,其父葉紹袁已作斷語。稱《羅浮山賦》「句法字法用事重疊甚多,故是稚小之筆」〔註92〕,而《崑崙山賦》「覃精刻意之作,故閎蒐博擷,語多華腴」。

順帶提一下的是,沈宜修在子輩幼時,多口授《楚辭》。受此影響,葉氏兄弟文作在文氣、詞彙、意象上,也多有楚辭遺風。如《夢遊崑崙山賦》在開頭即語:

> 夫何天柱之峻極兮,標增城而建閬風。奠地首之縱絡兮,左玄圃而右瑤宮。既仰偃而俯蓋兮,復下狹而上窒。高三萬而挺嶸兮,駕日月於九重。規百丈而圓削兮,攬沆瀣以彌中。

文作中每兩句一個往復,首句句末兮字,與次句句中的而字,構成了文氣上委婉迂迴。與《離騷》首語:「帝高陽之苗裔兮,朕皇考曰伯庸。攝提貞於孟陬兮,惟庚寅吾以降。皇覽揆余初度兮,肇錫余以嘉名:名余曰正則兮,字余曰靈均。」在文氣上頗有相近處。葉世偁在後文中提及「芝田蕙畝」、「群仙是耕」的意象,也與屈原「滋蘭之九畹,樹蕙之百畝」相似。

三、仙山生活與遊仙之志

葉氏的遊仙之所,十分美麗。羅浮山裏山峰聳峙,上出重霄,「突兀崛起」,山下有深澗,「幽靄無底」,至於「林壑逶邐」,「紫霞飛聚」,「水簾如掛」,美不勝收。更有:

> 玉樹成叢,神禽棲枝,如雲之菌,如月之光。翠羽金粉,穠陰迷離,龍公之竹,鸞鳳所依。碧雞群翔,參差共舞。(《羅浮山賦》)

玉樹成林,如月華般皎潔明亮。與之相對得是,鸞鳳、龍公、碧雞,在林間參差起舞,給玉的底色增添了斑斕與靈動。

〔註91〕葉紹袁:《葉世偁祭文》,第 422 頁。
〔註92〕葉世偁:《羅浮山賦》,第 410 頁。

　　崑崙山不僅山川壯麗、林壑優美、神禽翩翩而舞步，更是西王母的居所。葉世侗便對王母居所瑤臺，進行了美輪美奐地描述：

> 瑤臺五城，廣千步焉，玉樓九柱，敞萬戶焉。金殿長春，銀宮不暮。臨光碧於丹丘，屬翠華於宵路。蕊珠之闕流精，紫瓔之房霞布。夜光錯落於螭楣，翡翠飛梁而虹度。珠簾以玟瑙鈎風，瓊戹以珊瑚承露。拂璆欄而奏笙竽，啓晶窗而舒雲霧。一萬里之圓海無波，三千年之碧桃如故。（《夢遊崑崙山賦》）

瑤臺五城，玉樓九柱，顯示了居所的曠闊。不僅如此，瑤臺從不遁入黑夜，春天的暖風也時刻相隨。堂屋之中的裝飾亦繁複精美，紫瓔、翡翠、玟瑙、珊瑚等等，擴充了現實的美感與想像的景深。站在瑤臺之上，視野更是令人心襟搖蕩，萬里海面無波，昭告空間上的無垠，三千年碧桃鮮紅，又暗示時間上的永恒。「上下四方曰宇，古往今來曰宙」〔註93〕，如此之境，能無戀乎？

　　往昔王延壽所作《魯靈光殿賦》，對漢景帝子魯王所建靈光殿的建築美、裝飾美有著層次井然而細緻逼真地描寫。其登堂後，看到：

> 高門擬於閶闔，方二軌而併入。於是乎乃歷夫太階，以造其堂。俯仰顧眄，東西周章。彤采之飾，徒何爲乎？澔澔汗汗，流離爛漫，皓壁暠曜以月照，丹柱歙而電烻，霞駮雲蔚，若陰若陽。灌渡磷亂，煒煒煌煌。隱陰夏以中處，霟寥窲以崢嶸。鴻爌炾以燉閭，颷蕭條而清冷。動滴瀝以成響，殷雷應其若驚。耳嘈嘈以失聽，目眩眩而喪精。駢密石與琅玕，齊玉璫與璧英。遂排金扉而北入，霄靄靄而晻暧。〔註94〕

堂中雕廊畫柱，繁複華美。作者馳騁想像，那些壁畫的內容，真得讓殿堂中的光影若明若暗，就連水滴、雷聲，也清晰可感，令人目迷五色。但是，與西王母的瑤臺相比，這裡的種種景觀，仍逃不出凡世的局限，不過爲浩浩時空中轉瞬一景罷了。

　　葉世侗喜愛歸墟山，「禽獸皆純縞，臺觀皆金玉，珠玕之樹叢生，隨潮波往還，不得暫峙焉」。山中金碧輝煌，禽獸皆純白，潔淨地讓人屏住呼吸。且歸墟山隨波而若隱若現，不容大家細細把玩，更凸顯了其珍貴。

　　日本學者稻畑耕一郎曾舉張衡《歸田》、王粲《登樓》、向秀《思舊》諸

〔註93〕尸佼撰，汪繼培輯：《尸子》，華東師範大學出版社，2009年版，第37頁。
〔註94〕王延壽：《魯靈光殿賦》，《文選》卷十一，中華書局，1977年版，第169頁。

－29－

賦，認為「賦的表現基點已從囊括宇宙、鳥瞰世界，轉為以表現自我為出發點感受到的天地。賦的表現形式，也就因而得以更多地抒發個人內心的細膩的感情」〔註95〕。在葉氏兄弟的文章中，山水之美烘托的乃細膩的遊仙之情。

藐姑射山中的神人，「肌膚若冰雪，綽約若處子。不食五穀，吸風飲露。乘雲氣，御飛龍，而遊乎四海之外」〔註96〕，其仙子形象及仙遊生活，引古往今來無數士子的向慕。居住於如斯美境中，葉氏兄弟筆下的歸隱生活，亦如仙子一般，而主人公也多有遊仙之志。

葉世侗自稱為顛生，顛生在山中「友岩畔之蒼松，與山間之綠竹。披薜荔以飄搖，採蘼蕪之芳馥。步丹壁之滑苔，臥石門之寒木。攀葛蕌之飛莖，弄清泉之流湲。坐幽林以尋花，步高岩而乘霓。悲哀猿之長嘯，睹虎豹之奔。看蒼天之鶴舞，聽綠樹之鶯啼」。文章末尾，顛生抗袖而歌之曰：「蔭薜蘿兮可以作衣，採松子兮可以療饑。別有天地兮窈藹翠微，神宇非遠兮又將安歸。」〔註97〕

葉世傛的崑崙之遊乃夢中所為，夢中他「披蕙帶之陸離，衣芰裳之昭朗。駕八景之颷輪，乘瀣氣之清爽。嗽雲瓶之甘津，掇奈花於仙掌。受霄函於婉吟，嚼玉蕤於鴻沆。友瓊鸞而為侶，神飄渺而泱漭。居兮白雲之卷舒。行兮青霞之相賞」。

醒後感歎：「實乃至人兮所歸，吾將捨此兮焉往！」〔註98〕

葉世侗自稱嚼無子，在歸墟五山中，他「佩青毛之節，乘白鹿之軒，玉女擁來，素娥飛下，欲同覓藥，已效餐瓊。還期碧玉於淩波，即見降霞於丹液。芙蓉城裏，自嚼琅菜之丹；白玉洞中，盡卷蛤蜊之食」。嚼無子於此，遂「傲然肆志，子焉遁迹」〔註99〕。

《菜根譚》云：「風花之瀟灑，雪月之空清，唯靜者為之主；水木之榮枯，竹石之消長，獨閒者操其權。」〔註100〕人在閒暇心靜之中，方能領略天地之美。葉氏在仙山中，無案牘勞形，無制義文勞神，俯仰之間皆旂旎流

〔註95〕稻畑耕一郎著，陳植鍔譯：《杭州大學學報》1980年第2期、第3期。

〔註96〕莊子著，陳鼓應注釋：《莊子今譯今譯・逍遙遊》，中華書局，1983年版，第21頁。

〔註97〕葉世侗：《羅浮山賦》，第410頁。

〔註98〕葉世傛：《夢遊羅浮山賦》，第450頁。

〔註99〕葉世侗：《嚼無子隱歸墟五山序》，第414頁。

〔註100〕洪應明：《菜根譚全編》，嶽麓書社，2006年版，第71頁。

景，「非必絲與竹，山水有清音」（左思《招隱》）。他們食松子、玉蕤，飲甘津，衣蕙帶，友瓊鸞，此番不食人間煙火的仙子生活，誠然令人神往。

第三節　葉氏女子的閨閣教育與文學創作——以豔體連珠爲中心

葉氏女性的文學成就斐然，亦是午夢堂得以流芳的重要原因。其成功的緣由，可借用《朝鮮女俗考》的一句話概括之：「皆以天才，亦有地闊，得自家庭之學，詩禮之風。」〔註101〕良好的閨閣教育，使得葉氏女子常選擇富於技巧性的文體以述懷，而詩文中也彰顯出嫻於用典的特色，逞才與遊戲，成爲其詩文中的共有氣象。家中對於女性美妙賞的提倡，亦使葉氏女子在創作中不吝於對美的讚賞，並最終成就了葉小鸞、沈宜修在豔體連珠上的文體高峰。

一、以詩文爲主的閨訓

女子無才便是德，這種情況到了明代中晚期多有變動，女性教育逐漸進入世人視野，並受到重視，「反映在最實際的婚姻市場上，文藝修養已成爲中上層女性婚前教育的重要條件，實際上等於嫁妝的一部份」〔註102〕。亦如《牡丹亭》中杜寶老爺所提及的：「看古今賢淑，多曉詩書。他日嫁一書生，不枉了談吐相稱。」〔註103〕吳江葉氏，素重閨閣教育。一家之主葉紹袁，爲人開明，他曾言：「男固宜愛，女胡不然。」〔註104〕十分重視培養女輩。

關於閨訓的內容，《牡丹亭》中有一段精彩的論述：

> 男、女《四書》，他都成誦了。則看些經旨罷。《易經》以道陰陽，義理深奧；《書》以道政事，與婦女沒相干；《春秋》、《禮記》，又是孤經；則《詩經》開首便是后妃之德，四個字兒順口，且是學生家傳，習《詩》罷。其餘書史盡有，則可惜他是個女兒家。〔註105〕

〔註101〕李能和：《朝鮮女俗考》，東洋書院，1927 年版，第 170 頁。
〔註102〕胡曉眞：《清代文學與女性》，載蔣寅主編《中國古代文學通論·清代卷》中編，遼寧人民出版社。2005 年版，第 371～395 頁。
〔註103〕湯顯祖：《牡丹亭》，第三句《訓女》，第 9 頁。
〔註104〕葉小鸞：《返生香》，第 372 頁。
〔註105〕湯顯祖：《牡丹亭》，第五句《延師》，第 21 頁。

湯顯祖借杜寶之口，說出了自己對閨訓的看法。儒家經典的《大學》、《中庸》、《孟子》、《論語》，誦讀則可，知曉倫理大意；《易經》「究天人之道」，失之深奧；《尚書》專講政事，女子讀無益且無用；《春秋》、《禮記》微言大義，於女子也不適合。只有《詩經》便於誦讀，且蘊含后妃之德於其中，有教化之功，此番論理在當時頗有代表性。葉氏一家的閨訓，基於沈宜修的審美取向與葉家的詩學傳統，亦以詩文爲主。

沈宜修自幼失母，賴姑母張孺人撫之〔註106〕，閨訓似有缺失。但「夙具至性，四五齡即過目成誦，瞻對如成人」，又「從女輩問字，得一知十，遍通書史」〔註107〕。學成之後的沈宜修，「鍾情兒女，皆自爲訓詁」〔註108〕。教育之中，亦自有理念，「鄙中壘《左傳》之讀，陋蕙姬《女戒》之垂」〔註109〕，以謀略與史識爲主的《左傳》，以及強調女德的《女戒》之流，都不是其所欣賞。從「兒女一二歲時，（沈宜修）即口授《毛詩》、《離騷》、《長恨歌》、《琵琶行》」看，沈宜修注重詩學，子輩的教育多獲於詩文的灌漑。葉氏男性「長就外塾」，學習應制之文，視野自然闊於以詩文爲主的母教，女兒們的學殖則端賴於此。葉氏女子的教育，從季女葉小鸞身上可以略窺一二：

> 四歲，能誦《離騷》；十二歲，隨父金陵，覽長干、桃葉，教之學詠，遂從此能詩。十四歲，能弈。十六歲，有族姑善琴，略爲指教，即通數調，清泠可聽，嵇康所云「英聲發越，采采粲粲」也。
>
> 家有畫卷，即能摹寫，今夏君牧弟以畫扇寄余，兒仿之甚似。〔註110〕

從葉小鸞「十四能弈」可知在其十四歲時有人教弈，如此類推，葉小鸞的教育中包含了琴、棋、書、畫，當然，沈宜修也不會忘記刺繡技藝的傳授〔註111〕。如此豐富的賢媛閨訓，令我們想到《孔雀東南飛》中的劉蘭芝，「十三能織素，十四學裁衣，十五彈箜篌，十六誦詩書」。其餘女兒大略相似，長女葉紈紈三歲讀《長恨歌》，「不四五遍，即能朗誦」，「十三四歲爲學詩詞」〔註112〕。葉氏女子的閨閣之訓雖然囊括了琴棋書畫及刺繡等內容，但從「閨閣之內，琉璃

〔註106〕張倩倩即爲張孺人之女，張倩倩通曉詩文，張孺人似間有點滴傳授。
〔註107〕沈自徵：《鸝吹集序》，第17頁。
〔註108〕沈自徵：《鸝吹集序》，第18頁。
〔註109〕葉紹袁：《百日祭亡人沈安人文》，第211頁。
〔註110〕沈宜修：《季女瓊章傳》，第202頁。
〔註111〕沈宜修：《夏初教女學繡有感》，第30頁。
〔註112〕葉紹袁：《祭長女昭齊文》，第278頁。

硯匣，終日隨身；翡翠筆床，無時離手」的記錄來看〔註 113〕，這種教育仍然以詩文教育為重心。

葉氏素有詩學傳統，沈德潛在葉舒穎所作《學山詩稿》序中云：「葉氏自虞部公以前，既以詩文集擅名，而先生子姓群從，胥不墜家學。」〔註 114〕有如此家學與母教，葉氏女性詩文方面的成就自然遠高於經、史。明代女史梁小玉在《古今女史》自序云：「二十一史有全書，而女史闕焉。掛一漏百，拾大遺纖，飄零紙上之芳魂，冷落閨中之玉牒，是以旁摭群書，釐為八史。」〔註 115〕對比之，葉氏女性似乎從來沒有自目「女董狐」的願力，詩文集中日常物景及春恨秋悲之思乃最常見的主題，而沈宜修意在蒐集海內閨秀片玉碎金的《伊人思》，其所選仍不出詩文之格局。

二、女性美的妙賞

如同自然中其他景觀一樣，女性美，也是造化的妙筆，值得人們觀賞。但自古以來，女性美與色關聯，而色又多與德對立。孔夫子即云：「吾未見好德如好色者也！」（《論語‧子罕》）明代程朱理學一統天下，將「理、欲之防」推向極端，過分強調「存天理，去人欲」以及「餓死事小，失節事大」，世人「色又欲諱於言」，「置色弗譚」〔註 116〕。不過，此禁錮到了明代中葉有所鬆動，李夢陽在《論學》中論證張揚情欲的正當性，云：「孟子論好勇、好貨、好色，朱子曰：『此皆天理之所有而人情之所不能無者。』是言也，非淺儒所識也。空同子曰：『此道不明於天下而人遂不復知理欲同行而異情之義。』」此種「好貨好色」的觀念，後經王學左派的推動，至晚明蔚為風氣〔註 117〕。李漁即言：「婦人嫵媚多端，畢竟以色為主。」〔註 118〕反觀葉氏，午夢堂主葉紹袁提出：「丈夫有三不朽：立德立功立言，而婦人亦有三焉：德也，才與色也，幾昭昭乎鼎千古矣。」並稱昔日荀奉倩傷神，後世儒者「摘其偏謬，訾其淫靡」，是故色「深諱於士大夫之口」，「冶容諱談，折

〔註 113〕葉紹顒：《重訂午夢堂集序》，第 1092 頁。
〔註 114〕葉舒穎：《學山書稿》，《叢書集成續編》集部 227 冊，上海書店，1994 年版。
〔註 115〕胡文楷：《歷代婦女著作考》卷六，上海古籍出版社，2008 年版，第 162 頁。
〔註 116〕葉紹袁：《午夢堂集序》，第 1 頁。
〔註 117〕按：此段論述參陳書錄：《「德、才、色」主體意識的復蘇與女性群體文學的興盛──明代吳江葉氏家族女性文學研究》，《南京師範大學學報》，2001 年第 5 期。
〔註 118〕李漁：《閒情偶記》，浙江古籍出版社，1985 年版，第 101 頁。

鼎一足，而才與德乃兩尊於天下」〔註119〕。「三不朽」中，才與德已為世人接納，唯有色遺珠於外，葉紹袁急於為其正名。

在葉紹袁的熱情鼓勵及社會自由思潮的陶染下，葉氏整體的「德、才、色」主體意識開始萌蘇。葉氏女性大方地表露對於女性美的妙賞，這其中，尤以沈宜修為凸顯。她曾擬顏延之《五君詠》而作，顏作以「竹林七賢」中的阮籍、嵇康、劉伶、阮咸、向秀為題，刻畫五賢的高潔品行，沈作以家中的五位女性為對象，著力描摹其容顏之麗。詩作很美，選錄一首於下：

> 佳人字倩倩，綽約多娟微。豐既妍有餘，柔亦弱可擬。巧笑思莊姜，宜顰羨西子。沉香倚畫欄，獨立誰堪比。春雨泣梨花，華清竟杳矣。〔註120〕

沈宜修的表妹張倩倩，體態豐盈，柔弱有姿，行動起來似弱柳扶風。她笑起來如「巧笑倩兮」的莊姜，嗔怒時又若西子捧心，流淚時宛若梨花帶雨，笑顰之間，儀態萬方。張倩倩膚色極白，「脂凝玉膩」，故姊妹妯娌間戲呼其為「華清宮人」〔註121〕。《五君詠》中，還有沈宜修的季妹沈智瑤，沈宜修稱她「珠輝映月流，玉彩迎花度」，僅這一句，便令人產生持久的美感想像。宜修嘗以季妹照鏡為材口贈其詩，云：「星眸夢乍舒，宛轉看不足。一笑繞春風，含情低黛綠。」〔註122〕佳人新起，慵懶且嬌羞，她笑起來，黛眉簇動，靜謐且溫柔，一切宛若夢一般。

季女葉小鸞明秀絕倫，母親沈宜修也常由衷而贊：「今粗服亂頭，尚且如此，真所謂笑笑生芳，步步移妍矣，我見猶憐，未知畫眉人道汝何如！」〔註123〕又一次，沈宜修、葉小紈、葉小鸞曾偶見雙美，三人即各為賦詩，「若非拾翠來湘水，定是遺珠涉漢江」〔註124〕。在她們的眼中，雙美若南湘二妃，漢濱遊女，真乃神人謫世。

葉小鸞不喜旁人贊其美色，但她曾多次評賞自己。如十二歲年，小鸞畫眉簪花罷後，即對影自賞，並付諸於筆端：「攬鏡曉風清，雙娥豈畫成？簪花初欲罷，柳外正鶯聲」〔註125〕。後，金聖歎以泐大師的身份扶乩於葉氏時，

〔註119〕葉紹袁：《午夢堂集序》，第1頁。
〔註120〕沈宜修：《顏延之有五君詠暇日戲擬為之》，第39～40頁。
〔註121〕沈宜修：《表妹張倩倩傳》，第205頁。
〔註122〕沈宜修：《六妹照鏡口贈》，第86頁。
〔註123〕沈宜修：《季女瓊章傳》，第204頁。
〔註124〕葉小鸞：《偶見雙美同母及仲姊作》，第310頁。
〔註125〕葉小鸞：《春日曉妝》，第311頁。

以此爲據，遂敷衍出冥中葉小鸞與泐大師之間的互答，泐公問：「曾犯淫否？」
小鸞云：「曾犯。晚鏡偷窺眉曲曲，春裙親繡鳥雙雙。」〔註126〕

三、葉氏女性的文學創作特色

　　清代駱綺蘭在序《聽秋館閨中同人集》中，將男女書寫者的處境作以客
觀比較，道出女子難工於詩的後天不足：

> 女子之詩，其工也，難於男子。閨秀之名，其傳也，亦難於才
> 士，何也？身在深閨，見聞絕少，既無朋友講習，以淪其性靈，又
> 無山川登覽，以發其才藻，非有賢父兄爲之溯源流、分正僞，不能
> 卒其業也。迄於歸後，操井臼、事舅姑，米鹽瑣屑，又往往無暇爲
> 之。〔註127〕

群居琢磨，登臨勝景，父兄爲之導引，且有閒情，駱綺蘭所豔羨男子的諸般
長處，雖然沈宜修不甚有之，「彼以富貴多暇，遊衍典墳，岩壑可娛，擷蒐腴
潤，君與斯二，並皆無之」〔註128〕，但在其與葉紹袁的合力打造下，午夢堂
中諸般兒女皆有。葉小紈中年以後，曾回憶道：「深閨從小不知愁，半世消磨
可自由。」〔註129〕可爲她與兩姊妹待字閨閣中的寫實。正是在這種美意嫻情
的生活裏，葉氏三女全身心地投入詩文創作之中。

　　首先，葉氏女子熱衷於創作彰顯文字技巧的文體。迴文或辭句連續，互
相發明，若珠之相連，或反覆迴旋，可順讀、倒讀，左右分讀，巧妙組合成
詩，前秦竇滔妻蘇惠即有《璇璣圖》詩，謂之最早者。沈宜修有迴文詩《秋
閨》四首，迴文詞《菩薩蠻·春閨》等七首，葉小紈有迴文詞《菩薩蠻·暮
春》一首。葉小紈之作，「柳絲迷碧凝煙瘦。瘦煙凝碧迷絲柳。春莫屬愁人。
人愁屬莫春。雨晴飛舞絮。絮舞飛晴雨。腸斷欲昏黃。黃昏欲斷腸」，每上一
句子乃下個句子倒讀而成，迴旋往復，除卻描述暮春之景愁人，更注重的是
技巧的展現。

　　她們還會用特別的限定，來體現自己的用詞精妙。沈宜修有《蝶戀花》
六首，題記即表明「桂、竹、梅、柳、蕉、薇六影，次楚女子朱瓊蕤韻，不

〔註126〕葉紹袁：《續竊聞》，第 522 頁。
〔註127〕胡文楷：《歷代婦女著作考》附錄二，第 939 頁。
〔註128〕葉紹袁：《亡室沈安人傳》，第 211 頁。
〔註129〕葉小紈：《對鏡》，第 757 頁。

得言影，不得言本色」。如寫桂：

> 蟾兔清輝浮碧樹。簾櫳橫枝，恍惚淹留處。畫出淮南招隱譜，廣寒卻趁幽芳注。葉底金鵝愁欲曙。蠹餌空濛，似滴盧山露。漢殿靈波奇豔吐，風來雲外飄香暮。〔註130〕

細碎的桂花，從來是以幽幽的香氣知名，但其影子，似乎無從下筆，而且約定不得言影，不得言桂花的本色，更增加了寫作的難度。沈宜修採用旁注的方式，凸顯出桂影。月兔與桂樹同在月亮之上，有月兔的地方，自然有桂影。淮南王劉安作有著名的《招隱士》之賦，賦中有「桂樹叢生兮山之幽，偃蹇連蜷兮枝相繚」，故提及淮南，桂的影子也就浮在讀者腦海中，沈宜修高超的寫作技法著實令人佩服。

其次，在她們所寫的詩文中，嫻用典故也是一大特色。沈宜修曾寫作《醉芙蓉賦》，醉芙蓉清晨和上午初開時花冠潔白，並逐漸轉變為粉紅色，午後至傍晚凋謝時變為深紅色。根據這一特色，她展開了豐富想像：

> 有醉芙蓉者，獨嫣然於水濱，旭旦則梁園之雪聚，映日則潘縣之粉勻。卓女姿含而待暮，何郎傅粉兮迎晨。於是素紈朝彩，絳縷夕新。梨容早秀，杏煩晚春。籠曙景兮娟娟，帶落暉兮灼灼。颭金風兮參差，映瓊月兮綽約。或擬姑射之仙，忽訝蜀帝之魄。〔註131〕

幾乎句句用典，梁園雪景、河陽桃花；敷粉的何晏、紅豔的卓文君；肌膚若冰雪的姑射之仙、杜鵑啼血的蜀帝之魂指合醉芙蓉朝白夕紅的特性，讓人目不暇給。《國語·鄭語》云：「物一無文。」沈宜修學養豐富，方能將醉芙蓉描摹地如八寶樓臺般繁複美麗。

四、豔體連珠

連珠體，為我國一古老而獨特的文體，長久以來肩負著主文譎諫的功能。如被《文心雕龍》視為此文體的初始作者的揚雄〔註132〕，在其《天下

〔註130〕沈宜修：《蝶戀花》，第 179 頁。

〔註131〕沈宜修：《醉芙蓉賦》，第 197 頁。

〔註132〕《文心雕龍·雜文》云：「揚雄覃思文閣，業深綜述，碎文瑣語，肇為連珠。」揚雄《天下三樂章》：「臣聞天下有三樂，有三憂焉。陰陽和調，四時不忒，年穀豐遂，無有夭折，災害不生，兵戎不作，天下之樂也。聖明在上，祿不遺賢，罰不偏罪，君子小人，各處其位，眾臣之樂也。吏不苛暴，役賦不重，財力不傷，安土樂業，民之樂也。亂則反焉，故有三憂」，見《太平御覽》卷

三樂章》中，通體孜孜勸誡，讓人想起孟子勸梁惠王的篇章。有關連珠體的文學特徵，西晉傅玄《敘連珠》有段精彩的描述，云：「其文體，辭麗而言約，不指說事情，必假喻以達旨，而覽者微悟，合於古詩諷興之義，欲使歷歷如貫珠，易看而可悅，故謂之連珠」〔註133〕。該段比較全面地概括了連珠體的文體特徵：言約辭麗、語意連貫、多用比喻、旨在諷興。其後理論家多沿用此說，如沈約《注制旨連珠表》言：「連珠者，蓋謂辭句連續，互相發明，若珠之結排也。」〔註134〕吳訥《文章辨體序說》亦云：「大抵連珠之文，貫穿事理，如珠在貫。其辭麗，其言約，不直指事情，必假物陳義以達其旨，有合古詩風興之義。其體則四六對偶而有韻。自士衡後，作者蓋鮮。」〔註135〕

葉氏所作連珠，更準確的名稱當爲豔體連珠，乃仿照梁代詩人劉孝儀《爲人作連珠》而作〔註136〕，劉氏詩作中，每句用「妾聞」起句，「是以」承之：

妾聞洛妃高髻，不資於草澤；玄妻長髮，無籍於金鈿。故云名由於自美，蟬稱得於天然。是以梁妻獨其妖豔，衛姬專其可憐。

妾聞芳性染情，雖欲忘而不歇；薰芬動慮，事逾久而更思。是以津亭掩馥，秖結秦婦之恨，爵臺餘妒，追生魏妾之悲。〔註137〕

前一首邏輯連貫詞「妾聞……故……是以……」，後一首爲「妾聞……雖……是以……」，構成雙重因果，曲折迴旋。內容上，前一首模豔女之美，後一首敘豔情之深。該作已脫離諷喻的軌迹，專注於容貌與深情，用典趨繁，如第二首的最後四句，句句用典。在這裡，**豔體連珠**已然脫離揚雄所開創的注重的事與理的傳統，而專注於情與辭，注重華文麗辭帶給人的美的享受。

葉氏的仿作由葉小鸞肇其端，她以髮、眉、目、唇、手、腰、足、全身、七夕爲題。沈宜修見後甚喜，「亦一拈管」，所敘對象，僅少七夕一題，後葉紹袁也欣然屬和，內容爲眉、目、唇、七夕、月五章。沈宜修、葉小鸞之作後被民國文人蟲天子收入《香豔叢書》裏，該叢書《凡例》有云：「本集所

四百六十八，中華書局，1960 年版。

〔註133〕《文選》卷五十五，中華書局，1977 年版，第 760 頁。

〔註134〕沈約：《注制旨連珠表》，《沈約集校箋》，浙江古籍出版社，1985 年版，第 89 頁。

〔註135〕吳訥：《文章辨體序說》，第 54 頁。

〔註136〕按，《午夢堂集》沈宜修將劉孝儀誤記爲劉孝綽，誤。

〔註137〕陳翼飛輯：《文儷》卷三，《四庫全書存目叢書補編》第 25 冊，第 64 頁。

選，以香豔爲主，無論詩詞樂府，足以醉心蕩魄者，一例採入。」〔註138〕試以目爲例，看三人的創作：

> 蓋聞粉黛勻妝，橫波不勻於粉黛；嬿脂點靨，流瀾不點於嬿脂。故眇眇愁予，帝子降而無語；盈盈獨立，班姬顧而生姿。是以在怨彌憐，章華有看花之淚；承恩益姣，明光有傾城之思。（葉紹袁）

> 蓋聞朱顏既醉，最憐炯炯橫秋；翠黛堪描，詎寫盈盈善睞。故華清宴罷偏嬌，酒半微闌；長信愁多不損，泣殘清採。是以娛光眇視，楚賦曾波，美盼流精，衛稱碩碩。（沈宜修）

> 蓋聞含嬌起豔，乍微略而遺光；流視揚清，若將瀾而詎滴。故李稱絕世，一顧傾城；楊著回波，六宮無色。是以詠曼睐於楚臣，賦美眄於衛國。（葉小鸞）

對女性審美頗有心得的李漁嘗言：「面爲一身之主，目又爲一面之主。」〔註139〕可知目在審美視野中的地位。而對於美目的描摹，歷來不乏經典之作。《紅樓夢》中，黛玉「一雙似喜非喜含情目」，讓寶玉覺得好生眼熟。《老殘遊記》裏，王小玉出場時，「那雙眼睛，如秋水，如寒星，如寶玉，如白水銀裏頭養著兩丸黑水銀」〔註140〕，令全場的觀眾爲之屏息。相較而言，葉氏筆下的目，採拾了眾多古典意象，更具美感的想像空間。

葉紹袁在作品中，將《九歌》中含怨的湘妃獨立湘江，與承恩的班婕妤顧而生姿相對，凸顯美人在怨彌憐、承恩益姣的兩種各具姿態的美。沈宜修在作品中，則別具角度，摹寫美人酒半微闌時，略帶慵懶的目光。所用楚賦、碩碩之典，暗含了「含睇宜笑」的湘妃、與《詩經・碩人》的「巧笑倩兮，美目盼兮」。葉小鸞描寫的重點乃美人舉目流視的瞬間，並以「一顧傾人城，再顧傾人國」的李夫人，以及「回眸一笑百媚生，六宮粉黛無顏色」的楊貴妃，來突顯美人目光的感染力。沈宜修稱葉小鸞的連珠體：「女實仙才，余拙不及也。」葉紹袁則稱：「瓊章之清麗與內子之流雅。」而觀己作則「手粗腕硬」〔註141〕。三人之作風格各有不同，但均是以美爲核心，葉紹袁偏重於附會經、騷的寫作，沈宜修、葉小鸞寫作側重於自我的述懷。他們在寫作時候，

〔註138〕蟲天子：《香豔叢書》凡例。
〔註139〕李漁：《閒情偶記》，第103頁。
〔註140〕劉鶚：《老殘遊記》，人民文學出版社，1982年版，第18頁。
〔註141〕葉紹袁：《鸝吹》，第193頁。

先以細微的表象，然後生發聯想，予人以美的享受，沒有香豔叢書中的妖冶之氣，總體特徵爲清美。後有清代不知名者，亦有仿作，蟲天子將其附於沈宜修、葉小鸞詩作之後，名爲續豔體連珠。詩云：「蓋聞將軍之號，乃喻其大，美人之容，實驚其豔。是以新柳之青垂垂，春風誰識？雙風之丹點點，秋水何長？」同樣的題目與文體，與葉氏之作相比，高下立現。

　　西方女性主義批評家在深入探討女作家的內心時，常看到的是「憤怒和自我的懷疑」，並認爲「統一組合女性創作的便是壓抑的心理，女性生存於父權制下的心理」〔註142〕。這種極端的情緒在中國女性創作中，鮮有看到，但女子在書寫時候的矛盾與自我反省卻是已然存在的，許多閨秀才婦都有易簀焚稿之舉，彰顯的便是「內言不出」觀念下的焦慮〔註143〕。在午夢堂寬容鼓勵的創作環境下，葉氏女性在文學創作中得以自由地自我抒懷，並對美毫不吝嗇地讚美，遂造就了女性文學史上的一朵奇葩。

〔註142〕見 Judith Kegan Gardiner：《心智母親：心理分析和女權主義》，第 107 頁，收入 Gayle Greene&Coppelia Kahn 編《女性主義文學批評》（Make a difference: Feminist Literary Criticsm），第五章，陳引馳譯，臺北駱駝出版社，1995 年版。轉引自鍾慧玲：《女子有行，遠父母兄弟──清代女作家思歸詩的探討》，《中國女性書寫──國際學術研討會論文集》，臺北學生書局，第 168 頁。

〔註143〕參張宏生：《才名焦慮與性別意識──從沈善寶看明清女詩人的文學活動》，收入《明清文學與性別研究》，江蘇古籍出版社，2002 年版。

第二章　執著的選擇——葉氏家族的生計與謀身及文學撫慰

　　子曰：「天下有道則見，無道則隱。邦有道，貧且賤焉，恥也；邦無道，富且貴焉，恥也。」〔註 1〕為士人悅納。而先秦時廣為傳唱的：「滄浪之水清兮，可以濯我纓；滄浪之水濁兮，可以濯我足。」〔註 2〕又暗示了世論中所許可的迴旋空間。葉氏家族數代簪纓，酬唱相和，美意嫻情附麗於先祖所遺「十餘頃田」〔註 3〕。伴隨著各項繁冗的開支，家產日益見絀，歲月靜好中，不足為外人所道的暗湧正日夕迫近。於此景況下，葉氏男輩孜孜於考取功名以挽救家族的式微，無奈天何久困，葉氏在此條路上走得異常艱辛。世道艱辛，處世艱難，疾病陰霾般環繞在葉氏家族的上空，多難未必興邦，詩確窮而後工，貧與病在葉氏一貫矜持的筆下，漸有所現，並在諸種因緣際會的湊泊下，隱恫逐漸外顯，演繹為一個家族的創作母題。

　　明清之際士大夫經世、任事、生計等問題，已漸成話題〔註 4〕。本章探討在家族內憂與國家動盪之際，葉氏家族選擇以何種姿態處世、謀身，於其時「眾聲喧嘩」背景中，凸現葉氏個體的「聲音」，他們如何選擇，以及選擇背後的思考。如果謀身所指不限於謀稻粱，那麼在葉氏家族選擇的似迂處，是否存份超然的灑脫，是否自有世俗眼光所不可企及處？葉紹袁晚年模仿陶淵

〔註 1〕　《論語・泰伯》。
〔註 2〕　《孟子正義》卷十四《離婁上》，中華書局，1987 年版，第 498 頁。
〔註 3〕　《吳江縣志》卷三十一《節義》，《中國地方志集成》本，第 20 冊，第 123 頁。
〔註 4〕　如趙園所著《明清之際士大夫研究》續編第一章《經事・任事》，北京大學出版社，2006 年版。

明《五柳先生傳》而作《一松主人傳》，以他者的眼光描述了一位隱者蕭然淡泊的生活，爲我們探尋葉氏如何謀身打開了一扇窗戶。

第一節　傷哉貧也

《禮記‧檀弓下》載子路的哀歎：「傷哉貧也，生無以爲養，死無以爲禮。」翻開葉紹袁紀實性作品——自撰年譜系列，觸目驚心的是其一家赤裸裸的貧困，以及午夢堂主葉紹袁、沈宜修兩人面對龐大開銷下的百苦支持，顯示了葉氏一家詩意酬唱之外，一個更具厚重感的俗世生活〔註5〕。

一、葉紹袁幼年失怙

分湖葉氏，自二十世祖葉紳起，五世食祿，家資豐饒，瓜瓞綿延。觀葉紹袁一房，自其父葉重第始，因爲官清廉，而「愈宦愈貧」〔註6〕，家產已有所衰落。《詩經‧蓼莪》有云：「無父何怙？無母何恃？」在葉紹袁十一歲時，葉重第患河魚之疾早逝，對其一家造成了情感與經濟上的致命打擊。穗帳猶懸，失怙的葉紹袁卻來不及哀傷，因爲族內的虎狼之心者正在覬覦他們的家產。

聰穎機智如柳如是，在錢謙益去世後，百般周旋，尚賴玉石俱焚保全家產〔註7〕。封建宗族環境下強宗悍族橫加刀俎的兇險，比想像中更具力量。葉氏乃當地旺族，《吳中葉氏族譜》特設有宗約：「各宗子孫有田土爭執者，大宗子明告各宗之尊長，約日揭廟，爲彼講解，如兩情不服，聽其官府告理，毋得糾交左右人。」〔註8〕即規定了在不告官府時，族內各宗尊長協調問題時的權威。如此強大的宗族力量，一旦眾友叛離，挑釁者橫生，寡婦孤兒不啻爲魚肉：

> 疇昔徼潤微澤，霑羃餘瀝，青松示心，白水旌信者，靡不操戈

〔註5〕 按：葉氏家族的貧困與美意嫻情並不矛盾，隨著收支的不平等，家產日益見絀，但葉氏著力於在貧困之中，營造出美的生活環境。

〔註6〕 袁黃：《奉政大夫貴州按察司提學僉事振齋葉公墓誌銘》，《續修吳中葉氏族譜》戌集，葉長馥輯，明萬曆原刊清康熙中修補印本。

〔註7〕 陳寅恪：《柳如是別傳》第五章《復明運動附錢氏家難》，三聯書店，2009年版。

〔註8〕 葉長馥輯：《吳中葉氏族譜‧宗約》，《續修吳中葉氏族譜》亥集。

樹難，戎首興仇，豈止總帳猶懸而客去，墳草未宿而賓絕哉！〔註9〕
如是之境，考取功名重振家業，成為唯一可循的途徑。故在沈宜修去世後，葉紹袁追憶當年母親馮太宜人因「恐以婦詩分咕心」而禁止沈寫詩，動情寫出當年的不得已：

> 強宗悍族，又以余弱子，日尋諸穿墉，以故太宜人望余，不啻
> 朝青霄而夕紫閣也。〔註10〕

族內、族外虎視眈眈，言語之中，我們清晰可感當時葉家朝不夕保的惴惴與緊張。

當此時，葉紹袁的岳父沈珫，遠在中都，距離分湖千里之遙，空有鞭長莫及之歎。所幸族內外尚有敦履仁人，相率幫助，使得保全家業。義父袁黃、分湖邑令劉時俊先生，便是這次災難中的貴人，族內從兄葉紹德，亦與有力焉。多年之後，葉紹袁記錄鄉邦風俗的《湖隱外史》，滿懷感激地將葉紹德歸為敦履條目中：

> 余幼時，有族昆操於室，則陽責以大義，而陰出彙援之，隙乃
> 止。里有惡少，欺余弱也，誣家奴為探丸，則義形於色，力白之於
> 邑庭，而跳梁乃息。〔註11〕

該段話，讓我們又一次感知了當時的災難。憂患不僅起於「蕭牆」，族外惡少甚至誣告於官府，而一旦被誣入有司，不僅家奴會受嚴刑，訟費高昂〔註12〕，葉家的聲望也會受到玷污。「非藉仁人力垂惠庇，家門忝瘁，有今日與」〔註13〕？葉紹袁時刻銘感在心。保全家產，固然有虎口脫險的幸運，但失去對外主持生計大業的葉家，從此亦開始了依賴典當的生涯。葉重第易簣時，貧無以為斂，「秋粒將登，不能待刈，賣田供費而已」〔註14〕。

二、久困場屋

科舉制度發展到明代，業已成熟。洪武十七年（1384）所定的科舉之

〔註9〕 葉紹袁：《葉天寥自撰年譜》，第826頁
〔註10〕 葉紹袁：《亡氏沈安人傳》，第225頁。
〔註11〕 葉紹袁：《湖隱外史·敦履》，第1059頁。類似記錄，在葉紹袁《文學兄峻之墓誌銘》亦有，見清葉長馥等重修《續修吳中葉氏族譜》戊卷，明萬曆刻本。
〔註12〕 按：明末官場腐敗，官員私收訟費並趁此訛詐，已蔚然成風，參見葉紹袁二十九歲時的經歷，《葉天寥自撰年譜》，第833頁。
〔註13〕 葉紹袁：《葉天寥自撰年譜》，第826頁。
〔註14〕 葉紹袁：《葉天寥自撰年譜》，第825也。

式，三年一大比，以及童試、鄉試、會試、殿試四級考試，各項制度堪稱詳善〔註15〕。葉紹袁及其子輩孜孜於科考，以挽救家族的式微，無奈久困場屋，功名之路走得極為艱辛。而一次次的離鄉趕考，多賴家中賣田、稱貸始能治裝。

通過童試，是功名路上的入門之階。葉紹袁鵲起時譽，他自謂：「流鶯初羽，即囀芳林；乳燕能飛，早開金箔。」考取秀才時年僅十五歲：

> 芄支之佩，初試於邑。試題《古之人古之人》，文成，共相擊節，中郎之歎元瑜，步兵之賞睿沖矣。〔註16〕

葉紹袁當時所作，文已佚去，只能從蔡邕賞阮瑀、阮籍贊王戎的類比中〔註17〕，追想奇文。這次考試，亦為其生命中最為璀璨的亮色之一。當葉紹袁低徊五十年後，回首過往，認為「總而論之，僅癸卯芹宮寸步」〔註18〕，讓其一展愁情鬱抱。

葉紹袁之後的舉人之路，極為蹉跎，走了二十一年。據明制規定，鄉試在各省省城舉行，考試時間在子、午、卯、酉年的秋季。因為錄取比例懸殊，此場考試最為艱難〔註19〕。雖然葉紹袁文章精密，一再得到考官的認可，「侯魏華山先生，初得余文，以為國士無雙」，提學御史孫公題「知是十年梨花槍，海內當無敵手」於其卷首〔註20〕。可惜大力者常負之，故屢屢落拓青衿。

天啓四年鄉試，葉紹袁在趕往金陵之前，沈宜修作《甲子仲韶秋試金陵》相贈：

〔註15〕參張廷玉等：《明史・選舉二》卷七十，中華書局，1974年版。

〔註16〕葉紹袁：《葉天寥自撰年譜》，第826頁。

〔註17〕.《太平御覽》卷三百八十五引《文士傳》載：「阮瑀少有雋才，應機捷麗，就蔡邕學，歎曰：童子奇才，朗朗無雙。」《晉書・王戎傳》載：「阮籍與渾為友。戎年十五，隨渾在郎舍。戎少籍二十歲，而籍與之交。籍每適渾，俄頃輒去，過視戎，良久然後出。謂渾曰：濬沖清賞，非卿倫也。共卿言，不如共阿戎談」。

〔註18〕葉紹袁：《年譜續纂》，第856頁。

〔註19〕錢茂偉統計明代各直省鄉試錄取率，結論為：「明代鄉試錄取率，總的說來呈下降趨勢。1542～1639年，一直徘徊於4%左右。最低竟達1.8%。這說明，越到後來，鄉試的競爭越激烈。且以上所謂明代鄉試錄取率，是建立在事前的人為控制之上的，不是自然競爭形成的比例，如果允許所有的秀才都參加鄉試的話，則可以肯定，明代鄉試錄取率還要低得驚人」。見《國家、科舉與社會——以明代為中心的考察》，北京圖書館出版社，2004年版，第99頁。

〔註20〕葉紹袁：《葉天寥自撰年譜》，第830頁。

> 桃葉秦淮幾度秋，離魂長自繫孤舟。
> 而今莫再辜秋色，休使還教妾面羞。〔註21〕

三年一次的鄉試、一年一度的歲考，葉紹袁已算金陵常客。每一次孤舟遠行，沈宜修都期待且惴惴。北宋錢易《南部新書》載，唐人杜羔屢試不第，快到家時，接妻子劉氏詩一首，云：「良人的的有奇才，何事年年被放回？如今妾面羞君面，君若來時近夜來。」杜羔看畢，掉頭而去，後來終於考上。「靡顏曼色，婉性柔情」的沈宜修〔註22〕，雖用此典故，依然是隱忍、溫和的語調，「而今莫再」透露的是哀婉的期盼，無劉氏詩中似敬實諷的語氣。在沈宜修去世之後，葉紹袁滿懷深情地寫道：「妾面羞君，不學杜羔之贈。」〔註23〕也許就是在追憶當年看到此詩時的感動。

天啓四年七月，葉氏一家終於等來了興奮的消息，儘管這好音來得有些曲折：

> 二十七日昕時，季若載好音矣，一椽之敝廬，無蹄語焉。余瞠目默坐，內人淚涔涔不可止矣。歸視婦淚，益切傷懷，入秦攜手，妾面羞君，杜婦元妻，悲涼今古。將昕，南書亦至。〔註24〕

紹顗、紹袁兩家比鄰而居，從陽光初曦的清晨到霞光漸射的傍晚，耳朵裏充斥的是鄰家近親的歡騰聲，性格溫婉的沈宜修，淚涔涔不可止，無怨語相報，更讓葉紹袁糾懷。從兄葉紹衮，在葉紹袁最為低沉的時候，多方鼓勵，「自中庭出至門，昕昕然跂而望之，不得，則長歎入，旋即出，出又復，如此數四」，不久「而余好音亦至，乃大喜，過余室相慰」〔註25〕。當旁人往附新中舉人時，葉紹衮如此不離不棄，令人銘感。次年京城會試，適值荒年，「野無穭粒，家無餘糧」，但「親友欣附，因其樂從，遍為稱貸」〔註26〕，而當年的債券，到葉紹袁的晚年尚未還清〔註27〕。

〔註21〕沈宜修：《甲子仲韶秋試金陵》，第 107 頁。
〔註22〕葉紹袁：《亡室沈安人傳》，第 209 頁。
〔註23〕葉紹袁：《鸝吹序言》，第 27 頁。
〔註24〕葉紹袁：《葉天寥自撰年譜》，第 835 頁。
〔註25〕葉紹袁：《湖隱外史》，第 1060 頁。
〔註26〕葉紹袁：《葉天寥自撰年譜》，第 835 頁。
〔註27〕吳江借貸利息很重，「借富家米一石，至秋則還二石，謂之生米；其銅錢或銀則五分起息，謂之生錢。或七八月間稻將刈而急於缺食，不免舉債，亦還對合。故吳門諺語，富者愈富，貧者愈貧矣」。《吳江志》（弘治元年刊本）卷六《風俗》，臺灣《中國方志叢書》第 446 冊（一），第 227 頁。

　　葉紹袁久困於名途，子輩更甚，在童試中就備受困躓。長子葉世佺、三子葉世傛於崇禎六年，補邑弟子員。素性有傲骨的二子葉世偁，在此次考試中致遺，從此悠悠鬱抱，悒悒而終。而葉世佺、葉世傛後亦止步於秀才，未能在功名路上走得更遠。

三、嫁女之耗費〔註28〕

　　《詩》云：「窈窕淑女，君子好逑。」蓋婚姻嘉合，王風深致焉。在婚禮具體實施中，《儀禮‧士婚禮》中詳細規定了納采、問名、納吉、納徵、請期、親迎等六個步驟為禮節。於此之外，出嫁的女方會有陪奩之資，這是一份很重要的財產，是新娘身價的體現，關乎其未來在夫家的地位〔註29〕，而為婿的一方也因為奩資的注入而改變家庭的政治經濟地位〔註30〕。清代某些務實的江浙家族，將新婦的妝奩買斷，以得到更好的分配與升值〔註31〕。曾經有首民歌如此描述嫁女時人力、物產的雙重損失：

　　　　咚咚咚，鼓兒響，張郎來娶李家娘。扶起新娘上了轎，轎子一起擡走了。爹爹跺跺腳，媽媽哭壞了。爹爹說：「賠錢貨！」媽媽說：「坑了我！」「走走，走，再休提！誰再要女兒誰是驢！」〔註32〕

語調不乏詼諧，但應是古代嫁女常見的一景。

　　葉氏曾因葉紹袁母親馮太宜人的嫁入，而使家中經濟狀況有所提升。馮太宜人生於平湖巨家，「時馮公以大參治曹，奩甚厚」，葉重第慷慨好與，馮夫人「甚賢，釵珥之屬，盡以充道及之，用無倦色」〔註33〕。甚至葉重第與太宜人「合葬於大珠原塋」，「不腆污萊之遺」，亦「皆本外家奩資為襄事」

〔註28〕按：有關葉氏男子的婚姻，所存記述不多，故暫不論述，以女兒為例。

〔註29〕張曉宇：《奩中物：宋代在室女「財產權」之形態與意義》，江蘇教育出版社，2008年版，第106～114頁。

〔註30〕毛立平：《清代嫁妝研究》，中國人民大學出版社，2007年版，第225～230頁。

〔註31〕陳爾士在《聽松樓遺稿》卷二《述訓》中，記錄了錢家的一條特別的族規：「吾族凡新婦於歸後，諸釵釧非常用者，授田數十畝，遞相易以為後者娶。」以田產交換前婦之奩作為後婦之聘。參唐新梅：《清代女性文章研究》第三章第二節《典釵換米：兼論清代士族婦女的財產權》，南京大學，2010年博士學位論文。

〔註32〕程薔：《女人話題》，上海文藝出版社，1997年版，第67頁。

〔註33〕袁黃：《奉政大夫貴州按察司提學僉事振齋葉公墓誌銘》，《續修吳中葉氏族譜》戌集。

〔註34〕。

　　沈宜修十六歲歸於葉氏，窈窕方茂，玉質始盛。其伯父沈琦、叔父沈珣與父親沈琉，科甲蟬聯，有「三鳳」美譽〔註35〕，但妝資卻極為簡單，其同母胞弟沈自徵回憶：

　　　　十六而歸仲韶，若貧女稱有室矣，樸囊木櫝而往，贄脯不具，
　　無以藉稱宦門送女者，姐恬然自適也。〔註36〕

沈宜修固然在眾人面前「恬然自適」，隱恫卻是藏在內心的，與之蘭閨三十載的葉紹袁便稱：

　　　　十六來歸，鹿車布裳，寶釵明鏡，雖無耀首之思；治澣潔庖，
　　實有沾襟之泣。此亦君之隱恫也。〔註37〕

沈宜修「聞琴之歲，早悲喪母」〔註38〕，沈琉又「莒蓿冷淡」，故宜修閣時，「僅僅隨常釵釧，縞綦衣服」〔註39〕，感同「貧女」。這一隱恫，固然在葉氏清高的筆下有所規避，但就平日生活而言，沈宜修對馮太宜人事事順承，「每下氣柔聲」，兒女已然林立，馮太宜人「稍有不怡」，沈宜修即「長跪請罪」〔註40〕，似乎又是此隱恫在現實中的具體投影。而深知嫁奩重要的葉紹袁、沈宜修，在為愛女葉小鸞置辦嫁妝之時，「拮据備嫁，心力為竭」〔註41〕。見到「父為百計迎貸」，葉小鸞甚為不樂，認為「荊釵裙布，貧士之常，父何自苦為」〔註42〕，不知當時沈宜修聽及此話，內心在湧動何種波瀾。

　　葉氏有清晰記載的四個女兒，葉紹袁分別擇配於同邑沈氏、王氏，崑山張氏與嘉善袁氏，均為「令望」之家。每一次嫁女，可以想像葉、沈二人，竭誠為愛女未來幸福加分而百般籌措〔註43〕。貧士嫁女，艱辛幾何？這艱辛，在二人看來，亦當不願為外人所道吧。

〔註34〕葉紹袁：《年譜續纂》，第859頁。
〔註35〕沈始樹輯：《沈氏家傳・宏所公（沈珣）傳》，民國抄本。
〔註36〕沈自徵：《鸝吹集序》，第17頁。
〔註37〕葉紹袁：《百日祭亡室沈安人文》，第210頁。
〔註38〕葉紹袁：《百日祭亡室沈安人文》，第210頁。
〔註39〕葉紹袁：《葉天寥自撰年譜》，第828頁。
〔註40〕沈自徵：《鸝吹集序》，第18頁。
〔註41〕沈自徵：《祭甥女瓊章文》，第364頁。
〔註42〕沈宜修：《季女瓊章傳》，第202頁。
〔註43〕幼女葉小繁出閣時，沈宜修已經離世，葉紹袁有「賣田借債，僅僅拮据成結縞焉」的記載，見《年譜續纂》，第863頁。

四、藥鋪與當鋪

魯迅在《吶喊・自序》中講述，曾經有三四年的時間，天天往返於藥鋪與當鋪之間，備知世間冷暖。囿於醫療條件以及遺傳等因素，多數葉氏成員都曾在藥鐺之間流連，葉紹袁常有河魚之疾且癰毒不斷，沈宜修多年與肺病為伴，許多子輩也遺傳了母親的頑疾，問診、買藥、典當成為其生活中的常景。

李時珍在《本草綱目》中收錄了其父李言聞撰寫的《人參傳》，並首次對人參的功用做了詳細論述，可治療「發熱盜汗、眩暈頭痛、反胃吐食、寒瘧、勞倦內傷、中風、中暑、吐血、嗽血」等症〔註44〕。明代中後期，世人普遍追捧人參，價格高昂，時載「人參八百斤、銀子萬餘兩交易」〔註45〕，另據梁章鉅的考述，清初人參價格為「十兩一斤」〔註46〕。沈宜修因肺病吐血，多年仰賴人參，家中首飾、衣物盡為典當：

> 藥餌所需，非參罔效。貧士辦此，苦逾餐藥，德耀之釵柴荊，
> 少君之裳短布，業已費去，未遂霍然。〔註47〕

二子葉世偁風采自賞，常有傲睨無人之氣，當崇禎五年童子之試暫沮，耿耿鬱懷，遂有耳後之毒，根據醫囑，亦非人參不可。此時葉家已十分拮据，「千途典質，百端賒貸」，葉紹袁夫婦為之「力殫神疲」，葉世偁本人也「自取頭上金簪，俾償參值」〔註48〕。

「言醫莫盛於吳中」〔註49〕，明代蘇州醫學已然十分發達。「吳之醫最多，舉城而籍之，不啻千百」〔註50〕，醫士多且精良，「籍太醫院者常百數十人」，「其為使、判、御醫及諸藥局之官者，累累有焉」〔註51〕。分湖葉氏，問診良醫，固得近水樓臺之先：

〔註44〕 李時珍：《本草綱目》卷十二「人參」條，人民衛生出版社，1979～1982年版。
〔註45〕 《李朝仁祖實錄》卷二九，轉引王鍾翰：《清史雜考》，中華書局，1963年版，第47頁。
〔註46〕 梁章鉅：《浪迹叢談》第八卷「參價」條，福建人民出版社，1983年版，第117頁。
〔註47〕 葉紹袁：《乙亥秋日贈婦貧病詩十首》，第596頁。
〔註48〕 葉紹袁：《葉世偁祭文》，第420頁。
〔註49〕 王禕：《贈葛仲正序》，《王忠文集》卷六，《文淵閣四庫全書》本。
〔註50〕 高啟：《贈王醫師序》，《鳧藻集》卷三，《高青丘集》，上海古籍出版社，1985年版，第904頁。
〔註51〕 徐有貞：《贈醫士盛文繼序》，《武功集》卷三，《文淵閣四庫全書》本。

> 郡有桐君，咸稱盧氏，我聞聲致慕，攜汝就診，又恐汝以寂寞
> 攖懷。兄侄弟儋，結伴同往。〔註52〕

三子葉世倌此次視醫，前後歷經一年，問診、羈旅行橐之開銷，都賴葉紹袁在家中籌措。那麼，當年葉紹袁仕宦在外時，馮太宜人身體抱恙，沈宜修獨自家中處心積慮、苦苦支撐，其艱辛就更爲淒涼了，「家計蕭條，羞囊罄澀，凡爲菫荁免薨，俱極焦心鑊處之。機瑢組蕁，襦爲爐匣，無不徵價貿市，百苦支持」〔註53〕。難怪葉紹袁追憶至此，淚潸潸而下，不能止矣。傷哉貧矣，貧與病兼，更有幾人能堪？

五、往生之資

《論語・學而》載：「愼終追遠，民德歸厚矣。」孔安國注曰：「愼終者喪盡其哀，追遠者祭盡其敬」。可知，古人不但重視死亡，還極爲重視死的方式及其死時所受待遇。故《孟子・離婁下》強調以禮治喪的重大意義，所謂「養生者不足以當大事，惟送死可以當大事」。《荀子・論禮》也稱：「禮者，謹於治生死者也。生，人之始也；死，人之終也。終始具善，人道畢矣，故君子敬始而愼終。」葉家接連遭隕珠之痛、摧龍之悲、荀奉倩之傷、蓼莪之哀，每次薤歌高揚，虔誠禮佛的他們都鄭重地依照佛事執事，萬斛哀思在往生的憧憬中得到些許消融。

葉氏家中，葉小鸞最先移駕瓊宮，訃音剛至崑山，其翁張魯唯「即檢蜀中美材，星言馳至」，令葉紹袁深深感歎「義重恩深」〔註54〕。因爲在後來的記錄中，葉家不斷因爲棺價拖欠，而被黠奴哮呶於門前〔註55〕。

崇禎八年，對葉家而言極其陰霾，一歲四喪。先是，二子葉世偁以鬱死，所聘崑山顧女凶服過門，馮太宜人平素愛偁最篤，登堂受贄，悲盈胸中，倏爲捐背。年僅五歲的八子世儻，忽患癇病，又傷徂謝。在接連的巨痛中，沈宜修開始不斷嘔血，與藥爲伴幾月後，也長辭去矣。馮太宜人喪事中，葉紹袁「表兄馮茂遠贈百金、丁伯生贈四十金」，「幸完大事」。家中的炊飲，賴「丁伯生餉米十石，始備膽粥」，邑侯章日炌，亦「捐俸資十金助」，「又一

〔註52〕 葉紹袁：《清明祭文》，第488頁。
〔註53〕 葉紹袁：《亡室沈安人傳》，第227頁。
〔註54〕 葉紹袁：《祭亡女小鸞文》，第372頁。
〔註55〕 葉紹袁：《百日祭亡室沈安人文》第213頁。

鄰人，義饋十金，並營喪事」，即便如此，所需仍就不足，適堂弟葉紹顒「嶺
南驄轡邅旋，賣田三十畝與之」，「又更饋百金，不啻春生雪谷矣」〔註56〕。

　　喪事耗費之巨，眾人皆知。在明代，拘於繁文縟節，喪禮大多過分奢華。
不僅奠、賻之物，需要大盤、蜜棗、綾錦、人物、樓閣、象生、飛走、銘旌等
〔註57〕，此外「揚幡設壇，修齋追薦」〔註58〕，亦必不可少。邑侯章日炌就曾
遺書葉紹袁，曰：「一歲三喪，所費得無不給乎？」〔註59〕葉家喪事中儀式的繁
複，在葉世侔的祭文中有些許端倪：

> 汝姊瓊章、昭齊死，俱作焰口佛事，獨汝以汝祖母大故，哀毀
> 皇迫，未暇及汝。今五月六日，祖母七七期也，敦延法師衍瑜伽義，
> 汝與八弟附焉。〔註60〕

除卻棺價、擇塋等必要的開銷外，焰口佛事亦是儀事之一。此等儀事，在某
些家庭看來許是「妖妄之費」〔註61〕，但在佛學信仰極深的葉家來看，是必
不可少。當三子葉世傛離世之時，家中的經濟狀況更不如前，葉紹袁在其《五
七祭文》中如此描述：

> 茲者勉設伊蒲，強宣焰口，實本汝婦沈氏憲英嫁時簪珥，平昔
> 衣裳，泣賣金錢，苦營齋具。〔註62〕

做佛事的開銷靠子媳變賣嫁時妝奩及平時衣裳，辛苦為力的同時顯露了葉家
對佛事頑強的執著。死者長已矣，死者生時又當何如？而吳江素來巫風甚熾，
「凡疾病危篤，則盛設筵席以饗之，謂之待聖，巫覡歌舞以鼓樂為娛，其獻
酬之禮，與生人無異。自夜達旦，或自朝至暮而罷，愈則歸功與巫，不愈亦
無怨悔」〔註63〕。當葉世傛重病期間，葉家「上窮碧落下黃泉」，極盡任何之
可能為其延生：

> 錢塘有生人作冥中錄事，人爭傳其異，俭往求之。是日風狂雨

〔註56〕葉紹袁：《葉天寥自撰年譜》第853頁。
〔註57〕陳寶良：《明代社會生活史》，中國社會科學出版社，2004年版，第445頁。
〔註58〕所謂「追薦」，即指在死後七七、百日、期年、再期、服除，以及隨後的每年
　　　的七月十五、十週年、二十週年，請僧道作佛事。見上書，第446頁。
〔註59〕葉紹袁：《葉天寥自撰年譜》，第851頁。
〔註60〕葉紹袁：《又祭文》，第452頁。
〔註61〕顏之推著，王利器集解：《顏氏家訓集解》，第57頁。
〔註62〕葉紹袁：《清明祭文》，第494頁。
〔註63〕《吳江縣志》卷六《風俗》，臺灣《中國方志叢書》本，第446冊（一），第
　　　228頁。

　　　橫，佚不顧也。皋亭山法師雪松適在嘉善智證庵中，余請為俗建延
　　　生道場，修光明經懺，總費百金，皆賣田為之。〔註64〕

薤歌高揚，將葉家人的精神與經濟推向了谷底。也許孜孜於各種延生道場如今看來僅是一種執著，但對當時葉氏悲痛的心靈來說，又何嘗不是一種慰藉呢。「絕望之為虛妄，正與希望相同」（魯迅《希望》），只要它曾經安撫過受傷的心靈，它就是安琪兒。

　　此外，還有些許意想之外的因素，加劇了葉家的貧困。比如長子葉世佺慶生會上的盜竊，使得馮太宜人大為受驚，致使「掌珠無色」，「湯餅索然」〔註65〕，能夠如此驚動全家，盜竊損失似乎比字面上的雲淡風輕更嚴重。而葉家八龍四鳳，人口漸多而物產依舊，應該是致使家中收支日益不對等的最顯然原因。

第二節　葉氏家族的貧病詩

　　清人張潮有言：「境有言之極雅而實難堪者，貧病也。」有人俏皮地回應：「物有言之極俗而實可愛者，阿堵物也」〔註66〕。崇禎八年，「幸得此極雅之境」的葉紹袁作《乙亥秋日贈婦貧病詩十首》並自為賡和，後有子輩步韻。以家族為單位，以貧病為詩題，這在文學史上是個有趣的現象。

一、貧病詩溯源

　　歐陽修在《梅聖俞詩集序》指出：「詩人少達而多窮。」蘇軾亦云：「詩人例窮苦。」（《次韻張安道讀杜詩》）明代王世貞總結文人九命：「一曰貧困，二曰嫌忌，三曰玷缺，四曰偃蹇，五曰流竄，六曰刑辱，七曰夭折，八曰無終，九曰無後。」後又加「惡疾」，是為十命〔註67〕。參之史實，文人確乎更容易困蹇於貧病之中，伯牛病癩，長卿消渴，盧照鄰惡疾不愈，至投水死；東方朔苦饑難堪，司馬相如家徒壁立。貧與病，宛若藤蔓纏繞於文人的生活。固然自有「平生學問，多自貧病中得之」之說〔註68〕，顯示了思辨的慧解空

〔註64〕葉紹袁：《年譜續纂》，第859～860頁。
〔註65〕葉紹袁：《葉天寥自撰年譜》，第830頁。
〔註66〕張潮：《幽夢影》，中國社會出版社，1997年版，第62頁。
〔註67〕王世貞：《藝苑卮言》卷八，鳳凰出版社，2009年版，第130～137頁。
〔註68〕李顒：《二曲集》卷四十二，中華書局，1996年版，第530～531頁。

間。但大多數的文人「窮餓其身，思愁其心腸」時，以詩歌「自鳴其不幸」更爲常見（韓愈《送孟東野序》）。

苦吟詩人孟郊，是較早以貧病爲創作主題的，在其存留的四百餘首詩歌中，多寫個人的貧病飢寒，尤以晚年所作，嗟傷老病窮愁的《秋懷》十五首爲知名。如「秋月顏色冰，老客志氣單。冷露滴夢破，峭風梳骨寒」句，將詩人抑鬱忍悲之情、轉側痛心之狀置於睫前，而令後來者廣有戚戚焉，蘇軾就評「我憎孟郊詩，復作孟郊語。饑腸自鳴喚，空壁轉饑鼠。詩從肺腑出，出輒愁肺腑」（《讀孟郊詩二首》）。

即便是題材、心胸都更爲宏闊的文人，貧病主題也會有所涉及。如心繫「大庇天下寒士俱歡顏」，而坦然超脫「吾廬獨破」窘境的杜甫，在舉家顛沛流離於甘肅赤谷時，也曾寫下「貧病轉零落，故鄉不可思」來遣懷（《赤谷》）。

固然貧病讓文人「不平而鳴」，但在明清之前，詩人們鮮有直接以貧病命名，透露了下筆的某種珍重。首先以貧病爲題創作的，陸游應算爲開風氣者，胸襟豁達的他用戲謔的姿態寫到：

> 得米還憂無束薪，今年眞欲甑生塵。
> 椎奴跣婢皆辭去，始覺盧仝未苦貧。（《貧病戲書》）

柴米油鹽醬醋茶，生活中每一樣細細瑣事，都需要阿堵物。因爲缺少柴資，家中久已不舉火，蒸籠上幾欲生塵，僕婢盡散，最粗笨的也一應遣去，飽讀詩書的陸游甚至想到，當年以貧苦著稱的韓孟派詩人盧仝，與自己相比，也會愧稱苦貧。

明清異代，直接冠以窮病二字爲題的詩作，較之前代，略有增多，零散於個人別集之中，但詩人們顯然偶意爲之，並未成爲其興趣與專注。崇禎八年，葉紹袁創作《乙亥秋日贈婦貧病詩十首》以及又繼前韻十章，年僅十二歲的五子葉世儋作《和貧病詩》二首，三子葉世傛作《擬父貧病作》一首。此時，貧病詩已然成爲葉氏家族的一個創作母題，他們直接以貧病冠名，對於全家的隱慟不再避諱，在相互追和中，鄭重地抒發自己的鬱懷。

二、韻語自遣

與先前文人「不平而鳴」相似，葉氏作貧病詩觸起爲「韻語自遣」，葉紹袁曾在《秦齋怨小引》中如是回憶：

> 於時秋也……婦又臥？，藥餌所需，簪裾之屬，靡孑遺矣。愁

眉相對，聊以韻語自遣耳。故作贈婦貧病詩。〔註69〕

愛妻抱恙在床，而參比金貴，藥餌所需，百般典計，夫妻二人愁眉相對，聊作韻語以遣愁。這其中自然有苦中作樂的解脫，亦源於二人耽情翰墨，自作韻語已經成爲其生活中最熟悉自然的反應，亦是他們遭遇悲痛後，尋求精神依託的庇護之所。貧與病在家中觸目可及，創作時自有信手拈來的輕鬆。

五子葉世儋，「幼有異才，爲諸昆弟冠」〔註70〕。葉紹袁在《和貧病詩序》記錄他所作的和詩，給病中的沈宜修帶來的歡樂：

余第五子世儋，年十二歲，見余《貧病詩》，欣然欲倣仿爲之，

和前後兩韻，時中秋前三日也。母病中亦爲解頤，憐其早慧。〔註71〕

當世儋呈詩歌時，沈宜修正在與肺病做最後的鬥爭，被病魔糾纏的她，看到詩作，內心湧動的應該是爲兒子詩賦上精進的自豪，因爲她是那麼地熱愛文墨。而貧病詩歌的主題，似乎讓沈宜修的病痛在某種程度上得到溫和的化解，「消貧幸有兒詩句」。半個月後，沈宜修便永遠地離開了她所鍾情的家人。

葉氏一方面韻語自遣，用創作來消遣貧病帶來的鬱懷，另一方面，「詩能窮人」，創作又加劇了他們病的程度。對於後者，沈宜修有隱約地反思，她曾歎「貧徹那堪侵病鬼，詩成每歎作文魔」〔註72〕。文章「吟安一個字，撚斷數根鬚」（盧延讓《苦吟》），切磋琢磨之中，作者的心智、體質都有所損耗。貧病的加劇，又使得葉氏更傾向於以創作自遣，二律悖反的循環由此展開。

三、秋悲主題

「悲哉，秋之爲氣也，蕭瑟兮，草木搖落而爲霜」，自宋玉《九辯》起，悲秋似乎就成爲了士人的慣性思維。葉氏作貧病詩時恰爲秋季，「於時秋也。貧之苦，秋爲甚。悲秋之辯，亦曰貧士失職而志不平」〔註73〕。因外在物氣的感動串聯士人沉淪下僚的不平之氣，加之切膚的貧病之痛，故悲秋成爲了葉氏一家的不能承受之重，亦成爲其貧病詩歌系列中最爲常見的主題。

人到中年的葉紹袁，作爲主持全家生計的午夢堂主，可謂識盡秋愁滋味：

貧悶年年悶不休，病來更莫逾今秋。元因病劇憎貧苦，益軫貧

〔註69〕葉紹袁：《秦齋怨小引》，第595頁。
〔註70〕葉燮：《謝齋諸兄弟傳》。
〔註71〕葉紹袁：《和貧病詩序》，第600頁。
〔註72〕沈宜修：《感懷和仲韶韻》，第81頁。
〔註73〕葉紹袁：《秦齋怨》，第595頁。

窮起病愁。卻病色空俱渺渺，長貧仁義但悠悠。凄慘自昔傷秋月，

惆悵孤雲水上浮。〔註74〕

貧士悶懷連年，沒有一刻休停，遇秋甚，遇今秋更甚。本來並無憂愁，但貧與病互為原因，讓他們始有愁怨，色空也好，安貧亦罷，現在都變得飄渺且悠長。愁怨之中，目睹秋月、孤雲，一切景物都染上了孤寂的色彩，令葉紹袁不勝凄涼之戚。

葉紹袁的這首詩，引起了葉世儋的極大興趣，在其賡和之作中，記錄了作為兒童的他，觀察到的情景：

病也何緣戀不休，貧腸半斷又驚秋。貧拭落花花亦淚，病看飛

鳥鳥多愁。貧屋獨居常寂寂，病床高臥自悠悠。回首半生無復望，

恨將貧病了沉浮。〔註75〕

通體韻字與葉紹袁相同，此外，葉紹袁的頷聯兩句韻字相疊，葉世儋頷聯亦同，也可算作某種結構上的呼應。對於秋天，葉世儋亦用驚秋字眼，貧病的緣故，秋天的到來對他們來說動魄未必，但驚心實有。詩作中採用了通感的手法，花為人困於貧而落淚，飛鳥因人陷於病而多愁，物猶如此，人何以堪？家道中落，門庭稀少，似乎也在十二歲的兒童心裏印上了烙印，故而才有門庭常寂寂的記錄。最後，他還模擬父母的口吻，嗟歎生命在貧病中的蹉跎。

葉紹袁代妻子沈宜修所寫的《代答十鬱》，筆鋒隱忍含蓄，對秋天的況味深沉有度，讓人感動：

紅葉飄零病未休，一枝貧不奈驚秋。貧當束手誰無怨，病到中

年況是愁。細雨殘燈催病老，晴江落日照貧愁。何時病起共貧話，

剪獨同君拍酒浮。〔註76〕

他模仿沈宜修口吻，把自己（沈）比作秋日枝頭的紅葉，因為貧病而更加不奈蕭瑟的秋風。人到中年，貧病交加，愁與怨孰多？之後，截取兩個畫面來具體闡釋，一個是細雨淅瀝的晚上，昏黃的燈火在風中搖曳，病況也隨之陰晴不定；一個是傍晚的日照，落在波光瀲灩的江面上，閃爍著點點的碎金，也揉碎了沈宜修的貧愁。畫面用筆隱忍，蕭瑟之氣卻撲面而來。最後，沈宜修希望能夠早日病癒，與夫君一起調侃貧窮，西窗共剪燈，飲酒作詩，做浮

〔註74〕葉紹袁：《乙亥秋日贈婦貧病詩十首》，第598頁。

〔註75〕葉世儋：《和貧病詩》，第601頁。

〔註76〕葉紹袁：《代答十章》其十，第600頁。

游天地的世外之人。

　　「自古逢秋悲寂寥」（劉禹錫《秋詞》），怎奈葉氏又深陷貧與病的囹圄之中？使得其貧病詩系列中的悲秋主題，更爲蕭瑟與寂寥。

四、同題共作

　　在葉氏貧病詩系列中，葉世儋、葉世俗曾用相同的韻字賡和父親系列詩中的一首。這是個有趣的現象，如羅生門，相同的事件與主題，不同的敘述者因爲學養、注意力及興趣的不同，敘述策略與方式亦有不同。三首詩歌並錄如下：

　　　　燕子憐人病也飛，紫花貧發舊荊扉。貧無仙藥成黃白，病有禪那證是非。好待病康需戒惱，漫隨貧活莫生違。西風一夜貧窗雨，疏箔先應掩病帷。〔註77〕（葉紹袁）

　　　　病雨飄來與淚飛，貧時蕭瑟對柴扉。青山碧水原貧是，綠樹紅花豈病非。去歲貧光今復又，朝前病景夕相違。秋風辦冷貧家況，孤月疏窗映病帷。（葉世儋）〔註78〕

　　　　荒徑清貧悴葉飛，病餘獨坐掩柴扉。貧憐病況時時在，病結貧愁日日非。休問藥鐺留病用，幾看炊甑與貧違。庭前景色徒然好，貧病何心對寂帷。〔註79〕（葉世俗）

毋庸置疑，三首詩作有穩定的共性，即貧病主題，但具體表現方式各有不同。首先是景物的描寫，「一切景語皆情語」。葉世儋選取了青山碧水、綠樹紅花，雖然被作者自行烙上悲戚的情感標識，但景物本身而言，色調明快。葉紹袁詩作中，則是黑燕與紫花，無論數量與色澤，都更爲深沉。葉世俗作品中，沒有具體的景物，只有空泛的「庭前景色」，卻也是爲烘托自己寂寥的心境。作者似乎無暇關注於周遭的景物，筆觸之中，處處是病中的心情與愁思。

　　其次因爲學養的不同，葉紹袁作品中，摻雜了佛道之語，這在兩位子輩的作品中是沒有。他關注黃白，據漢人應劭《風俗通·淮南王安神仙》載：「淮南王安，招致賓客方術之士數千人，作《鴻寶》、《苑祕》枕中之書，鑄成黃白，白日昇天。」葉紹袁藉此感歎因爲貧窮，而無力購買靈丹妙藥療病。禪

〔註77〕葉紹袁：《乙亥秋日贈婦貧病詩十首》，第596頁。
〔註78〕葉世儋：《和貧病詩》，第601頁。
〔註79〕葉世俗：《擬父貧病作》，第452頁。

那，梵語（dhyana）的音譯，簡稱「禪」，爲佛教修持的一種方法，講求寂靜審慮。因爲養病，葉紹袁夫婦於靜觀中禪悟許多是非，言語中透現出隨生順處之意。

苦難讓兒童早熟，目睹父母爲生計而百般籌措，作爲子輩的葉世儋，儘管不能完全體味父母的心境，但在耳濡目染的感知下，仍有休戚與共的悲思，不過這種悲思畢竟帶有爲賦詩詞的強說意味，年僅十二歲的他終究涉世有限。與之對照，學養與世閱都已達成熟的父親葉紹袁，在詩作中一再表達要「戒惱」、「漫隨」，隨遇達生之中，是識盡愁滋味後所積澱的深沉。葉世儋的貧病歌，實爲其自身的寫真。在他生命的最後兩年，四處尋醫問藥，奔波於嘉善、武水等地，除夕之夜，「花開異地之春，人是他鄉之客」〔註80〕。貧病之中，孤寂蕭索之感當尤爲刻骨，又尙無父親閱盡滄海後的達觀，故其詩作中沒有一絲閒情描述貧病之外的事物，而孤寂悲涼之感，也最爲凸顯。

「公安派」袁中道「嘗以貧病無聊之苦，發之於詩，每每若哭若罵，不勝其哀生失路之感」，令其兄袁宏道「讀而悲之」，認爲「大概情至之語，自能感人」〔註81〕。葉氏貧病詩歌，亦十分感人。這些情至之語，與以往同類詩作中盡顯悲戚之音不同，他們力圖在詩歌創作中獲得心理的解脫，故詩作中有諸多寬慰、順處之意，顯示了葉氏在面對苦難時的堅強與灑脫。

第三節　葉氏家族的治生與謀道

「萬般皆下品，惟有讀書高」，我國歷來以讀書爲上。子曰：「耕也，餒在其中矣；學也，祿在其中矣。」〔註82〕將耕與學對立起來，強調士應當重學而不重耕，倡導「君子憂道不憂貧」。到明清之際，此種觀念更加流行，形而下的治生被有意迴避，「儒生俗士，不知理財之務，而諱言理財之名」〔註83〕。士人孜孜於道的謀求，「逐名者多而治生者寡」〔註84〕，儘管不免

〔註80〕葉紹袁：《清明祭文》，第488頁。
〔註81〕袁宏道：《袁中郎全集》卷一《敘小修詩》，中國國家圖書館出版部，1935年版。
〔註82〕《論語・衛靈公篇》。
〔註83〕孫奇逢：《夏峰先生集》卷五《題〈貨殖傳〉後》，中州古籍出版社，2003年版。第654頁。
〔註84〕曾燦：《六松堂集》卷一四《與陳元孝》，見《豫章集部》叢書集部十，江西教育出版社，2007年版，第532～533頁。

有侈談之嫌，如顧炎武稱當時南方士人「群居終日，言不及義，好行小慧」〔註85〕。清晰所顯的是那個時代治生與謀道價值等級的懸殊。書香世家葉氏，繼承了其所處時代的特質，在為官上堅持至清至廉原則，究心於詩文的推敲吟哦而較少投入事務性的生產。因為在他們的內心，推崇的是古人的高誼以及聲名的不朽。

一、清不可兼濁

學而優則仕，千百年來，仕一直作為士人謀生的首要選擇。但事實上，「耕讀乃能成其業，仕宦亦未見其榮」亦所在多有，葉氏一家即是如此。葉紹袁自天啓五年登第後，愈宦愈貧，似有迂闊處。而未取得功名的後輩，始終徘徊於春明夢外，抑鬱於草莽之間。

萬曆四十七年（1619），三十一歲的葉紹袁仍一身青衿，已經致仕的岳父沈珫隱居於吳中的硯石山中（今蘇州靈巖山），在蔥鬱的叢林之際二人偶談，岳父的一番話深深影響了葉紹袁以後官宦之途的做事原則，雅訓如下：

> 古人行己清濁之間，此言非也。清不可兼濁，濁不可兼清，貪廉界限，直自審才術何如耳。自審才足以貪，不妨於取。既取矣，索索屑屑，畏首畏尾，徒污名耳；不取則已，取必萬計，歸而選聲而聽，列鼎而食，亦是大丈夫豪舉之事。如才不足以貪也，即劉寵之一大錢，亦不可取，寧使妻子啼饑號寒，掉頭不顧，堅守苦節耳。我自料才非貪才，故貧況若此，汝後日倘列進賢，當以我言衡焉。
> 〔註86〕

沈公萬曆二十三年進士，歷任東昌知府、山東按察副使，萬曆四十五年掛冠。他為官二十二年的體悟是：非清即濁，斷乎沒有二者之間的模糊地帶。顯示出某種心理上的潔癖與行為方式上的極致。清與濁之間的分水嶺，在於才術如何。如果才足以貪，則必以萬計取，如歷史上的辛棄疾，多次被以「用錢如泥沙」遭彈劾，當年朱熹在看過稼軒的莊園以後，「以為耳目所未曾睹」，以其當時的俸祿來看，似有貪污之嫌〔註87〕，但絲毫無損於辛棄疾在當時以

〔註85〕王夫之：《南北學者之病》，《日知錄》卷一三，上海古籍出版社，2006年版，第804頁。
〔註86〕葉紹袁：《葉天寥自撰年譜》，第832頁。
〔註87〕關於辛棄疾是否貪污，現在學界有兩種聲音，認為確有染污，如香港學者羅忼烈《漫談辛稼軒的經濟生活》，收入《詞學雜俎》，巴蜀書社，1990年版。持反

及後代的聲譽。相反，才不足以貪，則當「砥礪節操」爲務。東漢劉寵從會稽任離任，「山陰縣有五六老叟」，「人齎百錢以送寵」，劉寵「爲人選一大錢受之」〔註88〕，既不撩拂老叟的美意，又維持了自己清廉的底線。即便如此，沈公仍然認爲不可，必須至清至廉不可。也許，只有如海瑞般的奇人，才符合其心目中的清。

明代官俸普遍低於各朝，《明史・食貨志》載：「自古官俸之薄，未有若此者。」隨著財政日益見絀，明朝執行折鈔制度，使得官員所得俸祿越來越少〔註89〕。官員或「貪墨」以成其生，或「蹈礪苦節」成其道，與葉紹袁同代的范景文曾自說「官邸所需，取諸室中，一米一薪一絲臬，府君日有齎、月有供，無志乏絕」，「唯飲府中水而已」〔註90〕，其清廉的名節賴於家中的豐資，若家境清貧，清的代價則爲常人所不能堪，故有人言：「廉吏偶可爲而終不可爲，貪官偶不可爲而終可爲。」〔註91〕

明代貪官的處境亦委實嚴峻，布衣出身的明太祖朱元璋，攜民間對貪官的仇恨，下達了一系列懲治貪官的酷行，諸如剝皮、梟首、刖足、剁指甚至族誅，儘管被後世棄用，仍可察明初人主整治貪墨的決心。明中葉之後，貪風大熾，但市井中不乏「奸民」訐告，士人亦以「點污」爲能事。天啓年間，更有「今世欲污蔑士夫人者，度其他不能爲害，惟賄，則無全者矣」的說法〔註92〕，客觀上爲止貪創造了監督環境。而世風輿論懷著本能的清官情結，亦對清官類似苦行不吝讚美，《明史》列傳中每有「貧不能殮」、「釜魚甑塵」一類字樣，都蘊含著對清廉極致的欣賞。環顧葉紹袁身邊的三位至親長輩，均以清廉著稱。父親葉重第「居官清慎，數年薄宦，家無餘資，身歿之日，所遺唯書一床，奚囊蕭然也」〔註93〕。義父袁黃，爲政時有政績，「孜孜求利民」，從「家不富而好施」的記載看〔註94〕，亦是清廉。岳父沈玧更甚，

對意見的，如黃全彥《辛棄疾究竟是不是貪官》，中州學刊，2008 年 3 月。

〔註88〕范曄：《後漢書》卷七十六《循吏列傳》，中華書局，1965 年版，第 2478 頁。

〔註89〕黃惠賢、陳鋒主編：《中國俸祿制度史》第八章《明朝俸祿制度》第四節《文職武職官員俸祿》，武漢大學出版社，2005 年版。

〔註90〕范景文：《先君仁元公行述》，《范文忠公文集》卷六，《叢書集成初編》本。

〔註91〕金聲：《壽尹惺麓先生》，《金忠節公文集》卷七，《四庫未收書輯刊》本。

〔註92〕歸有光：《乞休申文》，《震川先生集》別集卷九，上海古籍出版社，1981 年版，第 932 頁。

〔註93〕袁黃：《奉政大夫貴州按察司提學僉事振齋葉公墓誌銘》，《續修吳中葉氏族譜》戌集。

〔註94〕彭紹升：《袁了凡居士傳》，見周勳男：《了凡四訓新解》附錄，臺灣老古文化

「居官二十餘年，而布袍蔬食，所生子貧不能育，多寄食他氏。官刑部時，歲大祲，諸子多緣岸採蔓菁煮虀粥糊口。琉之清介，人比之胡威吳隱之云」〔註95〕。葉紹袁自說審才不足以貪，但身處如此之境，即便審才足以貪，沒有行己清濁之間的迴旋空間，他也會做出同樣的選擇，畢竟，家中尚有田產若干，而世風環境的取向又如此明確。其以後的仕宦生涯，嚴守了「劉寵大錢無一取」的雅訓。在葉紹袁在京城負責河工與盔甲等監制中，所經手「金錢四萬九千二百有奇」，而「無絲忽染其間」，故雖然崇禎一朝，人主不免過於猜忌苛責，但他「未蒙片語譴苛，寤寐亦得自安耳」〔註96〕。

葉紹袁致仕後，將清白以爲家訓的方式傳給子孫。秦齋耳室東有廳，名「清白堂」，爲葉重第所築，亦其志也。葉紹袁常常指堂額，以詔燮等子輩：

> 我家自都諫公以來，五世食祿，所貽者止此二字，故我每一顧不敢忘。我雖貧，不爲戚戚，固窮安命，可以自怡。汝輩若能興起繼志，吾願畢矣。〔註97〕

這段話，多年以後葉燮追憶仍「泣而誌之」。他在被稱作「座右銘」的《已畦瑣語》中言：「取人之財以肥己之家，家可肥乎？即可肥矣，亦當念民之艱不可任意以妄取。」〔註98〕從民生多艱的角度，提倡清廉愛民。

二、詩能窮人

士人以治生爲俗累，以「不事生產」爲高，由來已久。士人「不事」此事而賴其婦經營、力作爲生，作爲沿襲已久的家庭分工，每見諸記述，世俗恬不爲怪〔註99〕。比如陳確稱其婦「晝夜力作」置買田產，而「吾弗與知也」〔註100〕。葉氏一家的財物出入由沈宜修掌控，在沈宜修去世之後，葉紹袁驚然發現家中所存僅有：

> 質券盈箱，與遺詩相錯，零銀存七錢有奇，他更無餘物矣。倉米六斛，新穀未升，徒躊躇束手耳。〔註101〕

事業出版，2001 年版。
〔註95〕《吳江縣志》卷二十八《名臣》，《中國地方志集成》本，第 20 冊，第 110 頁。
〔註96〕葉紹袁：《葉天寥自撰年譜》，第 846 頁。
〔註97〕葉燮：《西華阡表》，第 1083 頁。
〔註98〕葉燮：《已畦瑣語》，《叢書集成續編》史部 42 冊。
〔註99〕趙園：《明清之際士大夫研究》，北京大學出版社，1999 年版，第 280 頁。
〔註100〕陳確：《婦王氏傳》，《陳確集》，中華書局，1979 年版，第 280 頁。
〔註101〕葉紹袁：《葉天寥自撰年》，第 853 頁。

沈宜修平日仁心卓見，「爲人節儉，床幬三十年不換」，而葉重第當年所留田，實有十餘頃。家中的貧困，大大超出葉紹袁的預想。

對於葉氏家中的貧困，胞弟沈自徵在追憶亡姊窮困一生後，道出一番理論：

> 語云：「詩能窮人。」詎不信與？豈直龍門湘水，侘幾畢世，即團扇流黃，女子不免，蓋靈根慧業，造化所靳惜，而窮鬼所揶揄，有由來矣。〔註102〕

如此一番話，令人想到李商隱所說的「古來才命兩相妨」(《有感》)。詩能窮人，似乎已是古代文人的共識，爲葉紹袁的高祖葉紳寫過墓誌銘的王世貞〔註103〕，認爲詩人「泄造化之秘，則眞宰默仇。擅人群之譽，則眾心未厭。故呻占椎琢，幾於伐性之斧。豪吟縱揮，自傅爰書之竹。茅刃起於兔鋒，羅網布於雁池」〔註104〕，著重於詩人的性格悲劇——張揚自我而忽於操守〔註105〕，故多困於窮。此話移述葉氏，未免失之公允。但鍾情翰墨，確實影響了葉氏一家的行爲方式，他們究心於詩歌的推敲而忽於現世的經營，「自幼至老，讀書掩護而外斤斤如也」〔註106〕。在舉門吟哦的風氣陶然下，葉氏很少有人致力於生產之上，「諸姑伯姊，後先娣姒，靡不屛刀尺而事篇章，棄組紝而工子墨」〔註107〕，所留的文章中，我們找不到任何有關「晝夜力作」的記述。翻閱掌管家中財物的沈宜修文集，觸目而來的是形而上的憂傷，其弟沈自徵閱後，也爲詩能窮人找到了答案：

> 今閱其遺編，如怨鶴空山，離鴻朝引，令人恍惚，殆不欲生。所謂沈悲生疾，積痛傷年，竟以憔悴一生，齎志玉殞。鳴呼痛哉！則「詩能窮人」之語，不其然乎！不其然乎！〔註108〕

沈悲生疾，積痛傷年，詩文無疑成爲沈宜修積聚「悲」「痛」的促媒。對自己憂愁的來源，沈宜修也是充滿疑問，她在寫給沈自徵的信中如是剖析自

〔註102〕沈自徵：《鸝吹集序》，第17頁。

〔註103〕王世貞：《贈文林郎肖愚葉公墓誌銘》，《續修吳中葉氏族譜》戌集。

〔註104〕王世貞：《藝苑巵言》卷八，鳳凰出版社，2009年版，第130頁。

〔註105〕更多關於詩能窮人論述，參吳承學：《「詩能窮人」與「詩能達人」——中國古代對於詩人的集體認同》，《中國社會科學》2010年第4期。

〔註106〕葉紹顒：《重訂午夢堂集序》，第1092頁。

〔註107〕錢謙益：《列朝詩集小傳·閏集·沈氏宛君》，上海古籍出版社，1959年版，第753頁。

〔註108〕沈自徵：《鸝吹集序》，第19頁。

我,「從夫既貴,兒女盈前,若言無福,似乎作踐,但日坐愁中,未知福是何物」〔註109〕。才女徹夜未眠,敏感的文人總是能夠覺察出生活中任何不和諧的氣息,這種憂愁無迹可尋,亦非空穴來風。「賦性多愁」與「耽情翰墨」〔註110〕,二者消耗了沈宜修最大的精力,掣肘她用更積極的態度主持家中的生計。

三、尚友古人

古人所云:「修、齊、治、平。」以修身爲本,通過格物、致知、誠意、正心的修養,力求獲得盡善盡美的道德觀與人格〔註111〕。明代世風遷移,「正(德)、嘉(靖)以上,淳樸未漓,隆(慶)、萬(曆)以後,運趨末造,風氣日偷」〔註112〕,到了晚明,更被時人目爲「天崩地解」、「綱紀凌夷」〔註113〕。個性之風崛起,世人漸所欣賞的是狂、狷、癖、病的文士才子人格。此種習氣,葉氏不可避免有所薰染〔註114〕,但無礙於其對古仁人俠客的渴慕。清初顧炎武曾感歎遺民志士不可求,「而或一方不可得,則求之數千里之外;今人不可得,則慨想於千載以上之人」〔註115〕。亦如《離騷》所詠:「謇吾法夫前修兮。」朱子《集注》曰:「前修,謂前代修德之人。」可爲葉氏尚友古人之思作注解,當然,葉氏所慕古人,更多爲品質相度。

葉氏尚友古人,又最慕魯仲連之流的俠客風采,同代士子亦多有此念,顧炎武悼念歸莊,稱其人「平生慕魯連,一矢解世紛」〔註116〕。陳洪綬被目爲「時時爲排難解紛,多所拯救,人比之魯仲連」〔註117〕。葉紹袁在《湖隱外史》中如是褒揚其心目中的游俠:

> 魯仲連曰:「所謂貴於天下之士,爲人排患釋難解紛亂而無所

〔註109〕沈自徵:《鸝吹集序》,第 19 頁。

〔註110〕葉紹袁:《亡氏沈安人傳》,第 229 頁。

〔註111〕參吳承學、李光摩:《晚明心態與晚明習氣》,《文學遺產》1997 年第 6 期。

〔註112〕紀昀等:《四庫全書總目》卷一三二《續說郛》,第 1734 頁。

〔註113〕有關更多明代社會風氣變遷,參徐泓:《明代社會風氣的變遷——以江浙地區爲例》,收入《第二屆國際漢學會議論文集·明清與近代史組》,臺北中研院編,1989 年版。

〔註114〕葉氏也有猖狂、性懶,癡迷的一面。

〔註115〕顧炎武:《廣宋遺民錄序》,《顧亭林詩文集》,中華書局,1983 年版,第 33 頁。

〔註116〕顧炎武:《哭歸高士》,《顧亭林詩文集》,中華書局,1983 年版,第 392 頁。

〔註117〕陳洪綬:《陳洪綬集》附錄,浙江古籍出版社,1994 年版。

取也。」郭解之徒固能以意氣矜重天下，然縱其客殺人，以自干先王之誅，此之謂暴民。何稱俠與？且夫俠亦必以仁義忠信爲主，而後其名貴，其行事始可終身負之而不衰。又其次謹厚雅飭，退然如不足也。或取，或不必取，居身清濁互用，及委之四方，奔走燕秦齊楚之郊，無往不效力焉。〔註118〕

明末綱紀頹亂，士子紛紛以醫國手自居，「視天下事以爲數著可了」〔註119〕。如陳子龍上言：「陛下誠能用臣，以待伊、呂之流，臣必脫屣風雲，推引輪轂，敢如今久竊賢路。」〔註120〕餘勇可賈，施用於具體倒未必然。同代孫奇峰亦言：「以武犯禁，遂使朱家、郭解之徒，令與暴豪冥行者同類而共笑之，無足怪也。」〔註121〕世間勇於任事之風已然到了偏執。葉紹袁在此特別指出不可徒以「意氣矜重天下」，有提醒世風的願力。他呼籲重歸儒者式的俠客，其品質仁義忠信、尚名、謹厚雅飭、勇於任事，尤以仁義忠信爲要，存悲憫之心，不至使無辜的百姓受到塗炭，與司馬公所言「（游俠）救人於厄，振人不贍，仁者有乎；不既信，不倍言，義者有取焉」互爲呼應〔註122〕。明清之際流佈各地的「義軍」魚龍混雜，「民間無賴子弟，聞義旗起，皆相率團聚，以圖富貴。鄉村坊落，凡有富名，輒借名索餉，恣啖酒食」〔註123〕，更有「陸寇」、「水寇」「桀驁不聽節制，白晝殺人市中，懸其腸於官府之門，莫敢向問」〔註124〕。葉紹袁在眾人攘臂高呼的喧囂中，保存了一份可貴的冷靜。魯仲連急人所難而無所取，世間多所稱道，葉紹袁認爲，俠客倒可行己清濁之間，似與清不可兼濁的仕宦原則相左，而實同歸，因爲當牽涉到公事時，其至清原則又會重占上風，儘管會妨礙排難解紛這一終極目標〔註125〕。

崇禎九年，與葉家來往密切的泐大師（金聖歎），曾贈葉紹袁二語「秦世

〔註118〕葉紹袁：《湖隱外史‧游俠》，第1057～1058頁。

〔註119〕黃宗羲：《陸文虎先生墓誌銘》，《黃宗羲全集》第十冊，浙江古籍出版社，1985～1986年版，第339頁。

〔註120〕陳子龍：《求自試表》，《陳忠裕全集》卷二四，嘉慶八年刊本。

〔註121〕孫奇逢：《題〈游俠傳〉後》，《夏峰先生集》卷五，中州古籍出版社，第653頁。

〔註122〕司馬遷：《史記》卷一百三十《太史公自序》，上海古籍出版社，1997年版，第2502頁。

〔註123〕黃宗羲：《行朝錄》卷十二，《黃宗羲全集》第二冊，第204頁。

〔註124〕黃宗羲：《行朝錄》卷二，《黃宗羲全集》第二冊，第124頁。

〔註125〕如邑中學宮頹壞，葉紹袁上書呈請，「公欲余司會計焉。余以錢穀贜途，非君子所宜涉足，遂堅辭之，學亦終不獲修」，《年譜續纂》，第857頁。

身爲魯高士，漢朝我識梅仙人」〔註126〕，以葉前身爲秦觀，秦觀前爲鄭樸，追溯最前世，乃「排患釋難解紛亂而無所取」的魯仲連，讓葉紹袁深深自喜，並以此爲任。在其自纂年譜中，記述了多次爲人解憂之事，其中與復社張溥的故事最令人稱快。葉紹袁妻弟沈君張家，「有女樂七八人，俱十四五女子，演雜劇及《玉茗堂》諸本，聲容雙美」，張溥偶至江干，有阿者諂媚，必欲君張獻女伎於溥。時張溥作爲復社之首，名重天下，「拒之恐或開罪，從之實所不欲」。葉紹袁分析情勢之後，認爲這只是阿者之意，恐張溥本心，治筵召請之：

> 天如（張溥）至，猶以爲女也，余曰：「内弟家有小鬟能歌，將使獻笑，太史方在讀《禮》，君子愛人以德，故不敢也。」天如面發赭，入座劇飲，盡歡而散。其阿者既恨且愧。酒未及行，先遁去。〔註127〕

《禮記・檀弓上》有言：「君子之愛人也以德，細人之愛人也以姑息。」葉紹袁巧妙據之，堅持用道德的標準去愛護太史以示尊重，張溥只得被迫受納這份美意，令眾人「共稱快心」。謝安的夫人，也曾用此辭絕夫君接近聲色，《世說新語・賢媛》載：「謝公夫人帷諸婢，使在前作伎，使太傅暫見，便下帷。太傅索更開，夫人云：『恐傷盛德』」。葉紹袁以魯仲連自任，旁人亦以此目之。白頭軍首領吳易，曾遣尺牘「聞諸君入山，問策魯連，先生幸廣引教之，無虛彼望」〔註128〕，仰賴與向慕，情見乎辭。

甲申後，葉紹袁率子輩隱遁於山林，在居無定所的病途中，他流露了這樣的感慨：

> 閱東坡集，公貽黃魯直牘云：聞行囊中無一錢，途中頗有好事者能相濟急否。不覺一歎！山谷盛名之下故自不同，宋世亦或有此風俗，求之今，天下難乎其人矣。〔註129〕

於「手足亦同陌路」的世風中尋俠義的「好事者」，難乎其難。基於對古仁人俠士的渴慕，生活中一旦適逢此高潔之人，葉紹袁都不吝筆墨地將其一一記述，似有挽救世風的心願，而這些義士可能僅僅爲引車賣漿之徒。在其著作中，常見「小人好義如此，故識之」，「然此誼當於古人中求矣」等字樣。

〔註126〕葉紹袁：《葉天寥自撰年譜》，第854頁。
〔註127〕葉紹袁：《天寥年譜別記》，第896頁。
〔註128〕葉紹袁：《甲行日注》，第948頁。
〔註129〕葉紹袁：《甲行日注》，第984頁。

順治四年二月，葉紹袁聽聞：

> 王先聲殉難。太末郡一小史，方垂髮甚美，以六金賭虜，求收
> 葬先聲，虜不許而又悅其貌也，留為役，小史遂自經死。失其姓名，
> 惜哉！〔註130〕

隆武朝被清軍攻破後，閩中死難無數，同時殉難的還有曾為《午夢堂集》寫
序的大藏書家曹學佺。這位無名小史的好義與貞烈，深深令人感佩，若有一
仙化結尾，應該更能安慰所有聽到這件事情的人。葉紹袁感佩之餘，深深遺
憾未能傳其姓名，記下故事，當有逝者安息、生者堅強之意。

　　葉紹袁晚年編寫鄉邦文獻《湖隱外史》，人物傳記分名哲、令望、殉難、
敦履、棲逸、武略、俠遊等，每一子目都有詳細解題，如敦履條，「夫俠非可
學，遊亦豈恒軌哉？士君子居平處里閭間，故當以操履行誼為主」，其目的亦
是為存古人之風。

四、傳世之願

　　春秋時魯國叔孫豹面對韓宣子稱道的「世祿」，講出了「太上立德，其次
立功，其次立言，雖久不廢，此之謂不朽」的名言〔註131〕。此後，聲名永傳，
令歷代士人終身求之。面對窮達、出處的矛盾，如何追尋短暫一生的不朽價
值，同樣在葉氏家族成員中有所體現。

　　在葉氏男性的筆端，常流露出泯於荒草間的擔憂。葉家素有傲骨的二子
葉世侢，崇禎五年與父兄遊大陽山，目睹夫差墓零落於荒草間不知所處，慨
而感之，抒發了胸中的鬱抑，可謂葉氏的群體心聲：

> 由來賢人志士，窮年兀兀，懷抱徒然，冀幸附於青雲，終有志
> 而莫達，則憂愁悲憤，揮涕而終不能忘。若是者何也！誠以埋名岩
> 穴，稱道無聞，後之者且有指為與草木同朽者，深可悲耳。則其所
> 感又當何如也。不然，彼吳王以霸圖餘威，生非不赫赫也。今其遺
> 迹猶且如此，而況士君子生當茲世，非有甚盛之業，求其永傳，不
> 亦難乎？〔註132〕

〔註130〕葉紹袁：《甲行日注》，第983頁。
〔註131〕左丘明著，楊伯峻注：《春秋左傳注·襄公二十四年》，中華書局，1990年版，
　　　　　第1088頁。
〔註132〕葉世侢：《遊陽山大石記》，第413頁。

約同年同時，葉世偁府試見遺。志士才人，功名最急，因爲有窮年兀兀、時間蹉跎的焦迫。「泮芹閣藻，亦小事爾」，長兄葉世佺諄諄告誡不可因此而更添父母憂愁，葉世偁答：「我固知之，但情況實不堪，雖力遣其奈終作惡何。」〔註133〕不能承受的最原始的壓力，當是功名二字的逼迫。只有功名，才能夠實現胸中懷抱，做出「甚盛之業」，方不至於泯滅「荒煙衰草」間。同樣，功名二字，逼迫了葉氏家中另外的子輩。葉紹袁曾悲痛述說三子葉世傛爲名所迫：

　　　　　長沙有言，烈士殉名，汝爲名死，是耶非耶？非汝殉名，名實

　　迫汝。〔註134〕

昔日賈誼在《鵬鳥賦》言：「貪夫殉財兮，烈士殉名」。葉世傛素負「陳仲舉澄清天下之思」〔註135〕。陳仲舉，名蕃，東漢桓帝末年任太傅。《世說新語・德行》載其「舉言爲士則，行爲世範，登車攬轡，有澄清天下之志」。世傛亦因科考不順而鬱終，根究「名實迫汝」的原因，實與世偁相同。

　　寄身翰墨、見意篇籍，是爲葉氏的共同選擇，其創作與存文並重。尤其葉氏女輩，「既不能建功立業，名垂不朽，人生斯世，如白駒過隙。庶幾著書立說，有關於世道人心，或不與草木同腐耳」〔註136〕，更有立言不朽的追求。葉小鸞、葉紈紈先後淩波，家人即刻《返生香》、《愁言》。沈宜修耳語葉紹袁：「女雖亡，幸矣。」並感歎世間「埋紅顏於荒草，燼綠字於寒煙，可勝道哉！」〔註137〕不久沈宜修亦移駕瓊宮，在她去世後的第二年，葉紹袁即編訂整理了三人的文集，是爲《午夢堂集》的最初底本，並輾轉致意同代著名藏書家曹學佺爲之作序，有意擴大集作的影響。隨著葉氏雁行不斷凋零，亡人的集作先後收入，如今所存《午夢堂集》，已可見到所有葉氏成員的作品。此外，葉氏諸兄弟「各有篇章，甚富」〔註138〕，葉燮有意爲之刊刻，惜後散落於葉舒崇任上〔註139〕。「不假良史之辭，不託飛馳之勢，而聲名自傳於後」〔註140〕，

〔註133〕葉世佺：《祭弟聲期文》，第 427 頁。
〔註134〕葉紹袁：《清明祭文》，第 487 頁。
〔註135〕葉世佺：《祭亡弟咸期文》，第 500 頁。
〔註136〕施淑儀：《清代閨閣詩人徵略》卷十「汪清」條，見《清代閨秀詩話叢刊》，鳳凰出版社，2010 年版，第 2172 頁。
〔註137〕葉紹袁：《跋語》，第 356 頁。
〔註138〕葉德輝等纂修：《吳中葉氏族譜》六十六卷本第五十二卷《謝齋兄弟傳》，清宣統三年活字本。
〔註139〕葉舒崇，葉世侗長子，過祧於葉世偁房。

當爲他們耽情翰墨的隱秘動力。沈自徵在嗟歎姊沈宜修窮困一生，曾歎「詩能窮人」，但著眼於不朽，又感歎「詩未必能窮人」：

> 雖然，使仲韶綰綬崢嶸，家擁金穴，姊珩璜節步，暉耀中閨，亦不過所稱副笄六珈，享世之癡福已耳。又安所得金石之錄，與採葛織錦，共垂不朽，所得孰與仲多。詩未必能窮人，姊又可一笑於寒原矣。〔註 141〕

在沈自徵看來，生前縱然富貴榮華，所享受的不過是世間的癡福，不及聲名之不朽，並認爲，姊沈宜修亦如是所想。

　　三子葉世侗曾作《擬上因皇太子加冠講學敦念皇太后增崇諡覃恩中外廷臣謝表》與《崑崙山賦》，葉紹袁稱「俱極華腴，鏤心而出」，「一欲傳世」，「一欲名世」〔註 142〕。二子葉世偁去世之後，其餘兄弟深知偁「讀羊太傅湮滅無聞」，「低回累歎」，集體陳情於父親面前，請爲遺集殺青，其目的亦在「不寂寞於世」，雖然「信者憐之，疑者笑之，不信不疑者擲之」，「不庸多於草木泯而迄無擲者乎」〔註 143〕？世偁去世之後，所聘女顧紝聞訃守節，蘇州府感於其行，對葉世偁「俯賜附學虛名」，「以慰幽貞事」，葉紹袁在《祭文》中告慰亡靈：「汝之今日，無婦有婦，汝之異日，無子有子。汝氣雖散，不與灰盡偕燼；汝精雖徂，不與草木同朽。非藉窈窕，曷由至此。」〔註 144〕之所以欣慰，實乃「不與草木同朽」所致。

　　葉氏一家貧不可言，前已敘述良多，而支持其飯蔬食飲水的動力，亦當是對名的依戀。同代白貽清尙書對葉家的兩位進士曾有如此評價：

> 廷尉（葉紹顒）幾有戎峭之癖，虞曹（葉紹袁）貧日益甚，蕭然不顧也，日以詩酒自娛，可謂一志在一時，一志在千古矣。〔註 145〕

葉紹袁的堂弟葉韶顒，宦迹突出，在任廣東巡按府期間，彈劾罷免貪官污吏，帶領軍民長期圍剿猖獗的海盜，確保一方平安〔註 146〕。事功固然有，但「戎峭之癖」所在難免，也許並不符合眞實，只存在世論的言語中。葉紹袁與白

〔註 140〕曹丕：《典論論文》，《文選》卷五十二，中華書局，1977 年版，第 730 頁。
〔註 141〕沈自徵：《鸝吹集序》，第 19 頁。
〔註 142〕葉紹袁：《清明祭文》，第 489 頁。
〔註 143〕葉紹袁：《百旻草序》，第 407～408 頁。
〔註 144〕葉紹袁：《祭文》第 422 頁。
〔註 145〕葉紹袁：《年譜續傳》，第 871 頁。
〔註 146〕葉長馥等輯：《續顯貴傳》，《續修吳中葉氏族譜》戌集。

尚書，並未謀面，此一番話傳入耳際，讓他有淚流知己的感動，「豈敢曰公論在人，正所謂何修得此也」。執著的選擇與堅持，偶逢肯定與鼓勵，內心定當溫暖而欣喜。

第四節　《一松主人傳》

　　葉紹袁晚年有自傳文《一松主人傳》，乃摹擬陶淵明《五柳先生傳》而作。文章用凝練的筆法、他者的視角勾勒出一位慷慨急義、嗜書好酒的隱者形象，透現出其蕭然淡泊的人生志趣。同時，互參葉燮等子輩的述懷之作，可知此處世態度乃其家族的共同選擇。

　　我國自傳體文學源遠流長，漢代即已流行。司馬遷《史記・太史公自序》、王充《論衡・自紀篇》、班固《漢書・敘傳》、曹操《讓縣自明本志令》、曹丕《典論・自敘》等皆自傳文字，陶淵明的《五柳先生傳》便是這位東晉隱士的自傳。葉紹袁特以《五柳先生傳》為追摹對象，源於陶淵明的名士風流以及《五柳先生傳》所樹立的文學典範。他曾如是提及《一松主人傳》的寫作淵源：

> 　　太史公曰：余登箕山，其上有許由冢云。然則隱士之目，自唐虞已然，邈哉逸矣！迨乎後世，故行矯翼，鑿窟而居，披髮自覆，編草為裳，穿石作釜，絜之遣風罷月、驚猿怨鶴者，固其高霞孤映之致，一往而勝哉！然非聖世有道人之軌也。庾彥寶十畝之宅，山池相半，我猶以有待為煩；韓康伯荊門書掩，閒庭宴然，則真名士風流矣。奚必入深山，入密林而後稱逸乎？淵明《五柳先生傳》曰：先生不知何許人也，亦不詳其姓字，宅邊有五柳樹，因以為號焉。
> 　　今仿其遺躅，號為一松主人。倘亦我思古人之意與！〔註147〕

我國隱逸之風可追溯於上古，唐虞時代，堯帝傳君位於許由，許由不受，逃箕山下，農耕而食。葉紹袁心賞隱逸，但對於假名士「鑿窟而居，披髮自覆，編草為裳，穿石作釜，絜之遣風罷月、驚猿怨鶴」的做法，頗不為意。即便是性尚夷簡的庾詵（字彥寶），史載其「特愛林泉，有十畝之宅，山池居半」（《梁書・庾詵傳》），葉紹袁仍不認同，認為依舊有「所待」。莊子在《逍遙遊》中提出「猶有所待」和「惡乎待哉」兩個概念，何謂「無待」？「簡言

〔註147〕葉紹袁：《湖隱外史・棲逸》，第1061頁。

之,即沒有依賴,追求精神的絕對自由,做到無我、無名、無功,超越這一切功力目的,方能達到真正的自由」〔註148〕。基於是,葉紹袁認為不論是遁入深山,抑或庾詵孜孜建築有山水之趣的別院,都是依賴於一定的外物而促成隱逸的狀態。那麼,「無所待」的隱士為哪般呢?韓康伯、陶淵明允稱。《世說新語》載,有人問袁恪如何看待殷仲堪與韓康伯德高下時,他回答說:「理義所得,優劣乃復未辯;然門庭蕭寂,居然有名士風流,殷不及韓。」〔註149〕葉紹袁認為,陶淵明與韓康伯飯蔬食飲水,門庭蕭寂,宴如也,乃風流名士,真正的隱者。

特別是陶淵明,葉紹袁與其在生活境況、雅好上頗多相似處。陶淵明「不為五斗米折腰」(《晉書·陶潛傳》),辭官歸里,葉紹袁亦不耐吏事,在朝中為官,不一二載即歸。陶回鄉後,「方宅十餘畝,草屋八九間。榆柳蔭後簷,桃李羅堂前。曖曖遠人村,依依墟里煙。狗吠深巷中,雞鳴桑樹巔」〔註150〕,其對鄉居生活的喜愛,一覽無餘。葉紹袁陳情歸養,抵家後,「展拜慈顏,悲慰交集」,「『夜闌更秉燭,相對如夢寐』,高吟杜少陵詩,泣數行下,亦起舞欲狂也」〔註151〕,歡娛之貌躍然紙端。陶淵明夫人翟氏,安貧樂賤,夫婦二人,「夫耕於前,妻鋤於後」,其樂融融。沈宜修與葉紹袁亦伉儷相得,曾共誦鮑明遠《代貧賤愁苦行》笑以為樂,兩位夫婦「偕隱」的溫馨場面何等地相似!陶愛菊,宅邊遍植菊花,「採菊東籬下,悠然見南山」〔註152〕,簪花漫步,花香繞鬢。葉氏也性愛花草,沈宜修「日蒔佳卉,藥欄花草」〔註153〕,午夢堂群落中,各色花木數目繁多,庭落中時有暗香浮動。陶嗜酒,「歡會酌春酒,摘我園中蔬」〔註154〕,葉氏全家亦有此雅好,如沈宜修「善詼諧,能飲酒」〔註155〕,葉小鸞「最不喜拘檢,能飲酒」〔註156〕。陶淵明隱居生活有

〔註148〕陸永品:《個性、理想、與時俱化——莊子講座》,見《經典與理論——上海大學中文系學術演講錄》,復旦大學出版社,2009年版,第45頁。
〔註149〕余嘉錫:《世說新語·品藻》,中華書局,1983年版,第643頁。
〔註150〕陶淵明:《歸園田居》,《陶淵明集箋注》,上海古籍出版社,2003年版,第76頁。
〔註151〕葉紹袁:《年譜自撰》,第846頁。
〔註152〕陶淵明:《飲酒》,第247頁。
〔註153〕葉紹袁:《亡室沈安人傳》,第228頁。
〔註154〕陶淵明:《讀山海經》,第393頁。
〔註155〕葉紹袁:《亡室沈安人傳》,第228頁。
〔註156〕沈宜修:《季女瓊章傳》,第203頁。

諸多清苦處，「幼稚盈室，瓶無儲粟」〔註157〕，葉氏夫婦亦是「求衣營食，不遑寧處」〔註158〕。凡此種種，是故葉紹袁閱讀《五柳先生傳》時，頗能產生共鳴。

此外，《五柳先生傳》更作為一文學典範，吸引著葉紹袁。雖然在此傳之前已有類似文章，但「從某種意義上說，《五柳先生傳》是中國文學史上第一篇具有文體學意義的自傳」，與既有的自傳性質的文字比較，《五柳先生傳》在文體上的兩大創新：「其一，將以往自序傳的文字由第一人稱的敘述改變為第三人稱，這實際上是將自我作為一個他者來描寫，或者說是以他者的眼光來審視自我。這種敘述立場的改變使得『自傳』在某種程度上顯得趨向於客觀。其二，將以往的自序傳由生平事實的描述改變為對傳主個性特徵的聚焦。為了突出個性，可以採用省略、誇張乃至變形的修辭手段，因而使自傳的寫作有了更強的文學性。第一點是富於歷史感的，第二點是偏於文學性的，『自傳』作為一種文體，其特徵就在歷史感和文學性的完美結合。這也就是陶淵明的貢獻，他豎立了自傳文的典範。」〔註159〕葉紹袁以此典範為摹本，身世經歷相似的他，又會碰撞出何等精妙的華章呢？《一松主人傳》全文如下：

> 一松主人，家世讀書為業，曾宦遊金陵燕市中，不一二載賦歸來，四壁蕭然也。性度爽豁，與人周旋，以真不知世間有金錢動心者，及濟人急，慷慨必赴，忘其貧也。無他好，好書好酒，詩亦恒作，人求其文，無不應。晚而好禪，禪亦不求深解，寄情焉。已而敧廬數椽，聊庇風雨。庭中故有一松，修幹聳立，清音謖謖，將五六十年，因名其室曰「一松草堂」。草堂之西，倚水而築，有一人焉，常客主人家，曰西溪釣翁。釣翁不甚識字，粗曉文義。喜弈，弈亦不精。惟飲量勝，累百巨觥，無能為頡。時與主人對，歲傾中山幾甕也。釣翁家多菱，善蒔水仙，秋時必採菱為侑具，冬則水仙花代之。已而釣翁死。朱顛客焉，朱顛飲不如釣翁，但好飲。松之餘多種蔓菁，飲時抒為庾景行食品，醉則於於然，與客散發松下也，故自號一松主人。〔註160〕

〔註157〕陶淵明：《歸去來兮詞序》，第 460 頁。
〔註158〕葉紹袁：《百日祭亡室沈安人傳》，第 210 頁。
〔註159〕張伯偉：《陶淵明文學史地位新探》。
〔註160〕葉紹袁：《湖隱外史》，第 1061～1062 頁。

本書與《五柳先生傳》一樣，將「生平事實的描述改變爲對傳主個性特徵的聚焦」。文中留給讀者突出的印象，是一松主人對財物的態度，「性度爽豁，與人周旋，以眞不知世間有金錢動心者，及濟人急，慷慨必赴，忘其貧也」，此乃葉紹袁眞實的生活寫照。他平日急人所急，分文不取。十九歲那年，他從沈宜修處籌措四十金，借與密友買房。另有友人，被人污以盜竊，已付有司，「欲斃之筆楚之下」，經其多方營救，「力雪其情，得以不死」。時傳他「私具賂千金者」〔註161〕，令葉深感不被世人理解。即便在晚年，他們的生活已然十分困頓，葉紹袁對周遭的朋友仍盡可能地施以援手，如有位友人遣其子叩門，書信如是：「足下素疏於財，而肯振友之乏，敢以情告，乞以三金爲藥餌資」，言辭懇切，葉紹袁「惻然興憫，即設處與之」〔註162〕。慷慨助人的義舉，葉氏子輩也多有因襲。長子葉世佺「慷慨好義，落落不知生產爲何物」，「遭兵燹，遷徙不能謀，衣食雖極困，友人有以急告者，竭力以周，不知有己。有舊館師，陳姓名十傳者，父喪不能殮，來告兄，適賣產爲糊口，有二十金即以其半與之，不問償也。又一同硯席友，周姓名東侯者，以困乏告，時適當兵燹，兄囊中有數金，爲奔徙費，兄不計其多寡，隨手探二餅，不權衡多少，約五金與之，亦略無德色」，周人救濟而無德色矜容，「此亦人之所難者」〔註163〕，令葉燮深感佩之。七子葉世倕「沆直不合時宜，其臨財廉，見義必力，人咸以憨目之」，憨目的背後，實爲慷慨赴義的俠骨仁風。

葉氏善酒，前敘已知。選擇合適的下酒之物相侑，作爲文人雅致生活的一種，不可不究。葉氏素耽審美，即便是在隱遁山林，生活最爲窘迫之際，仍不忘追尋。《甲行日注》中相關飲酒的記述在在皆有，如一次葉紹袁與友人雪夜雅集，飲酒時，「各食一蟹，餘已無他」，葉紹袁自評「亦自不俗」〔註164〕。又一日，葉紹袁與倌、倕在外甥嚴仲日處，「煮荣獨酌」，「淒情可掬」〔註165〕。在《一松主人傳》中，下酒之物，更具觀賞價值，葉紹袁與西溪釣翁相對飲酒，「秋時必採菱爲侑具，多則水仙花代之」，與朱顥相對飲時，時捋蔓青爲侑，令人想到《離騷》中「朝飲木蘭之墜露兮，夕餐秋菊之落英」的芬芳與高潔。葉氏好書善詩，亦恒作詩，沈宜修耽情翰墨，三女恒與筆墨爲伴，男

〔註161〕葉紹袁：《葉天寥自撰年譜》，第 840 頁。
〔註162〕葉紹袁：《葉天寥自撰年譜》，第 864 頁。
〔註163〕葉燮：《謝齋諸兄弟傳》。
〔註164〕葉紹袁：《甲行日注》，第 930 頁。
〔註165〕葉紹袁：《甲行日注》，第 980 頁。

兒們更是對詩文孜孜鑽研，「捣管抽毫，粲然春葩之競發，秋月之澄鮮，俱一一可上追古人者」〔註166〕。此外，葉紹袁坦言晚來好禪，「禪亦不求深解，寄情焉」，頗得陶淵明讀書不求甚解的樂趣。

　　午夢堂庭中有棵松樹，乃葉重第手植，在葉紹袁心中佔有重要的位置。葉重第「居官情慎，數年薄宦，家無餘貲，身歿之日，所遺惟一床書，奚囊蕭然也」，「善飲酒，豪宕不治家產」〔註167〕。他雖然在葉紹袁十一歲時便奄然捐背，但其清廉正直的品行卻銘刻在子輩的心中。崇禎十一年，葉紹袁夜夢紫柏大師貽詩，「日看孤松淡淡閒」，他在第一時間想到的便是父親的手植，並由此推繹出歸隱於鄉的決定。故而，葉紹袁自稱為一松主人，當也有對父親生活態度的承續之意。

　　葉紹顒稱葉紹袁：「賦性孤峭，自幼至老，讀書掩戶而外斤斤如也。」〔註168〕善酒嗜書，不與世之交接，或許在世人看來不夠圓滑，是孤峭的表現，但正是葉氏所心賞的韓康伯式的名士風流。此種處世方式，也深刻影響到葉氏子輩，並為子輩所悅納。季女葉小鸞曾作《蕉窗夜記》一文，託名為煮夢子，三子葉世僊自稱洋夜子，兩人均表示要「了不關世事」〔註169〕。六子葉燮，晚年在橫山腳下修築二棄草堂，江蘇巡撫宋犖曾親為拜訪，拒不相見，令其感歎「獨立蒼茫處，容我一立否」？宋犖後還寫下《訪已畦先生不值》一詩，此事在清初文壇傳誦一時，葉燮的清高和特立獨行成為美談。不僅如此，子輩對葉紹袁非深山亦能隱逸的觀點，也有承接。煮夢子與洋夜子所隱處均為一室之內，葉世僊甚而在《臥室記》中，將隱於深山與隱於室作對比。他設計了兩個人的對白，有人主張隱於深山之中，「流泉左右，碧峴參差，同棲煙月，共挹雲霞。或醉花臥石，或吟風嘯雨，四時之光景不同」，葉世僊卻認為與其在俗山之中流賞名景，不若隱於室中，「入而臥焉，則羲黃百代之聖人可以寤寐而遊，閬風瑤池之上，不待穆王八駿而往也」，室中「圖書分列，琴幾宛然」〔註170〕，心靈可自由奔放。

〔註166〕葉燮：《謝齋諸兄弟傳》。
〔註167〕袁黃：《奉政大夫貴州按察司僉事振齋葉公墓誌銘》。
〔註168〕葉紹顒：《重訂午夢堂集序》，第1092頁。
〔註169〕葉小鸞：《蕉窗夜記》，第352頁。
〔註170〕葉世僊：《臥室記》，第455～456頁。

第三章　想像與敘述——葉氏家族的病亡及相關悼念

　　分湖葉氏，居有池亭竹石之勝，馮太宜人「七旬餘六，強固康寧」，「三女爲棻，則孝儀家風」，「八子孰祥，則朗陵品目」〔註1〕，一家人此倡彼賀，備極風雅。詎知天意高難問，自崇禎五年後，葉家凋零不斷。葉小鸞、葉紈紈先後淩波，葉世侗、葉世儋、葉世傛、葉世儋相繼徂謝，馮太宜人、沈宜修在悲痛中移駕瓊宮，「家門慘毒，酷禍焉迫」〔註2〕。「偉麗如神仙中人」的葉紹袁，短短幾年之內，「臞然病，皤然老矣」〔註3〕。司馬遷有言：「《詩三百篇》，大抵聖賢發憤之所爲作也。此人皆意有所鬱結，不得通其道，故述往事，思來者。」〔註4〕憂鬱滿懷的葉氏成員，將萬斛哀念細繹於詩文。而每一次薤歌高揚，懿親雅契也都送來了最沉痛的哀悼。翻閱《午夢堂集》，所錄悼作在創作人數與數量上均爲最，這些文作情眞語悲，頗具文學與史料價值。

　　《午夢堂集》中現存悼念文體有傳、挽詩、祭文、哀辭等。除卻文體不同，詩文在追溯逝者過往時，不可避免的會摻入作者的想像。葉紈紈、葉小鸞移駕瓊宮，眾多名閨麗人感懷傷己，咸垂咨悼，許多閨秀與逝者實際上素未謀面，二者之間的溝通以逝者的文本爲媒介，寫作者讀文而想見其人，其筆下的敘述乃依據於閱讀後的想像。即便是葉氏本身，這種想像亦所在多有，

〔註1〕 葉紹袁：《葉世侗祭文》，第 424 頁。
〔註2〕 葉紹袁：《葉世侗祭文》，第 422 頁。
〔註3〕 劉仲甫：《讀葉仲韶午夢堂集感賦》，第 729 頁。
〔註4〕 司馬遷：《報任安書》，《文選》卷四十一，中華書局，1977 年版，第 581 頁。

西哲赫拉克利特有言：「人不可兩次踏入同一條河流。」〔註5〕儘管葉氏成員參與了逝者的生活，仍逃離不出單相度的理解。展現逝者在不同群體中的影像，並詮釋形成此影像的原因，構成本章的主體。博采眾家之記述，盡可能的還原葉氏原貌，亦爲本章努力的方向。

第一節　葉氏家族的病亡

一、家族病史

觀分湖葉氏譜系：

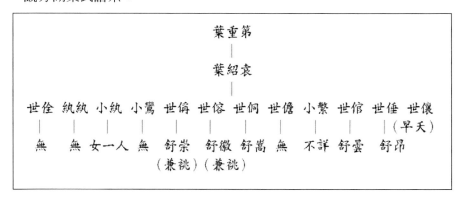

葉紹袁的父親葉重第，「爲人白晳，方額丹唇」〔註6〕，萬曆二十七年（1599）陳情歸家，自夏季始「河魚疾作」，於中秋前兩日奄然捐背。葉紹袁的母親馮太宜人，除卻晚年苦痰〔註7〕，身體一直健朗。

葉紹袁萬曆十七年（1589）生於齊魯臨清，當地習俗「兒生三日，必艾灸其臍，則終身無寒疾之患」，倣之，「不意火氣攻中，通身如水晶」，幸善醫者療之得無恙。先是，馮太宜人育「有四子，俱殤」〔註8〕，依照吳中風俗，「恐子不育者，寄於他姓，恒能長大」，又適逢這場劫難，故葉紹袁在四月大時，便被寄往袁黃家中，十歲方歸。即便如此，不可預知的疾病仍時刻威脅

〔註5〕赫拉克利特：《論自然》，見《赫拉克利特著作殘篇》，廣西師範大學出版社，2007年版，第151頁。

〔註6〕袁黃：《奉政大夫貴州按察司提學僉事振齋葉公墓誌銘》，《吳中葉氏族譜》戌集。

〔註7〕葉紹袁：《葉天寮自撰年譜》，第836頁。

〔註8〕葉紹袁：《葉天寮自撰年譜》，第823頁。

著幼小的生命。據記載，在他八歲那年，「嬰疾幾危」，恍惚之中，葉紹袁感覺「此身如在茫茫銀海中，蒼煙白霧，躡空而行。忽有瀑布飛湍，砰激我身，甚冷，乃驚寤」，「則一老衲坐床頭，誦《大悲咒》，以楊枝水灑我頭上也。燈火熒熒，諸人對泣，已漏下二鼓矣」〔註9〕。病情險急，葉紹袁在昏迷中，適逢「楊枝水」的淋灑而醒，充滿佛法色彩。袁黃釋道兼通，延請衲子，順理成章。這次經歷，亦給葉紹袁留下了深刻的印象，在以後的歲月中，凡家人病恙，他都傾向於禮佛以延生。成年後的葉紹袁不甚病，偶患「臃腫之毒」並「兩肋作痛」〔註10〕。而奪取父親葉重第生命的腹瀉之疾，在其晚年遁迹山林時，因爲奔波與物質條件的簡陋，亦時時威脅著他的生命。

　　沈氏爲吳江望族，《吳江沈氏家譜》載沈珫有十一子二女。據李眞瑜考證，在這十一子中，可考知的有長子沈自鳳、二子沈自繼、三子沈自徵、五子沈自炳、七子沈自然、八子沈自炯、九子沈自曉、十子沈自南、十一子沈自東，二女分別爲沈宜修和沈智瑤〔註11〕。

　　這是一個有肺病史的家族，沈宜修、沈自徵的母親顧恭人芳年早逝，似可追溯於此。沈宜修患有肺病，當兩女亡後，她因「悲哀積久，又有異憤驟激」，一時猝發，七情受傷，遂病矣。八兒世儴因癲癇去世之後，沈宜修又因「損神」過度，驟嘔血不止。中元節以後，「日益凋弱」，延至九月初五日，長辭去矣。肺病有寒熱虛實之分，據宋代官修方書《太平聖惠方》載：「若肺虛則生寒，寒則陰氣盛，陰氣盛則聲嘶，語言用力，顫掉緩弱，少氣不足，咽中乾，無津液，虛寒之氣，恐怖不樂，咳嗽及喘。」又，「治肺臟氣虛，咳嗽少力，言語聲嘶，吃食全少，日漸羸瘦，宜服補肺人參散方」〔註12〕。沈宜修《病餘照鏡有感》有「瘦影不分明」，述病時消瘦之狀，且其生病之日，醫生診脈，需用人參，人參爲溫補良藥，適應於體寒之症，如是觀之，其肺病偏於寒。

　　此外，從所存《驪吹》集作中，可知沈宜修常常夜不能寐。試以《夢驚感懷》爲例：

〔註9〕葉紹袁：《葉天寥自撰年譜》第824頁。

〔註10〕葉紹袁：《年譜續纂》，第858頁。

〔註11〕李眞瑜：《周紹良先生〈吳江沈氏世家〉一文補正》，《文學遺產》2004年第4期。

〔註12〕王懷隱、陳昭遇等編：《太平聖惠方》「治肺虛補肺諸方」條，人民衛生出版社，1958年版。

清溪靜夜光如霧，月明花低飄香露。邀雲弄月夜光平，平波接岫低雲樹。樹影參差天漢垂，蒼茫煙景碧葳蕤。恍若乘風隨海鶴，縹緲雲波帶月隨。欻然驚夢卻知愁，此身豈復自能由。夢中不識愁來路，挈伴還同舊日遊。吁嗟醒後夜蛩喧，蕭蕭竹韻淒愁繁。不須更聽天邊雁，殘漏依稀欲斷魂。〔註13〕

沈宜修沒有將「不寐」作為一種病態，而是如眾多以此為題材的詩作一樣，將此作為自遣、抒懷的契機。詩作描摹了一個瑰麗的夢境以及驟然驚醒之後的惆悵。夢境是一個靜謐的夜晚，視角由低漸高，先是溪水潺潺、月光皎潔，花香彌漫，這是在地面；而後樹影參差，遠山的影闊重重疊疊，視角已然在樹端與山峰之際；最後，沈宜修追隨海鶴乘風而飛，海面碧波無垠，側身於雲霓、月亮之間。此時視角與天同高。陡然之間，夢被驚醒，夢境中上窮碧落之自由與現實中諸多逼仄相對，無限愁情一齊湧來，輾轉反側中，蟲鳴不斷，竹葉蕭蕭，殘漏滴答，助滋愁情。

沈宜修的夢驚不寐，可以參照近代一病例觀之，被目為中西醫完璧的河北醫師張錫純，在其名著《醫學衷中參西錄》中曾載：

表兄趙文林之夫人，年近三旬，得不寐症，兼心中恒驚悸。病因：文林為吾邑名孝廉，遠處作教員，恒半載不歸，家中諸事皆其夫人自理，勞心過度，因得不寐兼驚悸病。〔註14〕

這位孝廉夫人與沈宜修的境遇十分相似，夫君長年在外，使得她們所需操持的家政十分浩繁，導致勞心過度，神氣散亂，睡境淺，極易驚醒。參之於此，我們似更能體會《夢驚感懷》中所描寫忽焉在此、忽焉在彼的夢境，而夢被乍驚之後的滿腹愁情，應也和身體的不適相關聯。

晚沈宜修兩百多年的蜀中才女曾懿，在飽受「不寐」之苦後，從醫學的角度，寫下了《治驚悸不寐靈藥方》：

真珠母，六錢；龍齒，二錢；酒芍，一錢五分；夜合花，二錢；丹參，二錢；歸身，二錢；蓮子，二十粒，打碎不去心；夜交藤，三錢，切；柏子霜，二錢；紅棗，十枚。〔註15〕

〔註13〕 沈宜修：《鸝吹》，第44頁。

〔註14〕 張錫純：《醫學衷中參西錄》醫案十二「不寐兼驚悸」條，山西出版集團，2009年版。

〔註15〕 曾懿：《醫學篇》，第2.1.14b～2.1.15a頁，收於《古歡室集》，光緒33年（1907）刻本。

此藥方的目的在於，借助丹參、紅棗等溫補性的藥物，安神靜心，輔助睡眠。從《午夢堂集》等相關記載看，沈宜修並沒有因驚悸不寐而問診，亦鮮有其他安神舉措。只是留下《月夜病中》、《秋夜不寐感懷》等詩篇，記錄了清宵夜闌時的伊人所思。

二、摧龍之痛

　　一齣范進中舉，濃縮了千百年來學子的辛酸，揭露了科舉制度對於人性的戕害。葉氏歷代簪纓，賴科考持家，而對功名的追求，成為葉氏男子生命中最沉重的負擔。葉世侔、葉世傛、葉世儋先後受沮科考之路，悠悠抱鬱，悒悒而終。

　　崇禎六年春童子之試，世佺、世傛幸售，侔獨遺。同年冬，葉紹袁攜侔考於欈李（今嘉善），庶幾失此售彼，因為連日奔波，侔「驚騍疾，嘔血幾於數升，隤然殆乎不起」，亟延名醫，窮功診療，到第二年春方霍然有起色。歷經瀕危的葉世侔，「甘棄捐於進取」，「但求痊好」。只是功名對於挽救家族的式微太重要，葉世侔沒有恪守初願，遂參加崇禎七年夏的考試。「八月試於邑，九月試於郡」，緊張的科考，使得「疙瘍發於耳後」。到崇禎八年二月上，葉世侔先有喉痛，醫生囑以「黃連以清心火」，十九日之夕，「河魚腹疾，遂幾殆矣」，「廿一昏時，血症復發」，「經年舊疾，此時陡熾」〔註16〕。當人事不可為時，長兄世佺率諸弟是泣告於東嶽大帝前，「誓移七人之物，益此殘生」〔註17〕。葉紹袁深知愛子之病因，「本以失意生愁，即有金液銀丸，弗若駿圖之肆」，回顧自己中進士後，郡試童子，「凡諸侄、諸侄孫，及同年故人之子，不及寸銖，俱先後列薦剡」，無奈此次卻「進退維谷」，「猶豫再三，勉為決策」，最終事弗濟，「徒怨如簧」〔註18〕。

　　崇禎十二年，世傛病新起，因「一日之間，往復兩郡」，趕赴科考，彤彤不勝暑矣，從金陵歸來後，即「嗽聲頻咳」，落名後的鬱懷加重了病情，醫生診言「肺中暑毒」〔註19〕。期間得遇良醫，病情有好轉，庶幾可以痊愈，無奈「醫擬赤城于役，計程二十日有餘」，葉紹袁「書求嘉湖備兵顧安彥年長，

〔註16〕葉紹袁：《（葉世侔）祭文》，第 421 頁。
〔註17〕葉世佺：《祭弟聲期文》，第 428 頁。
〔註18〕葉紹袁：《（葉世侔）祭文》，第 421 頁。
〔註19〕葉紹袁：《年譜續纂》，第 859 頁。

顧辭不允,醫遂決於臺行」。醫生離去之後,家人誤聽人言,早投補劑,「人
參進而火上昇,涼散服而脾下泄」,致使河魚不止。人事不可爲日,葉氏兄弟
矢願,上疏東嶽,各減後來之算,爲世俗禱念。俗病重之際,曾念胸中願望,
云:「倘再得數年聚樂,即爲至幸。」又云:「恨不及見大兄一面。」又云:「若
獲再起,功名富貴,長付滔流,第生一子足矣。」又云:「如有再起日,即當
祝髮以報佛恩,更何生子之云。」〔註 20〕字字肝腸之血,言言骨肉之悲,念
兄訣弟,令人不忍卒聽。

　　素有神童之稱的葉世㒒,「爲文雄俊奇越」〔註 21〕,被葉紹袁目爲後來
之秀也。自崇禎十五年春科不得意,中懷鬱鬱,微傷血症,曾由善療此症的
黎川王醫問診斷脈。次年三月,㒒忽患頭痛,召醫視之,云「虛火上炎」,
用人參、地黃、牛膝,三四服漸止。不過,世㒒素信王醫,必俟其至。認爲
頭痛爲客邪所致,實火非虛火也。遂服竹葉、石膏湯二劑,致使「眞元下陷,
小腹痛不可忍」。後有醫者投以參芪,漸有起色。人參上火,醫者懼不敢多,
更使「眞元益墜,不能復升」。適逢天氣異熱,臨終之際,世㒒言語不能清
楚,目不識人,惟呻吟呼痛,「或呼母,或呼觀音大士」〔註 22〕,斯情斯景,
如何一痛字可言!

　　由是可知,葉氏三兄弟發病前後十分相似。因科名不得志而鬱懷,使得
火氣攻心、攻肺,需黃連、竹葉等清火藥劑,但如果藥量不當,下火過大,
又會引起腹瀉。當此時,應用人參等補藥相補,但若不當,又會引起火氣過
勝,傷及肺病,引發血症。葉氏兄弟遺傳了家族固疾——腹瀉與肺病,而兩
種病症一需溫補,一需涼泄,診治過程中極容易顧此失彼。從記錄來看,三
人都是因爲清火藥劑太重,眞元下陷,腹瀉而亡。

三、隕珠之悲

　　才女多薄命,女子天性極高者,似更容易體察生活中的諸般不如意。《紅
樓夢》中秦可卿,就因爲「心性高強,聰明不過」,而導致「憂慮傷脾、肝木
忒旺」〔註 23〕。另一方面,詩文的創作,也極大損耗了才女的心力與體能。

〔註 20〕 葉紹袁:《清明祭文》,第 490 頁。
〔註 21〕 葉燮:《謝齋諸兄弟傳》。
〔註 22〕 葉紹袁:《年譜續纂》,第 866 頁。
〔註 23〕 曹雪芹:《紅樓夢》,人民文學出版社出版,1982 年版,第十回,第 153 頁。

林黛玉走筆提帕詩時，病由情生，「覺得渾身火熱，面上作燒，走至鏡臺揭起錦袱一照，只見腮上通紅，自羨壓倒桃花，卻不知病由此萌」〔註24〕。葉紈紈、葉小鸞愁情滿腹，令其父母都深感驚訝〔註25〕，葉氏一家耽於唱詠，女子尤甚，葉紈紈於病榻之時仍不忘爲妹妹歌《桃夭》之章。凡此種種，都靜水流深般侵蝕著葉氏才女的健康，特別是長期鬱懷，更是促使雙姝玉隕的最直接原因〔註26〕。

葉紈紈、葉小鸞最大的憂愁來自於婚姻。「女子有行，遠父母兄弟」（《詩經‧竹竿》），古代女子一旦出嫁，便宛若失根的蘭花，被迫離開熟悉的生養環境，置身於陌生的家庭，敬侍公婆與夫君。適逢大家庭，還需面臨與眾多妯娌、大小姑的相處，故在古代才女文集中，湧現了大量思歸之作〔註27〕。長女葉紈紈，嫁與葉紹袁義兄袁儼子，「先德世雅，實爲美譚」，庶知這位女婿很不令人滿意。一貫敦厚的葉紹袁也曾指責女婿薄於親情，「何無妃耦之戀」〔註28〕？紈紈死後很長時間內，女婿又音信全無，令他悲歎「汝夫婦緣慳，不但生前可怨，而身後更可傷矣」〔註29〕！紈紈在《冬夜有感》曾如是抒懷，「獨坐何寂寥，寒燈靜翻閱」，敏銳的父親旁題「夜坐翻閱，更有不翻閱者何人，能無浩歎？」〔註30〕直接點出了二人的不合之處。由於沒有共同的生活興趣，紈紈雖「謙卑有禮，與姑嫂相稱」，但與畫眉人卻始終沒有話語，「眉案空嗟，熊虺夢杳」，七年空婚，愁城爲家。往昔謝道韞直抒胸臆：「不意天壤之中，乃有王郎！」〔註31〕葉紈紈則從不如此，葉紹袁曾

〔註24〕　曹雪芹：《紅樓夢》，第三十四回，第 470 頁。

〔註25〕　在《返生香》中，葉紹袁旁批，「於歸在近，何愁之有」，第 301 頁。

〔註26〕　關於葉氏雙妹隕落的原因，各方學者意見不一。高彥頤認爲，「儘管紈紈的父母認爲她死於不幸婚姻所導致的壓抑症，但她和小鸞很可能是死於一種疫病，因爲他們的死亡都很突然也很相近」，《閨塾師：明末清初江南的才女文化》，第 222 頁。臺灣學者王晉光認爲，葉小鸞可能是因爲患了憂鬱症而自殺身亡，參《葉小鸞「因嫁而亡」事件探索》，《中國文化研究所學報》，2009 年第 49 期，第 239～241 頁。筆者認爲，鬱懷一說似最爲公允，如果疫病，爲什麼葉氏家族其他人沒有感染，而在當時的記載中，吳江地區也沒有疫情。自殺一說，固然有可能，但畢竟無法坐實。

〔註27〕　參鍾慧玲：《女子有行，遠父母兄弟──清代女作家思歸詩的探討》，見《中國女性書寫》，臺灣學生書局，1999 年版。

〔註28〕　葉紹袁：《祭長女昭齊文》，《午夢堂集》第 278 頁。

〔註29〕　葉紹袁：《昭齊三周祭文》，《午夢堂集》第 723 頁。

〔註30〕　葉紈紈：《愁言》，第 240 頁。

〔註31〕　余嘉錫箋注：《世說新語‧賢媛》，第 820 頁。

贊：「長女穎識非凡，何胸懷間不一作惡，若力爲排遣，故爾消融，當勝謝道韞多矣。」〔註32〕而事實是，當其「語笑恬怡，正復情矯神傷」〔註33〕，惡疾正在潛伏。她的愁情，曾在歸寧的言笑晏晏中，得到消弭。崇禎五年中，因小鸞的婚事，家中百般籌措妝奩，無暇迎接，故「半載不歸」，其愁情與歸隱之思遂「日鬱鬱更深凝積」。期間她曾誤聞祖母離世，駕舟歸寧，當時已抱微痾，眾人以爲「傷風肺病，當即瘥耳」。病榻中葉小鸞訃音傳來，「魂驚色飛，撫心雨泣」，歸家後，紈紈扶哭小鸞床前，「有淚流腮，無聲出響，容顏枯槁」〔註34〕，病已然深重。在其生病期間，沈宜修「百計營求，日禱竺乾，慈悲莫救，遍尋鴻術」〔註35〕，盡所有之可能挽救。而紈紈本人亦有強烈的求生願望，曾因屢夢金剛，感到時日無多，而深感憂愁。亦曾言語長弟葉世佺，若能病起，「定勤修梵行，持齋供佛，必不與一世事」〔註36〕。無奈長期的鬱懷與驚嚇，使得其病「已在骨髓」（《韓非子・扁鵲見蔡桓公》）。

葉小鸞爲葉紹袁最鍾愛的女兒，「然於姊妹之中，略無恃愛之色」〔註37〕，凡父母所賜，必欲兩姊共之，深受全家喜愛。其病逝之快，出乎所有人的意料。崇禎五年九月十日，葉世佺率領諸弟前往江陰科試，時葉小鸞疾寢於床，「容顏憔悴，神色慘然，平日之丰姿體態已什不得伍」，令其兄深感驚訝，「病未及半月，而消瘦一何至此？」〔註38〕關於其遽隕前後，沈宜修曾有詳細的記述：

> 九月十五日，粥後，猶然教六弟世侗暨幼妹小繁讀《楚辭》。即是日，婿家行催妝禮至，而兒即於是夕病矣。于歸已近，竟成不起之疾。十月十日，父不得已，許婿來就婚，即至房中，對兒云：我已許彼矣，努力自攝，無誤佳期。兒默然，父出，即喚紅於問曰：今日何日？云：十月初十。兒歎曰：如此甚速，如何來得及？未免以病未有起色，婿家催迫爲焦耳。不意次日天明，遂有此慘禍也。〔註39〕

〔註32〕葉紹袁：《祭長女昭齊文》，第 280 頁。
〔註33〕沈大榮：《葉夫人遺集序》，第 23 頁。
〔註34〕葉紹袁：《祭長女昭齊文》，第 281 頁。
〔註35〕沈宜修：《哭長女昭齊》，第 73 頁。
〔註36〕葉世佺：《祭亡姊昭齊文》，第 284 頁。
〔註37〕沈宜修：《季女瓊章傳》，第 202 頁。
〔註38〕葉世佺：《祭亡妹瓊章文》，第 376 頁。
〔註39〕沈宜修：《季女瓊章傳》，第 203 頁。

之前教弟妹讀書的葉小鸞，在收到夫家催妝詩後，竟一病不起。當父親許諾婚期之後，次日天明即赴瓊樓，故眾多學者認爲病逝的原因來自於對婚嫁的恐懼。參之小鸞將嫁之時的絕筆二首，「陶令一尊酒，難銷萬古愁」，「自憐華髮迎雙鬢，無奈浮生促百年」等句〔註40〕，恍若遺世山人之筆，絕無喜慶之情。葉紹袁事後閱讀，也不免品評：「於歸在邇，何愁之有，而且云『萬古』也，明明讖語。」「宴爾已近，有『無奈浮生』之語，明明不可留矣！」〔註41〕針對葉小鸞蕩漾在筆端的愁思，有學者認爲她「朦朧體驗到的成年女性所永駐的常規生活情景乃至情感方式，則令十七歲自賞美慧的少女有挫折感和失望情緒。所以還沒有開始成人化的女性生活，她就已經對進入此境有些厭倦了」〔註42〕。孫康宜從詩歌創作的角度，探討明清才女害怕婚姻的原因，「從她們創作的道路看來，婚姻常常成爲詩才的墳墓。平庸的主婦生活可能削弱一個才女的性靈，正如寶玉所謂女兒結婚之後，由珍珠變成了魚眼睛」〔註43〕。而其翁張魯唯，時任中州右藩，新婚之後的葉小鸞，必然隨夫婿前往遙遠的中州。當年葉紈紈隨夫前往嶺西，全家人都泣涕漣漣，而紈紈本人更是寫下「不知何日是歸程，杜宇聲聲最斷腸」的傷心之句〔註44〕。深諳於此的紈紈，故在給妹妹的催妝詩中，離別的意象多次重複，「遙遙此夜離香閣，去去行裝不忍看」，語含悲戚。展望遠嫁，應更增加小鸞對婚姻的恐懼，促使其過早香夭。

此外，科舉時代「萬般皆下品，唯有讀書高」，導向中國的教育偏重德育和智育，科名早成的人才不乏少年老成的「文弱書生」，學子們在幼童至少年的發育階段基本放棄了體能的鍛鍊〔註45〕。分湖葉氏，歷代科舉簪纓，心智的運用遠遠勝過肢體的伸展。而敏感孤高的性格，又使得遭遇挫折時，鮮有

〔註40〕 葉小鸞《秋暮獨坐有感憶兩姊》詩後，葉紹袁旁注云：「此詩與《九日》作，俱絕筆也。」第 310 頁。

〔註41〕 《午夢堂集》，第 301、310 頁。

〔註42〕 鄧紅梅：《女性詞史》，山東教育出版社，2000 年版，第 198 頁

〔註43〕 孫康宜：《走向「男女雙性」的理想——女性詩人在明清文人中的地位》，收於《古典與現代的女性闡釋》，臺灣聯合文學出版社，1998 年版，第 77 頁。

〔註44〕 葉紈紈：《暮春赴嶺西途中作》，第 249 頁。

〔註45〕 參熊秉眞：《好的開始：近世士人子弟的幼年教育》，《近世家族與政治比較歷史論文集》中央研究院近代史研究所編輯出版，1991 年，第 201～238 頁。熊秉眞：《中國近世士人筆下的兒童健康問題》，《中央研究院近代史研究所集刊》第 23 期，1994 年 6 月，第 1～29 頁。

迴旋空間。與葉家過往甚密的天台泐大師（金聖歎）在葉世侔去世之後，告誡「君家雁行還有凋零」〔註46〕，似有先見之明，應當也是據現實觀察而得。

第二節　葉紹袁的「先配事略」

在重孝道的傳統社會中，情質並茂的「先妣事略」顯現於各類集作中，鳴機夜課、慈闈授詩等圖景不斷被定格、重複，凸顯了母教的美德，豐富了母愛的景深。對於家中另一女性——妻子，卻鮮有大張旗鼓的記述，即便是悼亡詩，所用筆鋒亦以隱忍為高。張敞畫眉、奉倩神傷，畢竟不為儒家正統所樂道。明清以來，記述「先配事略」的憶體散文逐漸進入視野，並蔚然可觀，如《影梅庵憶語》、《秋燈瑣憶》、《浮生六記》等〔註47〕。熊秉眞認為，兒子敘寫母親的文字，是一種「被建構的回憶」，因為不會有人記得他們出生時的事情，以及被撫養過程中的瑣事。在親戚、傭人、鄰居、母親的述說中，眞實的生活故事被挑選或被淘汰，故留存於孩子記憶中的情景實為大限度的精心創造〔註48〕。如是觀之，文人筆下的「先配事略」，乃主動建構的回憶，他們自覺地選取腦海中最深刻之影像，在追憶與敘述中加深了對亡人的理解。李崆峒有言：「妻亡而予然後知吾妻也。」令葉紹袁心有戚戚焉，「今古之慟，難為友言，而獨與妻言之。今入而無與言者，故曰妻亡而予然後知吾妻也」〔註49〕。其所作《亡室沈安人傳》與《百日祭亡室沈安人文》，綰合記憶與懺悔，展現了沈宜修豐富的人生圖卷。

一、二美兼具

冰心在《兩個家庭》中描述了一位理想的妻子亞茜，以及反面例證陳太太。小說核心的觀念為，家庭的幸福與否完全取決於主婦，因為家庭的幸福與苦痛，影響男子建設事業能力。分湖葉氏之家，正是因為沈宜修的於歸，使苦守杜門的孀居之家，有了生氣和歡樂。

萬曆三十三年（1605）夏，葉紹袁「祖母疾亟」，遂於「六月二十七日

〔註46〕葉紹袁：《次貧病十韻再哭亡侔》，第470頁。

〔註47〕侯方域所著《李香君傳》，擴大視之，也屬於此。

〔註48〕熊秉眞，Constructed Emotions: The Bond between Mothers and Sons in Late Imperial China,Late Imperial China, Vol.15,No.1（June 1994）: p106.

〔註49〕葉紹袁：《百日祭亡室沈安人文》，第211頁。

賦迫冰之什」，桃夭之宴肩負了民間「沖喜」的使命，時人如是記述二人的嘉合：

> 仲韶少而韶令，有衛洗馬、潘散騎之目。宛君十六來歸，瓊枝玉樹，交相輝映，吳中人豔稱之。〔註50〕

眾人豔稱的，更多是葉、沈二人容貌上的璧合，而沈宜修宛若溫潤的玉石，日久愈珍。她「性好潔，床屏幾榥，不得留纖埃」〔註51〕，且「日蒔佳卉，藥欄花草」〔註52〕。可以想像，在其巧手布置與指揮下，午夢堂居潔淨雅致，家人俯仰呼吸之間，處處得與繆斯相遇。婚後二十五載內接連誕育，生養八男五女（一女失載），有「八荀」、「三劉」的美譽〔註53〕。葉紹袁多年或為生計、或為功名奔波在外，仰仗沈宜修在家主持內政。素有學養的她，兒女三四歲時，即「口授《毛詩》、《楚辭》、《長恨歌》、《琵琶行》，教輒成誦」〔註54〕，子輩的學養於無聲處見長。多年以後，葉紹袁仕宦歸來，目睹「諸子大者與論文，小者讀杜少陵詩，琅琅可聽」〔註55〕，深感心慰。馮太宜人抱恙時，沈宜修更是「晝夜湯藥，衣不解帶」，百苦支持，直至葉紹袁歸來，「不知母有病也」〔註56〕。

《浮生六記》中芸娘，被深諳生活藝術的林語堂目為「中國文學中最可愛的女人」〔註57〕。儘管她每天昏定晨省、勤儉持家，恭而有禮，甚而熱心張羅為丈夫納妾，卻仍然不免失歡於高堂，暴露了在處理「小家」與「大家」上的不甚諳熟。相較而言，早芸娘近二百餘年的沈宜修，善於協調家中各種關係，為妻、為母、為子媳、為主人，每一種身份都做到了無可挑剔。與婆婆，她「承歡朝夕，遵名門之女戒，敬奉旨甘，三十年來有如一日」，「為婦，猶為女也」；與夫君，她「每至敷文析理，必咨大家；更聞玉友金昆，咸推道蘊」，「為內助，猶良友也」；與子輩，她「口授經書，親解文義。遂

〔註50〕錢謙益：《歷朝詩集小傳・閏集・沈氏宛君》，上海古籍出版社，1959年版，第753頁。

〔註51〕葉紹袁：《亡室沈安人傳》，第225頁。

〔註52〕葉紹袁：《亡室沈安人傳》，第228頁。

〔註53〕東漢人荀淑（83～149年），為戰國荀卿第十一世孫，品行高潔，學識淵博，他的八個兒子，並有才名，人稱「荀氏八龍」。梁人劉孝綽，有三妹，並擅文學，人稱「三劉」，尤以三妹劉令嫻為最。

〔註54〕葉紹袁：《亡室沈安人傳》，第227頁。

〔註55〕葉紹袁：《亡室沈安人傳》，第228頁。

〔註56〕葉紹袁：《亡室沈安人傳》，第227頁。

〔註57〕林語堂：《浮生六記》序言，人民文學出版社，2010版。

令姐妹競爽，居然閫內眉山；兄弟並名，允稱庭前孟里」，「爲慈母，猶明師也」〔註58〕；對於下人，她「性慷慨，明惠仁慈，節儉飭躬，御用悉去其華，接下待人，必居於恕」〔註59〕，使僕人們如沐春風。在沈宜修的操持下，葉氏一家上下敦睦，其樂融融。

民國以降，「賢妻良母」觀盛行於世，攜近代西方人權思想的利劍，披荊斬棘，許多儒家傳統的婦女觀受質疑，耳熟能詳的人物形象開始變得曖昧，賢妻良母觀與儒家傳統的婦女觀，各有側重〔註60〕：

	儒 家 傳 統 婦 女 觀	賢 妻 良 母 觀
基本原理	陰陽思想	近代平等思想
夫婦角色	夫婦有別	天職、天分不同
媳婦角色	重要性較大	重要性較小
妻子角色	相夫	內助
母親角色	生產＞養育＞教育	教育＝養育＞生產
女教目的	教化	輸入知識
社會構造	王朝社會	民族國家
家庭構造	父母——夫婦——子女	夫婦——子女
道德核心	孝順	權利義務
理想女性形象	孝婦、節婦烈女	賢妻良母

不難發現，除卻鮮有平等思想及民族國家的概念外，沈宜修可謂二美兼具，既遵循傳統的孝道，敬侍馮太宜人，又注重子女的教育，與葉紹袁相處亦以內助的身份出現。在她去世後，葉紹袁稱「家如散籌，亂不能整」〔註61〕，凌亂不堪所指涉的，居室的整潔與全家敦睦和諧應皆有吧。

二、桓少君之典

葉氏一家的貧困，前述已知。午夢堂主葉紹袁、沈宜修百苦支持，相濡以沫。在葉紹袁的散文中，數次涉及與貧婦相關之典故，尤以桓少君之典爲

〔註58〕張魯唯：《祭葉夫人沈安人文》，第 215 頁。
〔註59〕葉紹袁：《百日祭亡室沈安人文》，第 211 頁。
〔註60〕此表格依據洪貞姬：《日帝時期朝鮮「賢妻良母」女性觀研究》，漢陽大學校史學科碩士學位論文，1997 年。
〔註61〕葉紹袁：《百日祭亡室沈安人文》，第 213 頁。

最。據《後漢書‧列女傳》記載：

> 勃海鮑宣妻者，桓氏之女也，字少君。宣嘗就少君父學，父奇
> 其清苦，故以女妻之，裝送資賄甚盛。宣不悅，謂妻曰：「少君生富
> 驕，習美飾，而吾實貧賤，不敢當禮。」妻曰：「大人以先生修德守
> 約，故使賤妾侍執巾櫛。即奉承君子，唯命是從。」宣笑曰：「能如
> 是，是吾志也。」妻乃悉歸侍御服飾，更著短布裳，與宣共挽鹿車
> 歸鄉里。拜姑禮畢，提甕出汲，修行婦道，鄉邦稱之。

桓少君棄奢從儉，輔助鮑宣，世所稱讚。令葉紹袁最感動的，是沈宜修不以
貧為憂，「明鑒量宏，節概美志」〔註62〕，如桓少君。

曾有一事，令葉紹袁耿耿不能忘，在追憶中多次揀取敘述：

> 有一友人計營一椽，殊生束晢之歎，私籌於余，余曰：「我母
> 嚴，我弗敢言，當謀諸婦耳。」私念婦又鮮嫁時資裝，奈何！試與
> 之言。君曰：「貧友以急告，而不能周，愧也。」即脫簪珥，鬻數十
> 金予之。余曰：「去此，君箱匣益空，寧無怨色。」君曰：「桓少君
> 鹿車布裳固自可，君何弗及鮑宣。」余喜謝曰：「異日當以翟冠翠翹、
> 霞裙珠帔報若德耳。」君笑曰：「我哀王孫而進食，豈望報乎？且既
> 委身於君，翟茀珩璜分也，又何云報？」〔註63〕

面對友人的求助，素來急功好義的葉紹袁束手無策，因自幼不在母親身邊長
大，對母親實多敬畏，只能歸而謀於內。這一年，沈宜修剛剛十八歲，即刻
脫簪鬻金，對於夫君「寧無怨色」的疑問，她即自許為桓少君，表達了內心
的向慕，且婉諷葉紹袁何不如鮑宣坦然受之。當葉紹袁表達日後用鳳冠霞帔
回報時，宜修從容答之，一方面自比為漂母，哀王孫而進食，並不圖報；再
則，既為夫妻，其所云回報亦分內之事。如此高明的回答，出自十八歲女子
之口，實在令人讚佩。

典故為中國詩文中慣用之表現手段，精鍊文意且喚醒歷史意識與文化情
感〔註64〕。在葉紹袁的文章中，桓少君之典的嵌入，使其個人經驗連接了過
往，置於一個文人共有的傳統中，這個傳統累積了世代的讀寫經驗，在這樣
一種熟悉的話語格式與典事氛圍裏，透過桓少君之典，彰顯了沈宜修「性識

〔註62〕葉紹袁：《亡室沈安人傳》，第 226 頁。
〔註63〕葉紹袁：《亡室沈安人傳》，第 226 頁。
〔註64〕關於典故拋入得歷史關照，參鄭毓瑜：《抒情自我的詮釋脈絡》，收在《文本
　　　　風景：自我與空間的相互定義》，臺北麥田出版社，2005 年版，第 19 頁。

弘遠，姿度高朗」的品格。現實生活中，她秉持儉約之美德，「初婚時，一翠綃床，垂三十年，寒暑不易，色舊而潔整如新」。馮太宜人捐背後，本應用苧，宜修從費用角度考慮，以「白羅易之」。葉紹袁自庚午陳情歸養，家中收入藉數畝之入，「君或典釵佐之，入既甚罕，典更幾何？日且益罄，則挑燈夜坐，共誦鮑明遠《愁苦行》，笑以爲樂」〔註65〕。

鮑照《代貧賤愁苦行》，以反映社會底層貧寒賢士受壓抑的痛苦心情而知名，「親友四面，朋知斷三益」。對藥費等百般籌措亦有描寫，「藥餌愧過客」。這些經歷葉氏夫婦均有體驗，借之澆胸中塊壘，固爲貧士一樂。不僅如此，沈宜修更對葉紹袁語曰：「依依萱階下，與關山游子，不庸勝乎？願君永不作春明夢，即夫婦相對，有餘榮也。」〔註66〕如此賢德之婦，桓少君也當視爲知己吧。

三、「吾豈無情」

蘭閨三十載，沈宜修愁悶遠多於歡樂，這一點，葉紹袁當時未必明晰，但在事後的追憶之中，妻子當年的隱恫逐漸明朗。伴隨著自省，他的痛惋之情、慚愧之心，躍然紙端。

葉紹袁痛憶結婚初期，對沈宜修的疏越，當然，疏越乃情勢所迫，非其本心耳。他作爲家中的獨子，先大夫葉重第早逝，寡母撫孤。母以子貴、家風弗隳的美願，使得馮太宜人對其「不啻朝青宵而夕紫闥也」，故長年負笈在外，發憤下帷。即偶爾的暫歸，非母命，「不敢私入君帷」，「入君帷幕，與君披對，經年無幾日耳」〔註67〕。之後爲了生計，葉紹袁又四處奔波處館，「甚且臘盡年除，常棲外館」〔註68〕。待到榮登進士，授南京學武教授之職，沈宜修隨其到金陵僅止五月，而所棲身之處，「庳隘不堪，荒樣如竹，風雨一至，床幃皆濕矣」，且「古柏森參，夜多蚤怨」〔註69〕。沈宜修曾以《金陵秋夜》爲題，用五言古詩的形式寫詩四首，云：「莫作婦人身，貴賤總是愁。君平何必問，進退不能由。」〔註70〕記述了彼時的心情。後馮太

〔註65〕葉紹袁：《亡室沈安人傳》，第 228 頁。
〔註66〕葉紹袁：《亡室沈安人傳》，第 228 頁。
〔註67〕葉紹袁：《亡室沈安人傳》，第 226 頁。
〔註68〕葉紹袁：《百日祭亡室沈安人文》，第 210 頁。
〔註69〕葉紹袁：《葉天寥自撰年譜》，第 838 頁。
〔註70〕沈宜修：《鸝吹》，第 33 頁。

宜人思鄉，沈宜修隨其返家，與葉紹袁短暫的相聚轉眼即逝，離別時，她以
《別金陵官舍庭柏》爲題，詩云：「相依百日映簾幽，舉酒嬋娟青影浮。別
後不堪江上月，半林雲色任悠悠。」〔註71〕婉約抒寫了自己的惜別之情。
葉紹袁後改任京城工部虞橫司主事，時內憂外患，所督盔甲之事又極易獲
罪，常有朝不保夕之虞，令沈宜修在家「雙袖未曾一日乾也」〔註72〕。在
葉紹袁的回憶中，妻子愁容淚眼的圖景不斷被定格。回首少年輕浮，「愧無
寶釵贈婦之書」，而「內人實同明鏡待還之感」〔註73〕，凡此種種，愧意愈
濃。

　　俗語云：「寡母難處。」在與馮太宜人朝夕相對中，沈宜修亦有諸般委
屈，尤以不能吟詩最感壓抑。宜修天資高秉，「經史詞賦，過目即終身不忘，
喜作詩，溯古型今，幾欲步追道韞、令嫻矣」〔註74〕，作詩乃其生命中不可
或缺的亮色，更何況，詩還肩負著抒遣情懷的功用〔註75〕。但馮太宜人對此
不甚喜歡，以「詩可分呫嗶心」之名禁其作詩，還常常派女婢偵之，云：「不
作詩。」即悅；云：「作詩。」即此此形諸於色。葉紹袁生性至孝，「慈庭義
方，罔敢違戾」。居如是，沈宜修只有棄內心之所好，轉而研習內典，「清宵
夜闌，衫袖爲濕」〔註76〕，委屈之深，情見乎詞。胞弟沈自徵對姊姊於歸後
的委屈，理解最深，「姑稍有不懌，姊長跪請罪，如此終身」，「是以馮太宜
人古而宜怡」〔註77〕。家中敦睦融融，實包含了沈宜修太多的委屈與眼淚。

　　葉紹袁名登進士之後，馮太宜人對於詩作似不大限制，沈宜修可舒心於
吟詠，但新的憂愁又波湧而來，「乍同琴瑟，屢夢熊羆」，兒女債多，清閒福
淺，更何況沈乃鍾情兒女之輩，「求食營衣，不遑寧處」。葉紹袁又愈宦愈貧，
「賣珠補屋，如吟杜陵之詩；束苧質錢，每通甄彬之法」〔註78〕，回憶至此，
怎能不令葉紹袁潸潸而淚下。

　　在不斷地回憶與敘述之中，沈宜修的一生若畫軸漸漸展開，圖中濃墨重
彩書寫了大大的愁字。「三十年間，晦明風雨，清晝黃昏，曾歡娛愉樂之幾

〔註71〕沈宜修：《鸝吹》，第111頁。
〔註72〕葉紹袁：《百日祭亡室沈安人文》，第210頁。
〔註73〕葉紹袁：《鸝吹》集序，第27頁。
〔註74〕葉紹袁：《亡室沈安人傳》，第225頁。
〔註75〕按：《鸝吹》集作中，以遣懷、感懷等命名的佔據絕大多數。
〔註76〕葉紹袁：《亡室沈安人傳》，第225頁。
〔註77〕沈自徵：《鸝吹集序》，第18頁。
〔註78〕葉紹袁：《百日祭亡室沈安人文》，第210頁。

何，而拂亂憂愁之日積。娥眉長蹙，對妝鏡以無言；笑靨或開，袖羅今而每濕。君深心之委屈，與苦情之忍默，即我不能盡知之，知之亦不能盡言之也。嗚呼哀哉」〔註79〕！至此，葉紹袁已徹底發現其柔弱背後的堅強、歡顏背後的委屈。「吾豈無情」？葉紹袁的愧歉眞誠且沉重。

第三節　閨媛視域──關於葉氏雙姝的悼念集《彤奩續些》

一、《彤奩續些》的編撰

　　《返生香》、《愁言》付梓後，流佈江南，進入名閨麗人的閱讀視野，閨媛們感懷傷己，以知音自擬，捋管成章。葉紹袁將這些詩賦文誄輯爲《彤奩續些》上卷，家族內部的悼作輯爲下卷，「上昭拜賜之章，下列誌哀之什也」〔註80〕。現將上卷所錄文作及作者，製錄如下〔註81〕：

姓　名	簡　介	悼　作
沈紉蘭	秀水大參黃履素夫人	《悼葉瓊章》一首；《和葉夫人芳雪軒元韻》二首
黃媛貞	嘉興人，其姊妹均有才名。	《挽昭齊》十一首；《挽瓊章》十一首。
黃媛介	媛貞之妹，好吟詠，工書畫，以詩文出名。	《傷心賦・哀昭齊》一篇並絕句十首；《讀葉瓊章遺集》十一首
黃德貞	黃媛貞、黃媛介之妹	《挽葉昭齊》五首《挽葉瓊章》五首
王徽	王世仁之女，葉小繁丈夫的姊妹	《挽葉瓊章》五首
周蘭秀	雅善吟詠，工繪事，善寫竹。	《挽昭齊》四首《挽瑤期》四首
沈媛	周蘭秀之母，沈宜修從姊妹。	《挽葉昭齊甥女》《挽葉瓊章甥女》各三首
沈智瑤	沈宜修季妹	《憶昭齊瓊章兩甥女》
沈憲英	沈自炳長女，嫁葉世倅	《哭昭齊姊》《花下憶瓊章姊》《點絳唇・憶瓊章姊》各一首

〔註79〕葉紹袁：《百日祭亡室沈安人文》，第209頁。
〔註80〕葉紹袁：《彤奩續些小引》，第674頁。
〔註81〕上卷中還收有毛允遂《遊仙曲十二章爲葉女瓊章賦》、沈自炳《贈瓊章》，未在本節討論範圍，暫不予介紹。

沈華鬟	沈自炳次女	《春夜憶昭齊姊》《春日憶瓊章姊》各一首
沈蕙端	沈璟從孫女	《挽昭齊瓊章》七曲 《悵悵詞》一首
沈倩君	沈璟季女	《悼甥女葉昭齊》三首；《悼甥女葉瓊章》三首
張蕊仙	崑山人	《讀返生香志悼》二首
嚴瓊瓊	葉紹袁甥女	《春日過午夢堂覽表姊故房愴然追感》
吳山	金陵人	《挽葉瓊章》一首
李璧	王猴山外孫女	《挽葉昭齊》六首 《挽葉瓊章》六首
顏繡琴	葉紹袁甥女	《挽昭齊瓊章兩表妹》十首，詞四首

　　由表可知，作者中不少與葉氏有親緣關係，尤以吳江沈氏爲多，且所作文體各異，詩、賦、詞、曲均有涉及。囿於古代交通的不便利，女子多止足家門之內，許多閨秀與葉氏雙姝未曾謀面，僅以文字結緣。形管有煒，這些詩文清麗芊綿，展現了閨秀視野中的葉氏雙姝。

二、「卿本謫仙人」——吳山對葉小鸞遊仙的想像

　　有學者認爲，中國古代女子素有「吾本謫仙人」之念。翻閱古代神話，神女故事層出不窮，敘述模式不外乎，她們偶落凡塵，與世間人產生一段情緣，並在適當的時候翩然離去〔註82〕。這種敘事模式在明清彈詞中亦所在多有，以《夢影緣》爲例，即以謫降、求仙爲主線，敘述了一段引人入勝的故事。次女葉小紈傷悼之作《鴛鴦夢》，也爲姊妹三人安排了仙人下凡的背景，仙界侍女文琴、飛玖、莒香偶語相得，指笠澤爲盟，凡心萌動，謫罰降生轉爲凡世間昭蔘成、蕙百芳、瓊龍雕。

　　基於葉紈紈、葉小鸞「一樹名花正欲芳，驟驚風雨作淒涼」的人生故事〔註83〕，更促發了閨秀們其本仙人的想像空間。如黃媛介認爲「漢水雙珠何處落，不知誰見兩仙人」〔註84〕，沈蕙端亦有「姐妹探芝攜手去，雲懸瑤集與相商」以及「世間姐妹苦，何如道侶樂」的敘述〔註85〕。葉小鸞婚

〔註82〕EDWARD H.SCHAFER, The Divine Women, London: University of California Press,1973.
〔註83〕黃德貞：《挽葉瓊章》，第697頁。
〔註84〕黃媛介：《挽詩十絕》，第685頁。
〔註85〕沈蕙端：《挽昭齊瓊章》，第691頁。

前五日遽隕的奇特生平，使得其身上的仙氣色彩最爲濃厚，閨秀們對其謫仙人的身份篤定不疑，幾乎每一首悼念小鸞之作都體現了這種態度。沈紉蘭有「一償詩債遊仙去，可到三山伴紫雲」〔註86〕，想像小鸞遊仙在蓬萊、方丈、瀛洲三神山中〔註87〕，紫雲繚繞，仙袂飄飄。黃媛貞亦云「笑同神女傳丹法，忘卻分湖水一方」〔註88〕，認爲小鸞之所以能夠拋別對家中留戀，是因爲要同神女學習仙人之丹法。王徽感歎「欲附青鸞候消息，知向瑤臺第幾層」，表達了陰陽之隔、仙凡之距的遺憾。沈媛筆述「臂文朱縷他年識，至恐天都署掌書」，遐想葉小鸞已成爲月府侍書，掌管天都的典籍。此外，張蕊仙「鴻都莫解叫仙源，誰賦珊珊喚返魂」，嚴瓊瓊「緱嶺歸來元有淚，廣寒飛去歎無家」等，也都對葉小鸞的仙化展開了聯想。

在眾多閨秀對葉氏雙姝遊仙的描述中，以金陵女子吳山最爲有代表性。吳山在閱讀《返生香》之後，「殊深聞相思之感，故致挽辭，並平昔韻什翰劄」。葉紹袁讀後，認爲「清芬挹人，詩更慷慨別作調」，且「脂痕柔黃，墨韻爛然可想」〔註89〕，遂將吳山平日詩作刻入《伊人思》中，挽什刻入《續些》中。吳山在《挽葉瓊章》中列有小序，描述了知曉葉小鸞故事後的情緒變化：

> 始極悲，悲將五日而負結縭；既極羨，羨先五日而脫塵網。瓊章本仙也，其見諸吟詠，與自命煮夢子，無非仙也。然則天之折瓊章，亦折今日之瓊章耳，實全瓊章也。瓊章今辭葉氏之瓊章耳，瓊章尚在也。〔註90〕

始極悲，認爲乃人間奇慘之事；後極羨，婚前遽隕避免其進入成人的世界，完蓮花不染之身。且更應證了其本仙子的身份，不過偶落凡塵，適時而返矣。吳山此番觀點特別具有代表性，於葉小鸞曾有撫育之恩的沈自徵，就曾云：「謂天無情，何故鍾此異寶，謂天有情，何故肆此奇毒！即使中夭，亦未至爲大慘，獨不先不後，摧折於嫁前只五日。」轉而一想，「假使汝（葉小鸞）

〔註86〕沈紉蘭：《悼葉瓊章》，第676頁。
〔註87〕《漢書》卷二十五《郊祀志》載：「此三神山者，其傳在渤海中，去人不遠，蓋曾有至者，諸仙人及不死之藥皆在焉。其物禽獸盡白，而黃金白銀爲宮闕。未至，望之如雲。及至，三神山乃居水下。臨之，患且至，風輒引船而去，終莫能至云。」
〔註88〕李璧：《挽葉昭齊》，第697頁。
〔註89〕葉紹袁：《天寥年譜別記》，第890頁。
〔註90〕吳山：《挽葉瓊章》，第686頁。

關雎宜家，相夫榮貴，玉臺香笥，品月評花，不過如李易安、楊夫人，以文明一代，垂聲來祀已耳。」

而如今如龐家靈照，視日影而先化，以策勵父母，「度茲有情眷屬」，想念至此，故「可以拭涕而笑矣」〔註91〕。

正是在這種既悲且喜的心境中，吳山提筆寫下輓歌：

> 人生長夢耳，寓者造膚奇。有欲須終夢，無情夢不癡。君遊無夢夢，不俟黃粱炊。假君生百年，僅我殊毛皮。假君亡十八，君必悲玄絲。十七非大慘，良由鵲駕時。銀河如可就，弱水詎無涯。自此珠辭掌，瓊花別玉枝。百詩收色相，一偈待禪慈。葦折吳江冷，蕭吹碧海嫠。留名香父母，遺句服鬚眉。魄助秋蟾潔，魂歸箕作詩。瓊漿天上吸，酬補合歡巵。未了悉先了，稍遲覺也遲。信君煮夢子，火候有玄窺。〔註92〕

開篇點出人生如夢，葉氏族內亦多懷此思〔註93〕。在人生長夢裏，有情才會有癡，有欲望才會貪戀世間繁華，一夢到底。情與欲，葉小鸞並無，故不會等黃粱夢演到高潮。接著，吳山設想葉小鸞百歲抑或十八而亡，亦不過是墮落凡塵俗網，故十七歲將嫁未嫁時隕落，最令人感佩其悟性。葉小鸞十六歲曾作有一偈《曉起聞梵聲感悟》，云：「大士不分人我相，浮生端為利名忙。悟時心共冰俱冷，迷處安知麝是香。堪歎閻浮多苦惱，何時同得度慈航。」〔註94〕述說「世間攘攘，皆為名來；世間熙熙，皆為利往」的世態，眾人被功力心蒙蔽心與眼後不辨大是大非，世間苦惱多多，只有佛祖的慈航可以載離此境，清晰表達了脫離塵世、皈依佛祖之念。葉紹袁閱讀後，旁批道：「十六歲女子作此偈，何等見識，胸中無半絲塵網。」此即「一偈待禪慈」之意。葉小鸞亦曾作有《蕉窗夜雨》，自稱為煮夢子，其父揣度，猜測意為「黃粱猶未熟，一夢到華胥之意」。最後，吳山認為，葉小鸞不愧為煮夢子，將嫁而隕，適時的仙化而去，火候之中透露著玄機，以身現法，留名千古。

吳山字文如，金陵人，餘不可考〔註95〕。《伊人思》中錄有詩作，從中可

〔註91〕沈自徵：《祭甥女瓊章文》，第 366 頁。
〔註92〕吳山：《挽葉瓊章》，第 686～687 頁.
〔註93〕參第四章第一節《葉氏家族的夢》。
〔註94〕葉小鸞：《返生香》，第 324 頁。
〔註95〕按，冀勤在《午夢堂集》附錄中輯有吳山詞作十五首，但彼吳山字岩子，當塗人，與葉紹袁所述之吳山同名但不同人。

略窺其生平志向。在題爲《自遣》的詩作中，她自言：「一自知春不喜春，因春一味媚無倫。天生俠骨從來傲，恥聽人間稱美人。」〔註96〕春天萬紫千紅歷來爲騷人歌詠，世所鍾愛，吳山恰不喜歡此，認爲眾多花木諂媚春天，爲博美人之名而盛綻。這種不喜春天的觀點，在《題壁上刻竹》亦有體現：「奇汝不佞春，春朝骨不媚。奇汝不怯冬，嚴霜未常悴。」竹不因春天到來而有所妝點，不因寒冬而膽怯凋零，這種不因周遭而改變本性的特質，令其感佩。此外，吳山亦喜禪，曾於山中聽禪，「坐石禪機逸，宣經法性森」（《禪堂》）。她愛品詩，也曾夜訪閨中知音，相談甚歡，「快句醫詩瘦，親燈笑影肥」（《月夜訪孫夫人——大人善詩，呼我爲得意友》）。性格散淡、喜靜，認爲「大多動而勞，不若靜而粹」（《題壁上竹》）。可見，吳山與葉小鸞在諸多方面十分相似，其閱讀《返生香》後，感且契賞，「久欲作挽，焚呈瑤幾，但愧瓦礫，羞見珠玉，幾回慚進，然亦不肯掩予慕弔之意」〔註97〕，故能於更細微之處感悟葉小鸞的情思。

三、「當年若見黃皆令」——黃媛介對葉紈紈愁情的另解

才女徹夜未眠，《返生香》、《愁言》中濃鬱的愁情揮之不去，特別是長女葉紈紈，懷王郎天壤之恨，涉筆即愁，引眾多閨秀嗟歎。如黃媛貞「遣來佳句盡心酸，我復多情忍不看」，李璧「羨幾文爐茶一鐺，《愁言》讀罷恨難平」，沈倩君「畫欄依舊景融融，豔質空悲逐曉風」等，對紈紈的哀怨進行了感同身受的描寫。禾中才媛黃媛介，作《傷心賦》並挽詩十絕哀悼葉紈紈，在其悼作中，除卻對紈紈理解之同情外，更展現了一種豁達的人生理念，點醒我們用更寬廣的視野打量其筆下的愁情。

賦作《傷心賦哀昭齊》，用典雅的駢儷之文，抒寫傷心主題，一爲恨不相見而傷心，「紅顏蕙質等飛塵，今欲一見渺無因」；二爲葉紈紈生平遭遇而傷心，如此「婉麗之佳人」，「抱天壤之奇恨」，眞乃「人間之酸淒」，對於其性耽山隱而不得，「怨草路之萋萋」，予以深切理解。葉紈紈在季妹瓊章奔月之後，寫有挽章，「詎知遂爲絕筆」〔註98〕。詩作中對姐妹之深情、胸中之懷抱，俱有描摹，黃媛介讀後，辛酸寫到：「何斯人而負才，竟所罹之如是？」

〔註96〕吳山：《自遣》，第575頁。
〔註97〕吳山：《挽葉瓊章》，第686頁。
〔註98〕葉紈紈：《愁言》，第253頁。葉紹袁旁批小字。

　　挽詩十絕裏，黃媛介則用略帶議論的方式，直抒胸臆，對葉紈紈是否應耽於放縱愁情，提出質疑。前三首絕句如下：

　　　　未能圓滿世間情，何必爲愁了此生。

　　　　今日試將遺稿誦，斷魂眞處不分明。

　　　　傳聞名媛出名家，何事年年獨怨嗟。

　　　　傷透好心人不識，錯將詞賦喚雲霞。

　　　　夜色青青變柳條，芳魂絕去不能招。

　　　　當年若見黃皆令，深怨深愁應自銷。〔註99〕

第一首提出因爲世間情不盡如人意，遂以愁了卻此生，值得否？黃媛介閱覽《愁言》遺稿，認爲紈紈因所遇非匹而鬱鬱，不甚明智。第二首還是對葉紈紈愁城爲家進行發問，一方面對其錯付衷心感到惋惜；另一方面，對紈紈在詞賦中抒寫山隱之癖，借雲霞之詠來消懷，規避世事，亦持保留態度。第三首亮出觀點，如果當年得與相遇，在自己的疏導下，紈紈再多的愁悶也定會消融。黃媛介會用何妙辭寬慰紈紈，詩作中並沒有體現。但縱觀黃一生，早許楊氏世功，「楊久客不歸，太倉張西銘溥聞其名，往求之，父兄皆勸其改字，誓不可。卒歸於楊。乙酉城破家失，乃轉徙吳越間，饔飧於詩畫焉」〔註100〕。黃媛介選擇楊氏，固然情有可依，但違逆父兄，還是需要極大的勇氣與韌性。於歸之後，二人生活窘迫，賴黃作閨塾師維持生計，風餐露宿，楊世功曾記錄妻子一次雨中遠行，「皆令渡江時西陵雨來，沙流濕汾，顧之不見，斜領乃跼蹐於驛亭之間，書奩繡帙半棄之傍舍中」〔註101〕。此等經歷，非一般女子可以擔當。儘管如此，黃媛介沒有縱情於自怨自艾中，亦無耽情歸隱，逃匿現實，在行動中體現了其坦然接受生活、積極面對挫折的襟懷。也許正是因爲這樣的人生體驗，使得黃媛介獨具隻眼，在眾人相爭傳誦淒婉的愁情時，持一份珍貴的冷靜。

　　不僅如此，黃媛介還從百年亦浮生的角度，安慰沈宜修，第四首絕句云：

　　　　瓊蕊明珠過眼情，百年亦只是浮生。

　　　　我知世事尋常甚，阿母堂前恨可平。

〔註99〕黃媛介：《挽詩十絕》，第682頁。

〔註100〕湯漱玉：《玉臺畫史》卷一，上海古籍出版社，1996年版。

〔註101〕毛奇齡：《黃皆令越遊草題詞》，《西河文集》卷五十九，《文淵閣四庫全書》本。

徐志摩名作《偶然》：「你記得也好，最好你忘掉，在這交會時互放的光亮！」
述說自己對偶然邂逅的一段美好時光難以忘懷，希望對方也記住這段情緣。
眾多研究者認為，詩作想要訴說的，是珍重相逢，儘管這相逢十分短暫。這
亦是黃媛介所想要表述的，葉紈紈以明珠之姿生長於葉家十七年（紈紈十七
歲於歸袁家），有這份朝夕相處的相遇情誼已足矣，試想即便相伴百年，所
經歷的不過尋常生活的重疊相加，如此想來，沈宜修的悲痛或可消弭些許。

第五首絕句中，黃媛介從因緣際會角度繼續寬慰所有悲悼者，詩云：

> 念到心傷夢亦憐，此中何處問因緣。
>
> 人生誰不期多福，至此何能莫愴然。

葉紈紈的生平遭遇，令所有知者扼腕。冥冥之中，因緣際會，凡人固不可知，
福祿壽，人之所念，卻又如此遙不可及，人生得意之事能有幾何？言念及此，
眾人似可坦然接受造化之所有安排，儘管不免帶有無奈的感傷。蒙田有言：
「最美好的人生，是向普通模式看齊的人生，這樣的人生是有序的，雖無奇
迹，卻不荒唐。」〔註102〕黃媛介似也婉轉提醒諸位名媛，沒有奇迹，沒有
完美，這就是人生。

在其後的五首詩作中，黃媛介追憶了葉紈紈閱讀佛經、耽於隱癖的人生
經歷，「一燈自照維摩室，腸斷因緣竟若何」，以及眾人睹物思情，對紈紈的
無限追懷，「漢皋雙影已同歸，金屋空存在日衣」。詩作之重點，已然轉移於
抒情與敘事，使悼作的內容與情感更為豐富。

黃媛介得以閱覽《返生香》、《愁言》，還有一段因緣。葉紹袁曾向司理方
士亮推薦黃象三，並一舉得冠，象三甚感激，遂以其姊媛貞、妹媛介挽昭齊、
瓊章詩來，其姐妹之名，葉紹袁久已聞之，正「欲得其片什無由，今忽得象
三緘至，甚喜」，「銀鈎墨迹，則什襲藏也」〔註103〕，十分珍重。黃媛介自己
亦稱：「甲戌春，家仲手《彤奩》合刻相示，曰：『此馮茂遠先生欲汝為瑤期
輓歌詩也。』」〔註104〕正是這樣的際會，促成了一段文學史美談，在黃媛介的
縱意凌雲的筆端，我們亦得以閱讀一段不同於尋常閨秀的見解。

〔註102〕蒙田：《美好的普通人生》，見《心靈的歌吟》，喀什維吾爾文出版社，2004
　　　　年版，第154頁。
〔註103〕葉紹袁：《天寮年譜別記》，第889頁。
〔註104〕黃媛介：《讀葉瓊章遺集》，第683頁。

附錄：有關葉小鸞兩則

一、洛神與葉小鸞

曹植筆下的洛神，「翩若驚鴻，婉若遊龍」，引後人追慕。葉小鸞，「志逸煙巒，以婉變之年，懷高散之韻」〔註105〕，對洛神的喜愛和解讀亦露於筆端，並似乎透顯了她自己的人生思考。

葉小鸞，母稱其「王夫人林下之風，顧家婦閨房之秀，兼有之耳」〔註106〕。王夫人指有「詠絮」之才的謝道韞，顧家婦指張玄妹，二人俱爲魏晉時期的賢媛〔註107〕。沈宜修用此二人比述，當指小鸞既有竹林名士的氣韻，亦有清心玉映的閨秀之姿。她自幼聰穎過人，工於書畫，舅沈自炳稱「摹古人書畫，無師而解其意」〔註108〕。東晉王獻之（字子敬）小楷作品《洛神賦》，是其每日必臨的作品。王獻之《洛神賦》的眞迹在宋時已僅存九行，爲權臣賈似道所有，後又得四行，合成十三行，刻之於石，世稱「玉版十三行」，亦稱「賈刻本十三行」、「碧玉十三行」〔註109〕。葉小鸞所臨，當爲此。沈宜修稱其摹書時，「不分寒暑，靜坐北窗下，一爐香相對終日」〔註110〕，後葉紹袁偶然於所臨帖後得一絕，云：「芸窗塵尾拂鳥皮，玉版雙鉤瞻獻之。臨到一番神肖處，不禁心賞古人奇。」〔註111〕可知她對《洛神賦》的精熟與珍愛。

在葉小鸞遺集《返生香》中，亦有幾處化用洛神之典。葉氏家有「草花數十種」，小鸞「欲盡爲題詠，未及半而死」（葉紹袁旁注）。現存所題，有垂絲海棠、茉莉花、蜀葵、剪春蘿等，其中詠《蓮花瓣》，便是化用洛神典故，錄之如下：

> 一瓣紅妝逐水流，不知香豔向誰收。
>
> 雖然零落隨風去，疑是凌波洛浦遊。〔註112〕

〔註105〕沈自炳：《返生香序》，第300頁。

〔註106〕沈宜修：《季女瓊章傳》，第202頁。

〔註107〕《世說新語・賢媛》：「謝遏絕重其姊，張玄常稱其妹，欲以敵之。有濟尼者，並遊張、謝二家。人問其優劣，答曰：『王夫人神情散朗，故有林下風氣。顧家婦清心玉映，自是閨房之秀。』」余嘉錫案：林下，謂竹林名士也。《世說新語箋疏》，中華書局，1983年版，第822頁。

〔註108〕沈自炳：《返生香序》，第299頁。

〔註109〕十三行所錄內容，起至「左倚採旄，右蔭桂旗」，收於「休迅飛鳬」。

〔註110〕沈宜修：《季女瓊章傳》，第203頁。

〔註111〕葉紹袁：《天寮年譜別記》，第902頁。

〔註112〕葉小鸞：《蓮花瓣》，第321頁。

荷瓣隨風順水而去，塵世的繁華已將其牢籠不得，但不知誰會收取這片香豔呢？她覺得，荷瓣的消逝與洛神乍現於洛河之畔的驚鴻一瞥一樣，都是暫現於塵世，而久歸於仙界。其舅沈自炳讀此詩後，評「紫水芙蓉之詠，半屬遊仙」。葉紹袁旁注云：「竟若自為寫真寫怨。」小鸞十七歲於婚前五日遽殞，「將嫁不嫁，完蓮花不染之身」〔註113〕，臨終前「星眸炯炯，念佛之聲明朗清澈」，死後七日，「面光猶血，唇紅如故」，且「臂如削藕，冰雕雪成」，葉紹袁認為「非有仙徵，何能若此」〔註114〕？故而，在家人的眼中，小鸞的遽殞與洛神的乍現一樣，富於仙氣。

當《牡丹亭》風靡大江南北之際，葉小鸞曾經在坊刻《牡丹亭》本上題詠，其中一首亦化用了洛神典故：

> 凌波不動怯春寒，覷久還如佩欲珊。
>
> 只恐飛歸廣寒去，卻愁不得細相看。〔註115〕

典出《洛神賦》的「凌波」，有意凸顯「美人」飄渺出塵的歸宿。洛神曾在神性與人性之間往復徘徊，當人間之愛使「洛靈感焉」時，她「踐椒塗之鬱烈，步蘅薄而流芳」，彷彿情感牽絆的俗世人的沉重步履；但她畢竟受神性的召喚，正是在依依揮別人間之愛時，她的步態變得「體迅飛鳧，飄忽若神，凌波微步，羅襪生塵」；一旦決然而去，微步生塵之處便「屏翳收風，川後靜波」。葉小鸞詩中突出了「凌波」的「不動」，加強了情意止息的意味。《牡丹亭》中的杜麗娘是經歷生死離合仍「一往情深」的「有情人」（《牡丹亭》湯顯祖題記），葉小鸞卻為她安排了「飛歸廣寒去」的歸宿，投射了自己對人生方向的思考〔註116〕。

葉小鸞曾寫有擬連珠九首，描寫對象為髮、眉、目、唇、手、腰、足、全身。其中寫足的詩作，也化用了洛神之典：

> 蓋聞步步生蓮，曳長裾而難見。纖纖玉趾，印芳塵而乍留。故
> 素轂蹁躚，恒如新月；輕羅婉約，半韜瓊鈎。是以遺襪馬嵬，明皇

〔註113〕沈自徵：《祭甥女瓊章文》，第366頁。

〔註114〕葉紹袁：《祭亡女小鸞文》，第371頁。

〔註115〕其父葉紹袁收入葉小鸞遺集《返生香》時旁注云：「坊刻《西廂》、《牡丹》二本，前有鶯鶯、杜麗娘像，此前後六絕俱題本上者。」揣摩句意，《又繼前韻》三首更像是題詠《牡丹亭》。

〔註116〕葉紹袁旁注：「『只恐飛歸廣寒去，卻愁不得細相看』，何嘗題畫，自寫真耳，一痛欲絕。」

增悼：凌波洛浦，子建生愁。〔註117〕

「新月」典出窅娘，爲南唐後主李煜的嬪妃。相傳她將白帛裹足，將兩隻腳纏成新月型，所以，當窅娘跳舞時就好像蓮花凌波，俯仰搖曳之態十分優美動人。遺襪馬嵬，指楊貴妃事。據李肇《國史補》載：「玄宗幸蜀，至馬嵬驛，命高力士縊貴妃於佛堂前梨樹下。馬嵬店嫗收得錦靿一隻」。「凌波」一詞從曹植《洛神賦》「凌波微步，羅襪生塵」而來。葉小鸞採用眾多的歷史典故，烘托足的美麗，亦流露出少女含蓄的喜悅，學者高彥頤稱這種喜悅爲「高貴的快樂」〔註118〕。細析詩中所用「乍留」、「新月」、「半蹙瓊鈎」（指快接近未圓之月即新月），會發現葉小鸞其實很貪戀美好的瞬間，而且認爲，只有這種轉瞬即逝的美好像才具備「恒如」的美感，而後人的悼念或者愁思，亦給這份美增加了些許想像的空間。

葉小鸞平日「舉止莊靜，不妄言笑」〔註119〕，葉紹袁稱其「曹大家之女誠夙嫻，鍾夫人之閫儀早習」〔註120〕。在其沈穩的內心深處，卻追慕洛神的高蹈出塵，故而筆端的洛神之典，常突出其出塵之意，契合了她內心離世的期許〔註121〕。小鸞的家人，在目睹她婚前遽殞之後，傷痛之餘，認定她本「瑤臺仙女」，而這種出塵之典的應用，正是她富於仙氣的佐證。

二、尤侗《鈞天樂》與葉小鸞

葉小鸞遽然玉殞，篤信佛理的葉氏一家曾求助於其時盛行的扶乩占卜，經泐大師（金聖歎）的招魂〔註122〕，兼由文壇名宿錢謙益、周亮工、袁枚等推賞宣傳，其形象逐漸仙化爲「月府侍書女」。錢謙益在《列朝詩集小傳》本傳亦載入這段仙歷：「小鸞，月府侍書女也，本名寒簧，今復名葉小鸞矣。」〔註123〕

清初蘇州才子尤侗，字展成，對鄰邑名姝葉小鸞有著天然的傾慕，其好友湯傳楹曾云：「展成自號三中子，人不解其說，予曰：『心中事，揚州夢也；

〔註117〕葉小鸞：《足》，第351頁。
〔註118〕高彥頤：《閨塾師》，第176頁。
〔註119〕沈自炳：《返生香序》，第233頁。
〔註120〕葉紹袁：《祭亡女小鸞文》，第367頁。
〔註121〕葉紹袁《祭長女昭齊文》稱三女「競耽隱癖」。
〔註122〕陸林：《〈午夢堂集〉中「泐大師」其人──金聖歎與晚明吳江葉氏交遊考》，《西北師大學學報》2004年第4期。
〔註123〕錢謙益：《列朝詩集小傳》，上海古籍出版社，1959年版，第756頁。

眼中淚，途窮哭也；意中人，返生香也。」〔註124〕葉小鸞著有詩文集《返生香》，這裡以集名代稱其人。吳梅在《中國戲曲概論》也說：「《鈞天樂》，世謂影射葉小鸞。記中魏母登場，即云先夫魏葉，蓋指其姓也。寒簧登場，〔點絳唇引子〕云：『午夢驚回』，蓋指其堂也。而《歎榜》、《嫁殤》、《悼亡》諸折，尤覺顯然。」故《鈞天樂》為敷衍葉小鸞生平之劇，為不爭的事實。在劇中，葉小鸞寄身於魏寒簧，作為懷才不遇的男主人公沈白的未婚妻，她才色傾城，婚前遽逝，被瑤池王母召為樂府侍書，與被天廷選為狀元的沈白在月宮團圓，終成眷屬。

　　細察此劇，寒簧美則美矣，但失去了仙風道骨之韻，沾染了濃鬱的俗世浮塵。其典型賓白為：「咳，古來才子數奇，佳人薄命，同病相憐。世間多少女郎，七香車五花誥，享受榮華，偏我寒簧寂寞深閨，香消粉褪也，似下第秀才一般，好傷感人也。」〔註125〕言語中充滿了對富貴榮華的渴盼。及至聽到未婚夫沈白名落孫山，憂鬱頓生直至香殞，讓沈白弔唁時愧疚不安：「這都是我功名蹭蹬，負了小姐也。」〔註126〕如此強烈的功名利祿之心，《鈞天樂》眉批有段精彩評述，云：「從來做夫人的比官人更加性急，如寒簧十五女郎，一聞兒夫下第，無限感慨，至以死繼之，何熱中之甚也！」〔註127〕在俗世尋找幸福不得，寒簧開始遙想世外仙界，「我想人生世上，如輕塵棲弱草耳。奴家當此芳年，青春虛度，一旦深深葬玉，鬱鬱埋香，絕代紅顏，總成黃土。不如遊仙學道，與雙成紫玉，同住蓬萊，妾之願也。但塵緣未盡，煙駕難逢，為之奈何？」眉批謂其「又要做仙人又要做夫妻」〔註128〕。直至臨終，仍不忘「莫生西土莫生天，化作並頭蓮」〔註129〕。這種思戀即使她位列仙班也不曾消滅，當獲知沈白被選為天庭的狀元，時身為散花女史的寒簧，內心獨白是一則以喜一則以憂，「喜則喜人間離別，雁字可通；憂則憂天上姻緣，鸞膠難續」〔註130〕。昭顯了寒簧對俗世情愛的不可割捨，不再淡然。

〔註124〕湯傳楹：《閒餘筆話》，《湘中草》卷六，《尤太史西堂全集三種六十一卷附湘中草六卷》，康熙刻本。

〔註125〕《鈞天樂》，《古本戲曲叢刊》本，五集第三函，第五齣《歎榜》。古本戲曲叢刊編委會，上海古籍出版社，1986年版。

〔註126〕同上，第九齣《悼亡》。

〔註127〕同上，第五齣《歎榜》。

〔註128〕同上，第五齣《歎榜》。

〔註129〕同上，第八齣《嫁殤》。

〔註130〕同上，第三十齣《閨敘》。

　　尤侗塑造的富於俗世情懷的寒簧，與作爲原型的清逸美人葉小鸞相去甚遠。追慕者尤侗「抑鬱不得志，因著是編，是以泄不平之氣，嬉笑怒罵，無所不至」〔註131〕，將自身的價值觀念附會於其中，遂造就了寒簧與葉小鸞的距離。

第四節　家族悲悼——葉氏成員對葉世侗、葉世傛的悼作

　　葉世侗、葉世傛先後徂謝，在家族內驚起了駭浪，葉氏成員及相關懿親，紛紛搦管，述寫思念。這些文作一個重要的方面即敘寫逝者生平，葉紹袁爲次子葉世侗的祭文中曾云：「即欲訴汝生前情事，少寫哀思。」〔註132〕而其他寫作者，也都參與了葉氏兄弟的生活，他們搜索記憶，憶往昔之言笑晏晏，不同程度追溯了逝者的生平。如若說葉小鸞、葉紈紈的祭誄之文，代表了閨秀對於葉氏女性的想像與敘述。那麼，附錄於《百旻草》、《靈護集》後的祭誄詩文以及《屺雁哀》中悲侗之作，則彰顯了葉氏家族內及至親近戚，對葉氏男輩的追懷及理解。

一、才美標格

　　以往論述中，學者多注意到葉氏女性德才色兼備，相較而言，對男性關注較少。實則葉氏子輩中，「女也左芬，男也太沖」，「女也令暉，男也鮑照」〔註133〕。葉氏兄弟才美標格，風流自賞。

　　葉世侗乃家中次子，「早慧有智慮，於一家中，無不喜者。尤得祖母馮太宜人歡心」〔註134〕，「生而長晢，頎然若削，峻骨挺上，矑瞳點漆。肌肉澤潔，背有一痣，寰周玄潤，端居正中」，據有關術史的典籍載，此乃異徵也。「十三歲學操觚，文有汪洋一瀉之致」，葉紹袁曾率其訪泌園老人張世偉，「李元禮高自標持，許子將世稱裁鑒」，在父親葉紹袁眼中，此次相訪，庶可媲美當年孔融謁見李膺之雅談〔註135〕。侗性不喜韻語，「所好先秦兩漢

〔註131〕闇峰氏：《鈞天樂》卷末跋語。
〔註132〕葉紹袁：《(葉世侗) 祭文》，第 419 頁。
〔註133〕周永年：《靈護集序》，第 445 頁。
〔註134〕葉燮：《謝齋諸兄弟傳》，《吳中葉氏族譜》六十六卷本卷五十二，葉德輝等纂修，清宣統三年（1911）活字本。
〔註135〕《世說新語‧言語》載：「孔文舉年十歲，隨父到洛。時李元禮有盛名，爲司

古人文詞，竊擬步武，私或構作」，加之世侗與祖父葉重第生於同年月，故葉紹袁嘗對沈宜修言：「此兒姿骨不凡，英采或能似祖。」認為天祚衰宗，必侗焉藉。葉世侗「傲睨無人之氣」，待諸季弟仍「時有不可犯之色」〔註136〕，不過對諸弟而言，「倨色一時，曾何介意」？大家心心眷念的，乃同幾披誦、一席籲吟的歡宴時分。

三子葉世佺「生而玉皎，軒朗映人，唇若渥丹，瞳若點漆」，沈宜修的父親沈玒，性格孤抗，不狎兒女，宴處故里時，適逢沈宜修攜抱世佺歸寧，見其「娟然玉茁，能笑能嬉」，乃深加鍾愛。對沈自炳言：「汝婚而有女，必將以配此了。」〔註137〕世佺早慧，三四歲那年，偶患疥疾，醫生以藥滲塗，即曰「其似漆身而為癩者與」？令葉紹袁大為感歎，認為「胸中有豫讓故事，豈非夙慧」？十一歲事操觚，「文品清貴而韶秀，神姿俊潔以安詳」，十五歲獲秀才，葉燮也稱哥哥「為文華縟，掇六朝及唐人之英，頗冠冕闊大。府君（葉紹袁）早以遠大期之」〔註138〕。

與葉世侗略有傲性不同，葉世佺仁恕溫良，「於童輩無一言加謫」，「於交友無一忤色生苛」，且深諳《易經》之道，常存惜福之思、求全之惕。沈自炳曾回憶落榜之後秋居金陵，貧病交迫，葉世佺及其他昆友前來問候，「惠靈膏」、「解愁思」、「閔貧乏」〔註139〕，雪中送炭，令舅父不勝感動。此時，葉世佺也抱恙在身，但仍寬慰舅舅，「不必於憂疑」。從兄葉世儋亦記述他「事兄如父，待弟如子。偶有一得，無不示之弟；偶有一難，無不質之兄。以故快心失意之事，則必相賞而相憐；風雨晦明之間，則必相啟而相發。甚至寒暑飲食之際，則必相維而相護。戲言一及，則必正色以隨之；疑義相商，則必婉容以晰之」〔註140〕，從中，可端想葉世佺平昔的音容笑貌。

由上可知，葉氏子輩「風神冰清而玉潤，才藻虎繡而龍雕，向學勤渠而

隸校尉。詣門者，皆俊才清稱及中表親戚乃通。文舉至門，謂吏曰：『我是李府君親。』既通，前坐。元禮問曰：『君與僕有何親？』對曰：『昔先君仲尼與君先人伯陽有師資之尊，是僕與君奕世為通好也。』元禮及賓客莫不奇之。太中大夫陳韙後至，人以其語語之，韙曰：『小時了了，大未必佳。』文舉曰：『想君小時必當了了。』」中華書局，1983年版，第66頁。
〔註136〕葉紹袁：《又祭文》，第425頁。
〔註137〕沈自炳：《哀咸期甥文並誄》，第485頁。
〔註138〕葉燮：《謝齋諸兄弟傳》。
〔註139〕沈自炳：《哀咸期甥文並誄》，第486頁。
〔註140〕葉世儋：《祭從弟咸期文》，第506頁。

孜」〔註141〕，可謂才美標格。多年之後，葉世侗長子葉舒崇，曾有「流虹橋
軼事」並在清初文壇上廣爲傳唱，「吳江葉元禮，少日過流虹橋，有女子在樓
上見而慕之，競至病死，氣方絕，適元禮復過其門，女之母以女臨終之言告
葉，葉入哭，女目始瞑」〔註142〕。王士禎有詩：「阮家未臥酒爐旁，荀令橋南
惹恨長。鴛胭湖邊逐春水，化爲七十二鴛鴦。」〔註143〕本事即爲此，可視爲
午夢堂之遺韻。

二、悲傷其志

　　湯顯祖有云：「宋時已死王元澤，直到明亡湯士蘧。」則是愛子之心與憐
才之心，交迫於中。在葉氏兄弟的悼作之中，親情與憐才之心，亦相互纏繞。
葉氏兄弟芸窗矻矻，攻苦勤事，卻相繼折戟於功名路上，「壯志未成身已死，
黃泉空負泣題橋」〔註144〕，對於其有志難酬，至親之人常有關心之痛。

　　葉世侗去世後，諸兄弟姊妹將悲侗之作與哭母之篇合爲《屺雁哀》，葉小
紈作爲唯一的女性，寫下了情感深痛的悼作八首絕句。摘錄三首如下：

> 莫向泉臺怨不平，樓成白玉赴雲程。
> 詩詞總是雕蟲技，不屑將來與世爭。
>
> 少小英姿志不群，前身應是漢終軍。
> 眉峰奪得青山秀，數歲能書草似雲。
>
> 憶昔同遊一室中，每談立世有英風。
> 歔嗟泉路悲相促，壯志難消化彩虹。〔註145〕

往昔揚雄有言，辭賦乃「童子雕蟲篆刻」，「壯夫不爲也」（《法言‧君子》）。
葉氏家中固然鍾情於詩詞吟詠，但若已成爲生命重累時，故當決絕棄之。葉
小紈敏銳地體悟到此點，寫進悼作，當也有提醒其餘手足的願力。後兩首乃
追憶了世侗志向及胸懷，將其比擬爲西漢終軍，終軍「年十八以辯博能屬文
聞於郡中」，曾自請受長纓，往說越王歸漢，「越王聽許，請舉國內屬，天子
大說，賜南越大臣印綬」〔註146〕。葉世侗回憶：「余兄弟閒談暇論，各言胸

〔註141〕葉世儉：《祭從弟成期文》，第506頁。
〔註142〕朱彝尊：《高陽臺前序》，《午夢堂集》附錄三，第1139頁。
〔註143〕王士禎：《流虹橋遺事圖》題詩，《午夢堂集》附錄三，第1136頁。
〔註144〕葉世佺：《哭亡弟聲期》，第655頁。
〔註145〕葉小紈：《哭聲期弟》，第664頁。
〔註146〕班固：《漢書》卷六十四，中華書局，1962年版，第2814頁。

志，兄必高談閎赫之議，雄吐得意之懷。」〔註147〕可爲互參。

世傛歿後，葉紹袁「涕淚並枯，肝腸盡裂」，自云「形雖生，心已死」。周永年言其緣由，「則亦以是子之才，較之先隕者尤勝」〔註148〕。追憶生平志向，家族內的悲痛不可遏止。長兄葉世佺云「共謂君才宜作棟」，葉世儋言「平生每負稱仙史，致令今朝作鬼才」，「恢遼有志書生淚，報國無身草莽臣」。其中，葉世侗用長歌體的形式，抒發感懷，尤令人慨歎，揀選如下：

> 吾聞自古亦多故，豈無才子歎平生。或有烈士稱暮年，功成豪
> 傑垂英聲。間傳年少氣方盛，荊山玉碎悲珠沈。賈傳懷沙曾賦鵬，
> 終童棄儒空長纓。然而已有名主知，松楸拱墓還蜚名。何獨於今生
> 不天，勔車一旦催人早。有志未酬身先死，生芻零落同衰草。〔註149〕

庾信《哀江南賦》云：「荊山鵠飛而玉碎，隨岸蛇生而珠死。」美好的事物似更容易遭遇不幸，人中之卓穎者亦如是，或大器晚成，或英年早逝，人生都歷經坎坷。然而即便鬱鬱如賈誼，仍爲漢文帝所知賞，留名青史，庶幾可感安慰。葉氏素有傳世之願，而亡兄世傛，卻有志未酬身先死，泯滅荒草之間，怎能不令人感到悲憤！

三、天意高難問

昔日王戎有言：「聖人忘情，最下不及情。情之所鍾，正在我輩。」〔註150〕葉氏薤歌不斷，每一次都宛若晴空霹靂，葉氏在驚魂甫定之後，漸有天意高難問之惑。

當葉世儋去世之時，悼作之中，「幾度問天天不答，幾回呼地地無聲」〔註151〕，「身逢荼毒怨何滋，叫破蒼天那得知」〔註152〕，已現端倪，但未成氣候。五年之後，葉世傛的去世，葉氏的承受已經到了最大的極致。聯繫崇禎五年後，家中病亡不斷，這種困惑夾雜著悲痛，顯現於每一個人的悼作之中。

長兄葉世佺稱：「嗚呼痛哉！余聞天地之道，福善而禍淫，故善積者昌，

〔註147〕葉世侗：《祭亡兄聲期文》，第432頁。
〔註148〕周永年：《靈護集序》，第445頁。
〔註149〕葉世侗：《哭亡兄戚期》，第477頁。
〔註150〕余嘉錫箋注：《世說新語·傷逝》，第751頁。
〔註151〕葉小紈：《哭聲期弟》，第663頁。
〔註152〕葉世佺：《哭亡弟聲期》，第656頁。

惡積者亡。若夫志士懷憂，壯夫嬰僇，或哀歡而霜隕，或籲泣而城崩，則人之誠於中天，天未嘗不爲之感動也。由今觀之，乃知妄耳。」〔註153〕葉世侗云：「嗚呼！何辜譴天，奚罪負地。禍難殷流，大災薦臻。殘花再折，斷萼重摧。神魂震惶，精爽飛越，羌難得而明也。腸裂之餘，欲叩天而相詰焉。」〔註154〕葉世儋言：「嗚呼痛哉！家門不造，橫罹多愆，生聚未遙，離憂驟翦。控首蒼蒼，何其酷耶！豈以我兄弟相聚一室，自念曾無敢放越，將實獲滔天罪暴戾，用是昊穹不憫，膺斯大戮與？抑造物夢夢而無情。」〔註155〕

當卓穎的佳兒，因志不得時而先後殂謝，悲痛中的親朋，遂努力網羅逝者生前的種種異兆，認爲事有緣由，亦藉此消弭內心的悲痛。

葉紹袁回顧葉世侗生平，認爲其死有四異。其一，葉小鸞許婚於崑山張氏，七年之後，小鸞芝焚；葉世侗締結崑山顧氏，又過七年，世侗歌《薤歌》，讓葉紹袁不禁有「胡一昆邑，數符於七，而婿不成婿，婦不成婦。未成婿者，執升堂之禮；未成婦者，矢靡慝之誓」之悲歎。其二，葉世侗與祖父葉重第，生於同年，逝於同年，可謂「祖孫同符」，事之奇巧，耐人尋味。其三，顧女紈稱未亡人，馮太宜人睹之傷悲，遂以哀死。「有因有緣，有端有委」，葉紹袁認爲「死有重於泰山，汝（侗）則似之」。其四，世侗去世之後，「丙夜叩門，幽精嘯室」，家中人以爲乃侗之魂魄。季春八日，顧咸建來哭於緦帷，賦楚些哀弔，指共姜之矢，定赴歸之期，是夕，「汝（侗）乃遄旋，童子睡者咸起驚寤。若或椓屏，俄焉長歎，似汝（侗）病中呻吟之聲」〔註156〕。而姻伯顧咸建不僅屢徵夢端〔註157〕，且在世侗去世之後，丙夜，若有叩門聲，「大聲者再，守犬猖猖。童奴驚起，既闃無人」，眾人咸感驚異，「神者告耶，其子遊魂耶」？

葉世俗出生之日，母沈宜修便有「日三升復三落」之夢。長大後，其舅沈自友素會麻衣相法，認爲其「才而不壽」〔註158〕。離世前，長兄葉世佺更有諸多夢徵。而世俗書室前有紫荊一株，兩年枝葉忽然凋隕〔註159〕。凡此種種，似不可以情理論之。

〔註153〕葉世佺：《祭亡弟咸期文》，第497頁。
〔註154〕葉世侗：《祭三兄咸期文》，第500頁。
〔註155〕葉世儋：《祭亡兄咸期文》，第503頁。
〔註156〕葉紹袁：《（葉世侗）祭文》第423頁。
〔註157〕按：有關世侗、世俗早隕的夢徵，參見第四章第一節《葉氏家族的夢》。
〔註158〕沈自友：《挽詩》，第484頁。
〔註159〕葉世佺：《哭亡弟咸期》，第476頁。

　　不唯不得老，抑且不得壯。葉氏成員在祭誄詩文中對各種異端進行詳細記載，將之視爲上蒼的一種提點，在命定論的觀念下，這種敘述亦含有「夫數既不移，悲之何益」的自我寬慰在其中〔註160〕。

〔註160〕沈自友：《哭亡弟咸期》，第 484 頁。

第四章　祈澤非虛——葉氏家族的虔信與執念

　　葉紹袁自庚午年（1630）陳情歸養後，居分湖家中，「左對孺人，右弄稚子，此唱彼和，備極風流」〔註1〕，天倫之樂世所稱羨。未幾，愛女佳兒接連亡故。遇此人生驚痛，葉氏逐漸虔信於一切未可知事，扶乩、招魂、墳塋風水等等，不一而足，並堅信祈澤非虛。尼採說：「夢是白天失去的快樂與美感的補償。」〔註2〕對葉氏而言，夢，更是一個微妙且重要的角色。逝去的親人頻頻入夢，夢裏「牽衣語更長」的情景〔註3〕，極大安撫了悲痛的心靈。故其筆下與夢相關的記述處處皆有，而葉氏也逐漸有了浮生若夢的世界觀。

　　葉氏徂謝不斷，《午夢堂集》中詳錄了早逝成員的絕筆詩作，反映了他們臨終之際的內心感念，是為瞭解葉氏心靈世界的絕好窗口。葉氏素來禮佛，與分湖周際的祠寺淵源頗深。葉紹袁親撰、沈宜修手書的《西方庵碑記》，敘寺廟之風景形勝，溯主持佛家之修行淵源，文辭典雅，堪稱碑記文作中的佳品。《竊聞》、《續竊聞》、《瓊花鏡》三部筆記體小說，講述了方術大師扶乩、招魂之事，繁冗的法事場面，不僅為民俗學的珍貴資料，亦可看出葉氏篤信至深，所錄乩詩亦具有較高的文學價值。

〔註1〕陳去病：《歌泣集》，《午夢堂集》附錄一，第 910 頁。

〔註2〕轉引自劉文英：《精神系統與新夢說》，南開大學出版社，1988 年版，第 300 頁。

〔註3〕沈宜修：《夢》，第 57 頁。

第一節　葉氏家族的夢

　　夢，作爲人在睡眠中的一種精神和心理活動，飄渺、多變、神秘，吸引人們無窮地探索。譬如古人將夢視爲靈魂出遊，認爲它是溝通人神，獲得神靈啓示，預見未來的重要途徑。即便現在，神學者依舊認爲：「夢是靈魂訊息的重要窗口。」〔註4〕較爲普適的觀點來自佛洛依德，他從人的潛意識角度，尋找夢的淵源所在。凡此種種，無論人們如何看待，唯一不變的是，「夢對人們的實際生活一直起著重要的影響，兼具心理與生理，精神與文化等多個層面」〔註5〕。現存《午夢堂集》中有關夢的記述繁多，如此有趣的現象，值得探討。

一、以先知身份出現的夢

　　孔子不語怪、力、亂、神，夢卻爲例外。孔子在晚年慨歎：「甚矣吾衰也！久矣吾不復夢見周公！」（《論語・述而》）將久不夢見周公視爲衰老的表徵。又一次，孔子夢「坐奠於兩楹之間」，他如是解釋此夢象：

> 夏后氏殯於西階之上，則猶在阼也。殷人殯於兩楹之間，則與
> 賓主夾之也。周人殯於西階之上，則猶之賓也。而丘也，殷人也。
> 予疇昔之夜，夢坐奠於兩楹之間。夫明王不興，而天下其孰能宗予？
> 予殆將死也。〔註6〕

後，孔子果然重病七日，溘然長逝。有時，夢與生命之間的脈動，結合地竟如此緊密。自孔子後，古人漸漸將夢視爲先知。

　　在《午夢堂集》的眾多記述中，夢以先知的身份出現，可以預告生活中的諸多事宜。當年，葉紹袁在襁褓之中，母親馮太宜人思量依吳中風俗，將其寄於他姓，以期長大。距家百里之遙的袁黃成爲首選，而此刻的袁黃「亦屢有異兆，載徵於夢」，「故決計爲螺羸之負焉」〔註7〕。崑山張唯魯爲子求葉小鸞，獲允之後，張公即夢「伊子娶仙女爲婦，冉冉自云中下，姿色絕代，非人間人。方入室，頃之，隨復乘雲還天上去」〔註8〕，似乎暗示了以後葉小

〔註4〕鷗崇敬：《靈魂訊息的重要窗口：夢》，《成大宗教與文化學報》，2007 年第 9 期。

〔註5〕熊道麟：《先秦夢文化探微》，（臺灣）學海出版社，2004 年版，第 5 頁。

〔註6〕孫希旦：《禮記集解・檀弓上》，中華書局，1989 年版，第 196 頁。

〔註7〕葉紹袁：《葉天寥自撰年譜》，第 823 頁。

〔註8〕葉紹袁：《天寥年譜別記》，第 883 頁。

鸞的婚前遽隕。葉紹袁停舟路過百福字圩，覺其風水殊佳，心念可做家族塋地，當晚「夜夢一峨冠博帶之人，訪余舟中，一晌而別，無所言，但顏色殊喜」﹝註9﹞，次日，交接百福字圩的主人──承天寺主持，便頗為順暢。

明代人普遍相信科舉與夢兆有關，相關記錄在各種文集中屢有出現，葉紹袁也記錄了三次夢兆。先是，萬曆四十年（1612）時，葉紹顯「夢至一公廨，意似棘院也，牓云：鄂韡堂，即以語余，當必兩人偕登之兆，迨又更一甲子，始驗奇矣」。五年後，葉紹袁病中作一夢，更奇，夢進入冥府，皇迫之中，葉紹袁求觀音大士，轉念來到吳中佛教勝地支硎山麓：

> 淒晦之景，猶然如故。捫蘿而登，迫思慈覆，方在焦皇，又值貴人傳呼前至。先以二旗，旗上各書「甲子」二字，余彷徨且又悶甚也，蹲避巖石間。貴人在輿中問曰：「何為有生人氣？」命前騶緝之。余不得已，出見，自通姓名，具言所以瞻禮大士之故。貴人乃下輿，與余揖曰：「不必恐也，爾故我門生，異日爾功名富貴，一以似我，方將余為舉主焉，又何虞乎？」語訖，仍上輿去。﹝註10﹞

日後，葉紹袁果然在甲子年（1624）考取鄉試，只是未能獲及與兩位座師相媲的名望。且中舉當年，葉紹袁、葉紹顯二人借宿南京朝天宮，道士家「蓮花並蒂，榴花雙蔕」，道士亦夢「池中雙魚並飛」﹝註11﹞，眾人均認為此乃登第吉兆。

蘇聯科學家門捷列夫在夢中作元素週期表，寤寐思服中，竟能獲如此靈感。葉氏亦如是，他們常主動地從夢中捕捉神秘啟示。崇禎十年（1637），葉紹袁作放生會，此感念即來自夢中。「八月初，夜夢讀古人文，旁有一人亦來歎美，余問：君何人，來此共閱？曰：我陸放翁也」。次日曉起，葉紹袁取《渭南集》視之，翻至《廣德軍放生池記》，文云：「延袤百步，泓亭澄澈，薄柳列植，藻行縈帶，水光天影，蕩摩上下。」葉紹袁恍然久之，此即分湖景也，認為這是來自神靈的指示，「遂作柵為魚圃，買竹木二十金，南北東南俱三十丈」﹝註12﹞，作放生會。

夢還可以昭示生死，葉氏去世前有諸多夢徵。葉小鸞玉隕後，遠在異鄉的舅父沈自徵在夢中與其論詩，有「若同靈草芳魂返，留伴金泥簇蝶裙」等

﹝註9﹞ 葉紹袁：《天寥年譜別記》，第 898 頁。
﹝註10﹞ 葉紹袁：《葉天寥自撰年譜》，第 831 頁。
﹝註11﹞ 葉紹袁：《葉天寥自撰年譜》，第 835 頁。
﹝註12﹞ 葉紹袁：《葉天寥自撰年譜》，第 855 頁。

句,事後沈自徵認爲這是詩讖〔註13〕。長女葉紈紈離世前,夢到有人以《金剛偈》四句相示,她悲傷地告訴母親:「窹思夢幻泡影,必非久居人世之理,恐致不祥」〔註14〕。次子葉世偁亡前,其翁伯顧咸建也是屢徵慘夢:「夢先大夫,呼紘而慟。撫摩其首,不言心痛。先靈穎穎,天乎奚控。」世偁去世之後,所聘女顧紘滴米未盡,必欲相隨,後以未亡人自稱,孤煢一生,顧咸建父親的悲痛,似乃先驗之征。

沈宜修長辭前幾日,葉紹袁的夢更爲奇特,「夢見君庸自嶺表歸,即以夢告曰:予心甚靈,昔在新安,忽夢瓊章玉隕,遂聞奇慘。今又復夢姊亡,以故亟歸,歸而果拊姊棺哭也。余曰:女死尚有母在,君來相對,一樽可供,今君姊死,此言我與誰語乎?旋即驚窹,心忡如椎,爾時君體健甚也」〔註15〕。夢中有夢,更不可用常理解之。

三子葉世傛出生之時,沈宜修「夢觀杲日,光彩流映,煌煌熠熠,從海上昇。升而復墜者三焉,三墜而不能復升也」,認爲「是徵佳兒,第恐不得長大耳」〔註16〕,生命的長度在起始時便似乎即有徵兆。葉世傛去世之前,長兄葉世偁噩夢多妖,「庭氏射聲之法,不辨十輝;士衡繞車之征,但驚三幕」〔註17〕。據《文昌帝君陰騭文廣義節錄》載,帝君在幽王朝,「以諫諍獲罪(時王以帝君諫諍,賜藥酒而歿),魂無所歸,哭於宮闈三日。王以爲妖,命庭氏望聲射之」。陸機字士衡,被孫秀戕害前夜,「夢黑幰繞車,手決不開,天明而秀兵至」〔註18〕,令家人深感不安,恐或鬼神之通告。沈宜修族弟沈翼生亦云,曾夢傛同亡偁辭別姊(宜修)〔註19〕。

葉紹袁陳情歸養後,不久便作出「不出小草」的決定,而此想法,也源於夢中:

> 十一月,夢紫柏尊者過余,余亟迎入秦齋,師南面憑几坐,余拜下幾下。師爲書二語,遂窹,忘其上句,下句云:日看孤松淡淡閒。余家庭中故有一松,先大夫手植也。微繹語意,似不當爲小草

〔註13〕沈自徵:《祭甥女瓊章文》,第365頁。
〔註14〕葉紹袁:《祭長女昭齊文》,第281頁。
〔註15〕葉紹袁:《百日祭亡室沈安人文》,第212頁。
〔註16〕葉紹袁:《清明祭文》,第491頁。
〔註17〕葉紹袁:《清明祭文》,第489頁。
〔註18〕房玄齡:《晉書》列傳二十四《陸機》,中華書局,1974年版。
〔註19〕葉紹袁:《清明祭文》,第493頁。

之出。〔註20〕

紫柏大師在明末佛教界享譽甚高，德清大師贊其「予以師之見地，足可遠追臨濟，上接大慧之風」，可見其修為之深。紫柏大師與葉紹袁義父袁黃相善，其所貽詩句「日看孤松淡淡雲」，葉紹袁細繹良久後，認為當指每日靜對家中古松，尋一份「山林趣況」，拋卻宦海沉浮。此年（崇禎十年），葉紹袁已歷經母親、妻子、二女、二子的喪亡，身心疲憊，不出小草，亦可視為其悲涼心情的寫實。

二、夢為葉氏家族溝通陰陽二界的橋梁

目睹至親之人接連離世，人死不能復生，只能在夢裏重溫其音容笑貌，故葉氏又將夢視為溝通陰陽二界的橋梁。在夢裏，他們像往昔一樣傾談。沈宜修曾作《夜夢亡女瓊章》，詳述了夢裏的情景，詩云：

> 偶睡夢相逢，花顏逾皎雪。歡極思茫然，離懷竟難說。
>
> 但知相見歡，忘卻死生別。我問姊安在，汝何不同絜。
>
> 指向麴房東，靜把書篇閱。握手情正長，恍焉驚夢咽。
>
> 覺後猶牽衣，殘燈半明滅。欹枕自吞聲，肝腸盡摧折。〔註21〕

葉小鸞光彩映人，讓沈宜修欣喜有加，忘卻了生死之別。葉小鸞告訴母親，長姊葉紈紈正在東廂房看書。母女二人正握手傾談時，沈宜修忽然夢醒。回味夢中種種溫馨的情景，映照現實中的孤燈明滅，令沈宜修肝腸盡摧，悲痛無極。

季女小鸞婚前五日而隕，葉紹袁認為女兒乃「飛瓊後身」〔註22〕，後家人多夢見其在仙山，堅定了葉氏對她羽化生仙的信念。十月十一日，葉小鸞飛身瓊宮，半個月後，首次進入葉氏的夢中，年幼的葉世儋夢見姐姐「在一深松茂柏茅庵中，憑几閱書，幅巾淡服，神色怡暢，傍有烹茶人，不許五兒入戶，隔窗與語而別」。後數日，葉世侒亦夢見「以松實數合相遺」。家人回憶陳子昂詩「還逢赤松子，天路坐相邀」，認為小鸞「當果為仙都邀去耳」〔註23〕。崇禎六年（1633）八月，葉紹袁新病起，「斜月將闌，心境清絕」，

〔註20〕葉紹袁：《年譜續纂》，第 858 頁。
〔註21〕沈宜修：《夜夢亡女瓊章》，第 41 頁。
〔註22〕葉紹袁：《祭長女昭齊文》，第 281 頁。
〔註23〕沈宜修：《季女瓊章傳》，第 204 頁。

夜有一夢，意境甚爲幽美：

> 八月病起，一夕，俄而夢至一所，如虎丘半塘光景。綠水平堤，
> 清波滉漾，橫橋斜映，兩岸垂楊數百珠，黃鶯飛鳴其間，浮瓜沈李，
> 蔭樹爲市。余正顧樂心賞，忽見一青衣小鬟，望之婀娜然，即之則
> 亡女昭齊之亡婢繡瑤也。余問：「汝何年至此？」曰：「兩女郎遣我
> 出賣瓜耳。」余問：「昭齊、瓊章同居耶？」曰：「同在此山中。」
> 遙指西南一山，遠望蒼松翠柏，菁蔥掩靄，余曰：「我欲往視之。」
> 曰：「望之如邇，去之甚遠也。」余曰：「然則汝何以至此？」笑而
> 不答，余亦遂寤，殆或仙境矣。〔註24〕

夢裏，葉紹袁似阮郎誤入仙境，正當沉醉於美景時，偶遇亡婢，告訴他兩位
小姐的住處，適在「望之如邇，去之甚遠也」的青山中，暗示了她們仙人的
身份。愛女已入仙籍，當是對父親最大的安慰。

愛妻沈宜修離世之後，亦頻頻進入葉紹袁夢中。崇禎十二年（1639），葉
紹袁夢：

> 內人如生存日，余對之語曰：「我已剃髮，法名開山。」內人
> 云：「此昔崑山一禪衲名也。」余曰：「若爾，不應更襲前人。余曾
> 夢達觀大法師，法語指示當字夢達以表之，仍俟紫柏再來授名可耳。」
> 〔註25〕

葉紹袁醒後，私念紫柏大師行藏出處，不甚了晰。轉而尋書考證，翻《徑山
志》，開卷第一行書云：「開山第一代國一祖師某，祖師，崑山人也。」恍然
「開山」二字由來。此夢令葉紹袁心心感念：「鈍根拙性，六情紅擾，西方大
聖，慈航不倦，豈三生石上固有舊因緣在哉！」

葉氏也曾夢到有神性色彩的人。崇禎十年（1637），葉紹袁作《金鏡廟
夢緣記》，按碑所載落款，認爲金鏡廟至今已有三百零三載。稿就，夜即夢
一人持碑文相示，曰：「非自至元昉也，開成二年，陳勉所建，至元時又修
之耳。」〔註26〕開成爲唐文宗年號，由元代至元元年（1264）上溯至唐開
成二年（837），那麼，廟宇至崇禎十年，則有八百八十七年矣，葉紹袁自歎
「此夢亦奇」。

〔註24〕葉紹袁：《天寥年譜別記》，第889頁。
〔註25〕葉紹袁：《年譜續纂》，第858頁。
〔註26〕葉紹袁：《天寥年譜別記》，第893頁。

三、夢中的酬歌互答與吟詩

「池塘生春草，園柳變鳴禽」（《登池上樓》），爲謝靈運夢中所得神來之筆，歷來廣爲稱頌。但事實上，夢中得句，很容易被遺忘。袁枚便稱「夢中得句，醒時尙記，及曉，往往忘之。似村公子有句云：『夢中得句多忘卻，推醒姬人代記詩。』予謂此詩固佳，此姬人尤佳。魯星村亦云：『客裏每先頑什起，夢中常惜好詩忘』」〔註27〕。而與他人相比，葉氏成員的記憶力可謂驚人，因爲他們常常在夢中與逝去的親人酬歌互答，同樣，葉小鸞、沈宜修生前也均有夢中之作存世。

葉紹袁常在夢中與亡女、亡婦傾談，崇禎七年（1634）上元之夕，他在夢裏收到葉小鸞的寄詩，詩云：

> 可是初逢萼綠華，瓊樓煙月幾仙家。
> 坐中吹徹涼州笛，笑看窗前夜合花。〔註28〕

詩作敘述葉小鸞居瓊樓之上，閒暇時吹笛以怡情，夜合花悄然綻放，點綴窗前，屋內有暗香浮動，居住於斯，可以感受到小鸞內心的喜悅。崇禎十四年（1641）中秋夜，葉紹袁又夢瓊章，「共談一晌」，留一詩云：

> 偶然環佩下瑤臺，舊日蕉窗冷碧苔。
> 滿地落花人不見，一簾疏雨燕歸來。〔註29〕

細繹詩句，前兩句似指葉小鸞本瑤臺仙人，偶入凡塵，以身顯法。後兩句描述小鸞返回仙界後，落花、疏雨、春燕等依在，伊人杳不可得，留下旁人睹物思情，不勝悽愴。

有時葉氏也會自己在夢中吟詩，沈宜修在夢中曾作《憶王孫》一詞，詞云：

> 天涯隨夢草青青，柳色遙遮長短亭。枝上黃鸝怨落英。遠山橫。
> 不盡飛雲自在行。〔註30〕

黃鸝怨落英，以擬人的手法，投射了詩人惜春的心態。而柳色青青，飛雲自在等，構成了一個清靈的境界。此詞令沈宜修也頗爲自得，後又續作九首，以接續夢詞中的意境。

〔註27〕 袁枚：《隨園詩話》卷三，鳳凰出版社，2009年版，第48頁。
〔註28〕 葉紹袁：《天寥年譜別記》，第889頁。
〔註29〕 葉紹袁：《天寥年譜別記》，第899頁。
〔註30〕 沈宜修：《憶王孫》，第145頁。

　　母親的創作點燃了葉小鸞的才情，她於崇禎五年（1632）春夜，夢中作《鷓鴣天》五首，詞作表達了遺世之思，揀選兩首如下：

　　　　一卷《楞嚴》一柱香，蒲團爲伴世相忘。三山碧水魂非遠，半枕清風夢引長。依曲徑，傍迴廊，竹籬茅舍盡風光。空憐燕子歸來去，何事營巢日日忙。

　　　　西去曾遊王母池，瓊蘇酒泛九霞卮。滿天星斗如堪摘，遍體雲煙似作衣。騎白鹿，駕青螭，群仙齊和步虛詞。臨行更有雙成贈，贈我金莖五色芝。〔註31〕

葉氏夫婦讀後，於詞尾評論「自壬申啓歲，便有遺世之思。此詞得之夢中尤奇，疑其前身一山中修煉羽流，然何以此生忽焉爲美麗女子？若云塵根未斷故爾，又何以將結褵而逝，更不了情緣，事殊不可解」。

　　在葉氏眾多夢作中，葉紹袁的一斷章「蝴蝶未能追舊夢，蜻蜓轉又點新愁」，很令人尋味。時宏光元年（1645）五月，「夜月明如晝，幽光照窗上，獨臥生涼」〔註32〕，葉紹袁遂有此夢。蝴蝶翩飛，未能追回舊夢，令人聯想到莊周夢蝶，時空層次頓然豐富起來，蜻蜓靈巧的點水，卻又點燃起新的愁緒，引人諸多遐想。

四、葉氏家族的浮生若夢之感

　　古往今來，「浮生若夢」、「人生如夢」等字眼屢屢現於世人耳目。此世界觀在儒釋道中均有體現，尤以佛教爲顯著。宋代佛教居士晁明遠曾說：

　　　　人生世間其夢無數，無數之夢一一稱我，一一之我豈非空乎？歷劫之中其身無數，無數之身一一稱我，一一之我又非空乎？夢既是空，身亦是夢，何以迷著，念念爭空？〔註33〕

該段文字很特別，披露了以夢識空、徹悟人生爲夢的思想軌迹。夢在佛教教義中占一種微妙的角色，傳說佛教傳入中國，就因漢明帝一夢之緣。漢明帝夜夢一金光巨人飛翔於殿柱簷梁之間，醒後問夢，得知釋迦牟尼之名，遂遣使中亞尋經〔註34〕。禪宗以「夢幻泡影電露」爲人生六字關，省悟頗關，便

〔註31〕葉小鸞：《鷓鴣天》，第339頁。
〔註32〕葉紹袁：《天寥年譜別記》，第904頁。
〔註33〕彭際清：《居士傳》卷二一，收入《新編卍字續藏經》第149冊，臺北新文豐出版社，1983年版，第868頁。
〔註34〕參湯用彤：《漢魏兩晉南北朝佛教史》第二章，中華書局，1955年版。

得法性。在明清之際的佛教書籍中,也常常看到有關夢的記錄〔註35〕。與佛結緣甚早且常參禪悟道的葉氏,未嘗沒有浮生若夢之思。

沈宜修《挽女》詩曰:「回首從前都是夢,劬勞恩念等閒銷。」又云:「亦知幻化原非相,未悟眞空只有悲。」〔註36〕展現了其內心的探索,歷經人世慘痛後,對人生如夢、四大皆空的虔信。族姊沈大榮,也認爲沈宜修「定是從果位中現女人身,以說法儆醒世人,不作癡憨之態,則情極而性空也」〔註37〕。葉紈紈亦秉持「浮生俱是夢,堪歎笑狂夫」的信念〔註38〕。後葉小紈在《鴛鴦夢》中,更是將此思想推闡到極致。《鴛鴦夢》敘仙界侍女文琴、飛玖、茝香偶語相得,指笠澤爲盟,凡心萌動,謫罰降生轉爲凡世間昭綦成、蕙百芳、瓊龍雕(葉紈紈字昭齊,葉小紈字蕙綢,葉小鸞字瓊章,暗合三女之名)。三人復遇鳳凰臺,結爲兄弟,品詩題畫。由世事維艱、命途不達而萌生歸隱之意。一年之後,瓊龍雕病逝,昭綦成病中聞瓊死訊,一慟而絕。蕙百芳痛失知己,漸悟離合皆幻,生死靡常,後遇仙者點化,了悟人生聚散榮枯皆猶夢境。遂重歸仙界,與昭綦成、瓊龍雕復會。劇作以夢聯綴情節,先是蕙百芳夢到池中有蓮花盛開,紅妝映日,翠蓋擎風,蓮中有一朵並蒂者,十分豔冶光輝。且有鴛鴦一雙,遊戲於蓮蕊之間,和鳴相得。忽一陣狂風,將並蒂蓮吹折,鴛鴦也驚飛而去。這一夢境可視爲劇情的草灰蛇線。而最後呂仙人的一番話:「偏你做的是夢,難道其餘多不是夢哩?」以浮生若夢點悟蕙百芳。

總之,遭遇人生驚痛的葉氏,從夢中找到了安頓身心的神秘力量,不論他們的看法正確與否,必須肯定的是,這些夢,確實在葉氏的生命形態中,提供了重要的啓導與撫慰。

第二節　葉氏成員的臨終創作與感悟

費爾巴哈說:「倘若世上沒死亡這回事,那也就沒有宗教。宗教以生死問題作爲自己最根本、最重要的問題。」〔註39〕誠然,自人類誕生之起,死亡,

---

〔註35〕 更多相關資料,參夏伯嘉:《宗教信仰與夢文化——明清之際天主教與佛教的比較探索》,中央研究院歷史語言研究所集刊,民國94年(2005年)六月期。

〔註36〕 沈宜修:《挽女》,第275頁。

〔註37〕 沈大榮:《葉夫人遺集序》,第24頁。

〔註38〕 葉紈紈:《秋日村居次父韻作》之五,《午夢堂集》第244頁。

〔註39〕 費爾巴哈:《宗教本質演講錄》,臺灣商務印書館,1968年版,第34頁。

就一直作爲「宗教發祥、宗教沉思的機緣與對象」〔註40〕。觀葉氏家族,自崇禎五年後,徂謝不斷,生者其悲,死者其怡,逝者的臨終詩文顯示了內心有所依附後的喜樂,而生者也在不斷反省追問,對生命與信仰有了更深的體悟。

一、葉氏成員臨終的訣別之作

葉小鸞奔月前,留兩首訣別之作,一爲《秋暮獨坐有感憶兩姊》,詩云:

> 蕭條暝色起寒煙,獨坐哀鴻倍愴然。
> 木葉盡從風裏落,雲山都向雨中連。
> 自憐華髮盈雙鬢,無奈浮生促百年。
> 何日與君尋大道,草堂相對共談玄。〔註41〕

葉紹袁評:「宴爾已近,有無奈浮生之語,明明不可留矣。此詩與《九日》作,俱絕筆也」。此時葉小鸞年僅十七歲,詩中色調灰暗,本已暝色,又逢烏雲密佈,山雨欲來風滿樓。寒煙、落葉觸目而來,意象十分蕭條。哀鴻鳴叫悲涼,又似是作者自寓,且以葉小鸞之青春年少,自歎華髮盈雙鬢,甚是奇怪。詩末情感陡然一轉,尋大道、草堂談玄,語調中包含欣喜,似是其心之所歸。對比觀之,可見對俗世的倦乏意。先一年,葉小鸞作偈《曉起聞梵聲感悟》,敘寫出她眼中的現世景象,云:

> 數聲清磬梵音長,驚動寒林九月霜。
> 大士不分人我相,浮生端爲名利忙。
> 悟時心共冰俱冷,迷處安知麝是香。
> 堪歎閻浮多苦惱,何時同得度慈航。〔註42〕

詩作令人想到「天下熙熙,皆爲利來;天下攘攘,皆爲利往」的俗語,世人爲了名與利,不知徒增多少煩惱。而拋卻煩惱的路徑,即皈依佛門。佛教稱佛、菩薩以慈悲之心救度眾生出苦海,有如舟航,故名慈航。在佛教繁榮的六朝,蕭統《開善寺法會詩》即有「法輪明暗室,慧海渡慈航」之句。對於葉小鸞之偈,父葉紹袁認爲:「十六歲女子作此偈,何等見識,胸中無半絲塵

〔註40〕顧翔林:《死亡美學》,第一編第二章第三節《哲學、藝術的永恒母題》,學林出版社,1998 年版,第 28 頁。
〔註41〕葉小鸞:《返生香》,第 310 頁。
〔註42〕葉小鸞:《曉起聞梵聲感悟》,第 324 頁。

罣。」不難理解，對俗世持如此態度的葉小鸞，其夢中的桃源定當爲仙山處。母沈宜修有言，葉小鸞「夢中作《鷓鴣天》，此其志也」，上節已析，茲不再述。爲世人所稱道的，康熙年間嚴我斯《臨終詩》：「誤落人間七十年，今朝重返舊林泉。嵩山道侶來相訪，笑指黃花白鶴前。」亦可互參。

葉小鸞另一首訣別詩爲《九日》，詩云：

風雨重陽日，登高漫上樓。庭梧爭墜冷，籬菊盡驚秋。

陶令一樽酒，難消萬古愁。滿空雲影亂，時共雁聲流。〔註43〕

梧桐葉紛紛落下，纏繞在籬笆上的菊花也次第凋零，風雨如晦，意象與情感皆與《憶兩姊》相似，更爲凸顯的是胸中的愁悶。葉紹袁也很好奇，旁注「於歸在邇，何愁之有」，又稱「暗符陶令事，甚奇」。葉小鸞離世時「星眸炯炯，念佛之聲明朗清澈，須臾而逝」，淡然且寧靜，皆與這些詩作符合。

葉紈紈去世前，「夜夢至武林巒壑間，奇嶂天開，銀河瀑注，杳非人間境界。自題尋山還問水，重整舊苗根」。日有所思，夜有所夢，從某個角度看，「尋山還問水，重整舊苗根」可視爲其絕筆。買山歸隱，一直爲她的夙願，但重整舊苗根，似有輪迴重轉之義，故紈紈也自認苗根語不佳。逝世前，葉紈紈「誦《金剛》、《楞嚴》諸經，大悲神咒幾千萬遍」，最後一刻，沈宜修告誡她「四大本假，安用戀此！專心我佛，自無煩惱」，紈紈「抗身危坐，斂容正襟，合掌禮念，作聲一唪，通身汗下，豁然大悟，遂爾瞑逝」〔註44〕。

崇禎八年（1635），沈宜修「書《楞嚴經》，資太宜人冥福，適遂遘疾，疾竟不起也」〔註45〕。葉紹袁遣子輩請泐大師，泐公不能致力，未等子輩歸已瞑目。臨終之際，沈宜修作《病中呈泐大師》，詩云：

四大幻身終有滅，茫茫業海正深時。

一靈若向三生石，無葉堂中願永隨。〔註46〕

先是，泐大師扶乩於葉氏，作冥中事，深得葉氏服膺。他自稱在冥中建一無葉堂，「取法華無枝葉而純眞之義」，「凡女人生具靈慧，夙有根因，即度脫其魂於此，教修四儀密諦」〔註47〕，且言葉紈紈、葉小鸞已歸此堂。基於是，沈宜修在貧病交迫之際，祈念能在無葉堂中修身領教。在這樣的篤念下，沈

〔註43〕葉小鸞：《九日》，第301頁。
〔註44〕葉紹袁：《祭長女昭齊文》，第281頁。
〔註45〕葉紹袁：《亡室沈安人傳》，第229頁。
〔註46〕沈宜修：《病中呈泐大師》，第120頁。
〔註47〕葉紹袁：《續窈聞》，第519頁。

宜修「恬然去就之間,脫然生死之際」〔註 48〕,未留半句字眼於子女,臨終之際坦然且從容。

二、葉氏對斬情絲、赴慈航的思考

湯顯祖言:「情不知所起,一往而深。」〔註 49〕歐陽修亦云:「人生自是有情癡,此恨不關風與月。」(《玉樓春》)情,人所俱生,人們樂於斯,受困於斯,葉氏家族的特質,恰為多情。

午夢堂中的天倫之樂,令葉氏夫婦珍感在心。家人或有病恙,夫婦二人都不辭勞苦,看護備至。崇禎元年(1628),馮太宜人「忽嬰危疾」,沈宜修「晝夜湯藥,衣不解帶,呼天泣禱,蓬首蓬飛」〔註 50〕。長女葉紈紈臥病時,沈宜修「百計營求,日禱竺乾,慈悲莫救,遍尋鴻術」〔註 51〕。次子葉世偁,曾患「瘭疽之毒」,期間「塗膏敷屑,湯漸杌熨」,均為母親親自浣滌,「不敢惜勤瘁之勞,不忍畏潰腐之惡」〔註 52〕。三子葉世俗生病之後,長兄葉世佺不顧風狂雨橫,前往錢塘求「冥中錄事」,葉紹袁在家中亦積極籌措,為俗「建延生道場」〔註 53〕。凡此種種,可想見葉氏成員對家庭的珍視。

而葉氏對於分離,亦有迥乎常人的脆弱。三弟葉世俗回憶長姊結縭之日,「以為從今而後,姊妹兄弟不能復相聚於茲,無一缺矣,猶且牽衣滴淚,執不忍別」〔註 54〕。葉紈紈婚後旋「隨翁赴官嶺西」,更是引來全家的感傷,葉紹袁認為「閨中弱女,幾堪跋涉山川,蒙犯霜露。然已事姑嫜,豈牽衣泣戀所可挽黃鵠之別」,想到自身「沉淪宦海」,馮太宜人又「懸車榆景」,「未知何年與汝一家骨肉再相完聚之期,興言即此,淚浹浹下沾衫袖矣」〔註 55〕。家中其他子輩,也都淚潸潸不已,葉世佺寫到:「萬里關山,孤風寒月,泣桃李而言邁,薆春草以興懷,以為古人寫離別之情狀,信不我誣。」〔註 56〕後葉世佺往赴南陵,儘管歸期伊近,會晤有期,但「六百里之遙,二三月之

〔註 48〕葉紹袁:《亡室沈安人傳》,第 228 頁。
〔註 49〕湯顯祖《牡丹亭》作者題詞,人民文學出版社,1963 年版。
〔註 50〕葉紹袁:《亡室沈安人傳》,第 227 頁。
〔註 51〕沈宜修:《挽女》,第 273 頁。
〔註 52〕葉紹袁:《祭文》,第 420 頁。
〔註 53〕葉紹袁:《年譜續纂》,第 859～860 頁。
〔註 54〕葉世俗:《祭亡姊昭齊文》,第 286 頁。
〔註 55〕葉紹袁:《祭長女昭齊文》,第 279 頁。
〔註 56〕葉世佺:《祭亡姊昭齊文》,第 284 頁。

隔」，還是讓「兄弟依依言別，執手難留」〔註57〕，戀戀不捨。生離若此，死別何如？葉紈紈、葉小鸞離世之後，沈宜修寫下《擬招》，在連環往復的「魂兮歸來，速歸還兮」、「魂兮歸來，不可以久離些」中，對亡女的思念愈加彰顯。被家人目期遠大的葉世傛淪謝之際，葉紹袁「以氣接氣」、「亟欲救汝，而丹無仙匕，四顧茫茫。將思代汝，而死不由人，孤身惘惘」〔註58〕。後，葉紹袁悲痛寫下挽詩：「千槌槌碎夜光珠，不管人間愛惜殊。欲問關情何處切，掌中點點血珊瑚。」〔註59〕可謂字字血淚。

薤歌不斷，促使悲痛的葉氏反躬自省。葉小鸞玉隕後，沈自徵言：「吾佛慈悲，正於人情最奇、最豔、甚深、甚戀之處，猛下一剪，如鋒刀冷體，使人痛極方省，恨極始淡。」〔註60〕可謂一語驚破夢中人。葉氏漸漸體悟到，憂愁煩悶，源自於情深，正是對情的執念，造成了生命的不可承受。葉紹袁在葉紈紈的祭文中寫到：「汝此去果生西方，我更何悲，一時情根愛種，忽忽難斷耳。昔南唐永興公主，每焚香對佛自誓曰：願兒世世莫作有情之物。年二十四坐亡，溫軟如玉。汝年與之上下，而志與迹與之齊矣。」〔註61〕懇請葉紈紈斬斷情根，放下憂愁，在彼岸無憂地生活。逝者揮去情絲，生者亦當如是。沈宜修在《亡女瓊章週年》云：「憑仗如來施慧劍，情根斬斷赴慈航。」又云：「江淹難寫千秋恨，惟叩華香向佛前。」〔註62〕意即放下愁腸百結，叩佛於前。

與大多數文人一樣，葉氏原本儒釋道兼收，驚痛頻來，使他們漸漸虔心向佛。當年，沈宜修病沉痾，葉紹袁得泖公一箚，云：

世法之必輪轉，神仙誤認遊戲，取苦果為樂事，哀哉！寔感於斯，蓋其來也一笑成因，其去也愛盡即滅。來則翩翩以降，去則紛紛星散，二愛之避帷，斯其先徵已。今茲之變，故其所也。是故學仙終不如佛，仙是有盡漏身，佛是常住法身。若仙人，不過朝蓬壺，暮弱海，往來瞬息耳，豈惟夫人？明公亦應早自著腳。仙人情重，情重結業，業結傷性，性傷失佛，失佛大事，死又不足言也。明公

〔註57〕 葉世傛：《祭亡兄聲期文》，第 429 頁。
〔註58〕 葉紹袁：《清明祭文》，第 490 頁。
〔註59〕 葉紹袁：《哭亡傛七言絕句四十首》，第 467 頁。
〔註60〕 沈自徵：《祭甥女瓊章文》，365 頁。
〔註61〕 葉紹袁：《祭長女昭齊文》，第 282 頁。
〔註62〕 沈宜修：《亡女瓊章週年》，第 76 頁。

固宜俯念鄙言，早學佛事，今後再入仙班，別無握柄，人生百年，喻如轉燭，不可又忽忽也。觀二三年光景如何哉？不盡可見大概耶？
〔註63〕

泐大師可謂慧眼妙語，指出葉紈紈、葉小鸞本仙界中人，因遊戲而落入凡間，故來去翩然，撫慰葉氏不必太過悲傷。又點醒「仙人情重，情重結業，業結傷性，性傷失佛」，諄諄告誡利劍斬情絲，專心我佛。

沈宜修離世後，泐公又一遣箚，云：

世法無常，電光石火，最後一著，惟有自性稱陀。夫人來自蓬瀛，非以下女子，一念好事，遂墮吾瀆，今日是火聚中一服清涼散也。惟使君秋心之士，得無以愛根纏殺佛根耶？大海茫茫，壞舟失舵，深爲可慮。勉旃學佛，暫別永聚可圖也。不然，一別永別，如之何得重晤哉？〔註64〕

此箚與前箚用意相似，首稱沈宜修非塵世中女子，其來世上早有因果。望葉紹袁切不可因爲情愛而迷失自我，纏殺佛根。最後勉勵，勤學佛事，方能與逝去親人後會有期。

經歷此番種種洗禮，斬斷情絲固非朝夕所能致，但葉氏對於佛學的的更爲傾心了。

第三節 《西方庵碑記》

距分湖午夢堂群落不過五里處，有一西方庵，庵內矗立一青石碑，上刻葉紹袁撰文、沈宜修手書的《西方庵碑記》。碑高 1.7 米，寬 0.78 米，厚 0.3 米，碑石完好無損，只有個別字因年久月深而模湖不清。碑文記述了西方庵主持的生平及庵內建築，聯繫葉氏與分湖祠寺的關係，助於洞悉時代民俗。此外，碑刻還是葉氏唯一存世的書法作品，俱有珍貴的文獻價值。

一、葉氏與分湖祠寺的關係

吳地佛教信仰濃厚，僅分湖一地，有稽可查的祠寺便有十多座〔註65〕，

〔註63〕 葉紹袁：《葉天寥自撰年譜》，第 852 頁。
〔註64〕 葉紹袁：《葉天寥自撰年譜》，第 852 頁。
〔註65〕 參葉紹袁：《湖隱外史‧祠寺》，第 1041～1043 頁。沈剛中：《分湖志》卷四「梵寺」條；柳樹芳：《分湖小識》卷一「祠廟」條，見《分湖三志》，廣陵

且多歷史悠遠。如位於分湖東北的泗洲寺，建於唐景龍二年（708），諸多任主持「皆有行名」〔註66〕。又如陸廟，乃「天隨故香火遺址」，景色優美，「在湖中別一小渚，不與岸接。云昔時周圍四十畝水，日抔擊徙去」。由於自然災害的原因，分湖居民多往之祈年穀、祓災侵，故分湖祠寺中香火崇盛。

　　葉氏素來禮佛，葉紹袁的母親馮太宜人篤信佛教。沈宜修於歸後，馮太宜人不喜其作詩，宜修「由是益棄詩，究心內典，竺乾秘函，無不披覽」，特別研習《楞嚴》、《維摩》二佛經，葉紹袁認為，「朗晰大旨，雖未直印密義，固已不至河漢」〔註67〕。崇禎二年，馮氏七襃壽誕，親朋胥會，中外咸集，家中舉行了大型的佛事集會，有人呈送達摩繡像以示慶賀〔註68〕。此外，葉氏還曾兩次不遠迢迢前往杭州天竺寺禮香〔註69〕。在此氛圍下，葉家「奉殺戒甚嚴，蜆螺諸類，未嘗入口，蠕蠕雖微，必護視之」，分湖紫鬐蟹甘潔鮮美，「遂因絕蟹不食，他有血氣者又更無論。兒女扶床學語，即知以放生為業」〔註70〕。葉紹袁在《一松主人傳》中坦言：「晚而好禪。」他在晚年「注《金剛經》、《參同契》」〔註71〕，以示向慕。又為長孫葉舒崇取字「寶掌」，意「魏晉間有寶掌和尚，住世一千七二年，取其壽也」。為葉世俗遺女取名「寶珠」，源於《法華經》載「八歲龍女獻寶珠於文殊菩薩，化為男子」，「今年歲在龍，世俗身後止此一女，是代為男也。合之，則又寶珠之意」〔註72〕，均與佛典相關。

　　葉氏篤信佛學，更積極施善。圓通庵主持大遠師，「圮廢久矣，遠意圖規復亦無力也」〔註73〕，葉紹袁祖母吳孺人、母親馮太宜人常隨時振其乏。葉紹袁本人「卓見超庸一徹禪」〔註74〕，與僧人交往頗得默契〔註75〕。凡此種種，葉氏與分湖四圍的祠寺關係甚好，尤以圓通庵、泗洲寺以及西方庵為最。

　　葉紹袁八歲那年，「嬰疾幾危」。家人延請衲子誦《大悲咒》，以楊枝灑其

　　　　書社，2008年版。
〔註66〕葉紹袁：《湖隱外史》，第1042頁。
〔註67〕葉紹袁：《亡室沈安人傳》，第226頁。
〔註68〕按：葉小鸞作《祖母壽日有人以繡達摩來送者漫作》，《返生香》，第313頁。
〔註69〕參第一章第一節。
〔註70〕葉紹袁：《亡室沈安人傳》，第227頁。
〔註71〕葉紹袁：《年譜續纂》第861頁。
〔註72〕葉紹袁：《年譜續纂》，第861頁。
〔註73〕葉紹袁：《湖隱外史》，第1068頁。
〔註74〕葉紹袁《甲行日注》載撑庵上人贈詩，第995頁。
〔註75〕參第五章第一節。

頭而愈〔註76〕，這次經歷，給他留下了深刻的印象。在以後的日子裏，凡家人病恙，都傾向於禮佛以延生。後來葉氏成員生病之際，便多於寺庵中養病。三子世俗，病重時「就近暫棲圓通精舍」〔註77〕，五子世儋以家中俗務瑣屑，提出「養疴圓通庵」〔註78〕。此外，自書屋謝齋轉價於葉紹顒後，祠寺也成爲葉氏子輩讀書之地〔註79〕。明清鼎革，葉紹袁率領子輩奔走方外，臨行前，他將生命中自視甚重的「兩先人及亡婦、子女遺像七軸，家譜一帙，誥敕六軸，余詩文雜著八本，《午夢堂集》六本」授圓通庵庵主元達護藏之，三幼孫「藏之他所」〔註80〕，並把家中女眷寄託於西方庵〔註81〕。可知，分湖祠寺在葉氏最困頓時，給予了最大幫助。

　　分湖祠寺也多請葉氏執筆，撰寫碑記。泗洲橋成，主持「欲求碑記」，葉紹袁命俗兒代作〔註82〕。圓通庵老衲大遠，殫極勤瘁，椓橐建成新殿，葉紹袁爲之立《碑記》，云：「風娑雨缽，饑餐秋夜香花；破衲虛瓶，辱忍雪山鍾磬。」細述主持拮据之勞。崇禎十年，葉紹袁作有《金鏡廟夢緣記》〔註83〕，即到甲申之後，仍有寺僧請其作《夾山碑記》，令葉紹袁感歎「何異古人千里命駕之思」〔註84〕。後葉燮亦作有《清華庵碑記》，文辭清麗，不墜家風。

　　葉氏欣然爲祠寺作碑記，除卻與主持交誼匪淺外，也當源於內心對佛教的尊崇。葉紹袁在《湖隱外史‧祠寺》小序云：

　　　　後漢楊衒之作《洛陽伽藍記》，本序云：今日寥廓，鐘聲罕聞，恐後世無傳，故撰斯記。夫尺土之域，亦有興衰；懸華之制，不分大小。維神光七日，事異赤鳥之代；而精舍五重，形同白馬之塔。半嵩秋水，能發蓮花；一徑疏林，即開梔子。女同周玘，曾補金釵之膝；觀似戴顒，或減瓦官之臂。況乃噓炎紫氣，顯聖玉泉，護國丹宵，崇徽金闕，廟貌之弗替，人心之式憑也。〔註85〕

〔註76〕葉紹袁：《葉天寥自撰年譜》第824頁。
〔註77〕葉紹袁：《年譜續纂》，第860頁。
〔註78〕葉紹袁：《年譜續纂》，第866頁。
〔註79〕葉紹袁：《年譜續纂》，第865頁，載「兒輩殊悒然，發憤下帷，讀書圓通庵中。」
〔註80〕三幼孫「藏之他所」，細繹文意，似也是寄託在祠寺中。
〔註81〕葉紹袁：《甲行日注》，第919頁。
〔註82〕葉紹袁：《葉天寥自撰年譜》，第854頁。
〔註83〕葉紹袁：《天寥年譜別記》，第893頁。
〔註84〕葉紹袁：《甲行日注》，第941頁。
〔註85〕葉紹袁：《湖隱外史》，第1041頁。

可見，其撰述目的承接《洛陽伽藍記》，「恐後世無傳，故撰斯記」，並追記了眾多佛祖顯靈之掌故，葉氏對佛法精深的敬意隱然其中。

二、《西方庵碑記》的內容及其「博奧古贍」的風格

　　崇禎七年夏，葉紹袁受西方庵主德安之請，爲撰碑記，後由沈宜修「薰沐端素書」。

　　碑文首段記述了德安的經歷及與葉家的淵源。德安的父輩海如、海奉兄弟二人，「棄家從竺乾學」，前往浙中佛教聖地天台山受止觀法。止觀法是禪修的法門，可以分成兩個部分，一個是止，一個是觀，所謂止就是練習制心一處，乃至得九次第定，而觀則是得定之後，於定中起觀。家中只剩德安一人，她的成長也頗有夙慧，「七歲自然長齋，十二旁通教典，十五六即解髻毀妝，處心習梵」，後與葉家交往甚密，「恒往來家太宜人閨中」。葉紹袁十五歲時曾有一面之緣，時德安二十餘止，「性質端遠，神度祥肅，不妄言笑，媞然茂潔也」。葉紹袁對德安主持頗爲契賞，他在碑文中如是記述：

> 數年以來，法諦翔洽，結侶檇李，弘證密義，覺識內淵，禪風外晰，玄體寂理，慧挺睿解。析參五蘊之空，思超九界之有。散維摩之花，遂同天女；入兜率之宮，能瞻彌勒。苦積定行，森持峻律，澄性洗累，莊情束影，比丘尼中，厥罕覯覯焉。

佛家認爲：色、受、想、行、識，眾生由此五者積集而成身，故稱五蘊。《心經》有云：「觀自在菩薩，行深般若波羅密多時，照見五蘊皆空，度一切苦厄。」德安「析參五蘊之空」，固已接近佛家修行的最高境界。九界謂地獄、餓鬼、畜生、阿修羅、人、天、聲聞、緣覺、菩薩，相對佛界而言，均爲迷界，德安「思超九界之有」，其視野凌然端居世俗之上。天女典故，源於《維摩詰經・觀眾生品》，是書載：「時維摩詰室有一天女，見諸天人聞所說法，便現其身，即以天花，散諸菩薩大弟子上。華至諸菩薩，即皆墮落，至大弟子，便著不墮。一切弟子，神力去花，不能令去。」葉紹袁將德安問佛修禪，比作偶入摩詰室的天女，襯托德安德行之高。首先，她多年在嘉興結伴修習，佛學修養精深。其次，德安的勤苦自律尤爲可貴，「苦積定行，森持峻律，澄性洗累，莊情束影」。南朝人王融《謝竟陵王示法制啓》言「澄心洗累之規，莊情束景之制」，葉紹袁用筆可追溯於此。

　　碑文次段敘述德安重興西方庵的經過以及庵內建築：

　　　　熹廟鼎湖之年，從攜李復旋故室，增立鴛舍，式廓雁形。非緣
　　　檀越，無藉給孤。力轉慈輪，獨恢寶宇。南眺翟池，詎希昭儀之寺；
　　　東睇蔥嶺，即似拘夷之國。蓮花承座，旆香布幢，樹隱丹楹，苔依
　　　翠屋，南昌公主，洵可來儀；陽城夫人，咸足覽遊矣。

鼎湖典故與黃帝有關，《史記·封禪書》載：「黃帝採首山銅，鑄鼎於荊山下。
鼎既成，有龍垂胡涘下迎黃帝。黃帝上騎，群臣後宮從上者七十餘人，龍乃
上去。餘小臣不得上，乃悉持龍涘，龍涘拔，墮，墮黃帝之弓。百姓仰望黃
帝既上天，乃抱其弓與胡涘號，故後世因名其處曰鼎湖，其弓曰烏號。」後
因以鼎湖謂帝王去世，在此應指明熹宗去世之年即 1627 年。是年，德安從
嘉興返回故鄉，重建西方庵。增設屋舍，各房間的排列，宛若大雁形狀。修
葺的費用，與寶生庵主持大遠大師一樣，乃是德安殫心竭慮，自籌措之，「非
拾珠布金，藉力檀度者比也」〔註86〕。西方庵兼形勝之美，「南眺翟池，詎
希昭儀之寺；東睇蔥嶺，即似拘夷之國」，整體觀之，庵內佛像以蓮花為寶
座，赤色曲柄的旗幟迎風飄展，綠樹蒼翠，掩映丹紅的雕廊畫柱，禪定其中，
當只聞梵音，不見人影，故葉紹袁感歎，此景殊美，定能使眾多傾城之佳人
流連忘返。

　　葉世傛十九歲代作《泗洲橋碑記》，葉紹袁很是激賞，稱此文「博奧古
贍」，知其對碑記文的欣賞準則，此四字移用於此，也十分允當。首先，**碑
文中多用典故，增添了文化的景深**。如介紹德安時，稱「楊氏之女，本名茗
華。龐公之家，固生靈照」。楊茗華典出《高僧傳·晉東莞竺僧度》，楊少有
才貌，許字同郡人王曦，未及成禮，父母雙亡。王曦亦喪母，遂出家，法名
僧度，王寄詩於楊氏，以申己志，令茗華感悟，亦秉道以終身。應用於此，
葉紹袁意在著重強調德安主持虔心向佛。靈照典出《景德傳燈錄·襄州居士
龐蘊》：「居士龐蘊，將入滅，令女靈照出視日早晚，及午以報。女遽報曰：
『日已中矣，而有蝕也。』居士出戶觀次，靈照即登父座，合掌坐亡。居士
笑曰：『我女鋒捷矣！』」如此一筆，既讚揚了海如兄弟的佛學夙緣，更彰顯
德安的早慧。其次，**碑文用句簡潔，多四字一句，偶雜多言，描寫對象自然
轉換，頗有古文文氣**。如其記載德安之生平，「海如與弟海奉兩人，棄家從
竺乾學，訪道山椒，捫羅幽岫，往天台受止觀法，坐淬五書，秕糠百氏。家
無餘人，一女獨處」，文氣通暢。以上諸種因素，使本碑文簡潔朗暢，且富

〔註86〕葉紹袁：《湖隱外史》，第 1042 頁。

含諸多信息，達到「博奧」與「古贍」的統一。

三、文書之功用

　　葉紹袁在《西方庵碑記》中最後一段，「海如故有郵稻之畝，今即舍庵中，供其女尼常住資用」，詳注西方庵所屬田產，內容如下：

　　　　計開：本庵大義字圩常住田丘細數：

　　　　七十八、九丘土田七分七釐一毫，八十一丘上田一畝一分四釐，八十四丘上下田三畝二分九釐八毫，八十五丘上下田三畝六分一釐四毫，一百六十二丘中下田四畝六釐一毫。一百六十四丘中下田一畝九分一釐三毫。以上丘田俱在四十圖九甲下立大戶朱經張氏法名上，輪戶下。三百六十一丘上下田二畝八分八釐六毫。

如此鄭重立於碑文之上，目的為「世後有勢家者與夫譎惡之民，知其故田，慎勿奪也」，以保護庵產，似有法律條文的功效。

　　當其時，分湖時有譎惡之民肆侵他人財產。萬曆四十八年（1620），葉紹袁尚未中舉，有佃戶頻年負租，將遣焉，「其人訶知老而且惡」，見葉紹袁青衿無色，落拓不振，詭名戌籍，反誣葉氏占其故產〔註87〕。訟案固然以葉紹袁勝訴，但當時世風可窺一般。分湖葉氏素來清望，累代簪纓，自第十九世起，於明清之際一門共有進士十一人，舉人三十四人，秀才二百二十四人〔註88〕，這樣「葉葉交輝」的家世背景，葉紹袁的話語在鄉邦當有不容忽視的力量。中進士之後，葉紹袁多次擔負止訟之權〔註89〕。碑文寫作的次年，一貧女沈氏，為松齡望族之後，被媒人所騙，將往歸某猾胥為妾，途中慕聞葉紹袁「名義素重鄉間」，適逢葉小紈母喪歸寧，葉紹袁將其安託同船，認為「誰敢剝吾女者，彼不畏三尺乎」？猾胥陰謀卒不得逞〔註90〕。碑文落款為「賜進士出身承德郎工部虞衡清吏司主事葉紹袁頓首撰」，又，「敕封安人歸葉沈宜修薰沐端素書」，使得碑文文書的功用更加彰明。

〔註87〕葉紹袁：《葉天寥自撰年譜》，第 833 頁。
〔註88〕參葉德輝等纂修：《吳中葉氏族譜》卷五六《科第・進士》，清宣統三年（1911）活字本。
〔註89〕如丁百生與陳生關於田畝交易發生爭執，請葉紹袁為之止訟，見葉紹袁：《年譜續纂》，第 857 頁。
〔註90〕葉紹袁：《自撰年譜》，第 853 頁。

第四節　筆記體小說《竊聞》、《續竊聞》與《瓊花鏡》

自崇禎五年後，葉氏家中殂謝不斷，「哀傷靡替，因何從始？聚忽摶沙，緣何遽終」？〔註91〕葉紹袁遂多次請仙，問冥中之事及因果緣由。筆記體小說《竊聞》、《續竊聞》與《瓊花鏡》即以此爲資，眞實記錄了葉氏請仙扶乩、招魂的全過程，是研究明清之際吳江民俗的珍貴資料。同時《續竊聞》中錄有許多乩詩，文辭縟麗，亦具有極高的審美價值。

一、葉氏家族的數次扶乩及招魂

葉氏多次請仙於家，現將葉家有關扶乩、招魂寫眞之事，採錄如下：

時　間	主持者	葉 氏 所 求 之 事	性　質
天啓七年	紫姑	葉世佺何日誕生	扶乩
崇禎七年	嚴永	葉紈紈、葉小鸞冥事	扶乩
崇禎八年	泐大師	馮太宜人、沈宜修、葉世侗、葉紈紈、葉小鸞冥事	扶乩
崇禎九年	顧太沖	召葉小鸞魂索詩	扶乩
崇禎十四年	馮生	召沈宜修、葉小鸞魂寫眞	招魂寫眞
崇禎十五年	朱熙哲	召葉小鸞、張倩倩等魂寫眞	招魂寫眞
崇禎十七年	不詳	所存乩詩推測，當爲追懷逝去的親人。	扶乩

扶乩是一種古占卜法，卜者觀察乩的動靜來斷定所問事情的行止吉凶，後來漸次發展爲書寫，或與亡術混合起來，不借乩的移動，逕然用口說出或用筆寫出的也有〔註92〕。因扶乩可追溯到唐代紫姑仙，沈括《夢溪筆談》載：「舊俗正月望，夜迎廁神，謂之紫姑，亦不必正月，常時皆可召。」故又稱爲紫姑術。

天啓七年（1627），沈宜修妊六子葉世佺，此子即後來享譽文壇的葉燮，將就蓐矣，日望之未生，問之紫姑仙，云：「一朵玉芙蓉，臨期鼠上龍。請君不必慮，無雨產安童。」但相關儀式，俱無記述。崇禎七年（1634），葉紹袁在外甥嚴祇敬家，適祇敬家僮嚴永，新爲冥役，主司客鬼。遂請嚴永代

〔註91〕葉紹袁：《竊聞》，第 513 頁。
〔註92〕許地山：《扶箕迷信的研究》，第一章《扶箕的起源》，商務印書館，1999 年版，第 7 頁。

為通答，問冥中之事。有司稱葉小鸞為「謫下散仙女也」，且「不在冥中，固當已在仙府」。稱葉紈紈「壽本二十五歲」，「因妹之死，日動、時動、一人死有二棺又動，故遂致死」。上述一切，乃有司查圖籍而知，亦無法術。崇禎九年（1635），葉紹袁友人顧太沖來，為葉小鸞作《返駕廣寒圖》，點染精絕，葉紹袁請其招魂索詩，顧「即焚符召之，須臾仙至」〔註93〕，並將仙子所留絕句題於畫端。從焚符觀之，法式稍現端倪。

　　相較而言，《續竊聞》裏詳記了崇禎八年（1634），泖大師在家中扶乩儀式的全過程。經現代學者考證，此位泖公即金聖歎〔註94〕。金聖歎二十歲時自稱佛教天台宗祖師智顗弟子的化身，以泖庵大師之名，率眾僧徒，在吳中一帶扶乩降神，十餘年間，先後在蘇州名宦錢謙益、姚希孟宅中做法顯靈。這一次前往葉家，金聖歎未扶乩前，即先索讀《愁言》、《返生香》二書，閱後即寫《彤奩雙葉題辭》，「筆不停手，應接靡暇」，葉紹袁稱此序「精言麗采，揮灑錯落」，「鴻文景爍，靈篇暉耀，真上超沈、謝，下掩庾、徐也」〔註95〕。金聖歎本人擅長心理分析法，其《讀第五才子書法》開篇便是：「大凡讀書，先要曉得作書之人是何心胸。」〔註96〕他在批《水滸》序三時，也多次強調「因緣生法」和「忠恕」原則：「忠恕，量萬物之斗斛也；因緣生法，裁世界之刀尺也。」〔註97〕串聯其「天下事無大無細，洵皆因緣哉」的扶乩觀，故而此次閱讀，為接下來的扶乩順利施行，埋下了重要的伏筆。

　　儀式正式開始，須先擇吉祥之日。金聖歎在葉家扶乩共有三次，一次為「旃蒙淵獻之歲，月會鶉星，日盈龍首」的六月初九日；另兩次在「釋迦佛誕之月」，四月二十六日，以及二十七日。葉氏在家中，須為法式做一定的布置，「香花幡幢，敦延鑾駕」。六月初九日的法式中，金聖歎畫牡丹、芙蕖、菊花、水仙四幅，掛置佛前，又「作天女曼陀華供」，「觀者咸讚歎不可思議功德焉」。於是乎，法式就緒。葉紹袁乃跽問母親馮太宜人及亡兒亡女冥中事宜，金聖歎云馮太宜人已投生，稱葉小鸞為「月府侍書」，下謫乃是基於

〔註93〕葉紹袁：《天寥年譜別記》，第892頁。
〔註94〕參陸林：《〈午夢集〉中「泖大師」其人——金聖歎與吳江葉氏交遊考》，《西北師範大學學報》，2004年7月。
〔註95〕葉紹袁：《續竊聞》，第518頁。
〔註96〕金聖歎：《第五才子書施耐庵水滸傳》卷三，《金聖歎全集》第三冊，鳳凰出版社，2008年版，第28頁。
〔註97〕金聖歎：《第五才子書施耐庵水滸傳》序三，《金聖歎全集》第三冊，第20頁。

「遊戲」等等，不一而足。當招沈宜修及亡兒女魂歸時，金聖歎諄諄告誡葉紹袁，見到沈宜修，「萬勿及家事」，因為「愁緒初清，恐魔妖又起耳」，對於葉小鸞則無妨，「雖以萬戾絲令之理，亦能一手分開，以熱湯沃其頂上，能出青蓮朵朵，固不妨以愁心相告也」。沈宜修與葉紹袁蘭閨三十載，太多往事，實金聖歎無法料及與回答。在泐大師的諄告下，葉紹袁單就死時情景問沈宜修：「君初死時，有所見否？」答：「出門之頃，自想我往何處去，如許人氣自來者，又聞室內號叫不絕，方省我如此，莫不即死邪？」他又問葉紈紈，「汝何以得至無葉堂中？」答：「偶爾遊行虛空，為邏卒所捉，因解入上方宮，承師收授佛戒。」問葉小鸞在仙山中做詩否，答：「世法無常，會歸滅盡，如石火水沫，我寧為其搖動哉。《返生香》一刻，正如石灰囊已留一迹。倘道出留迹，其不憨乎？」〔註98〕可見，金聖歎的成功扶乩，與事先周密策劃、細緻揣摩，以及當場機敏妙對分不開。

扶乩大致以述說冥中之事為主，招魂寫真則更為奇特，在未見亡人的情況下，畫出其影像。《漢書‧外戚傳》：「上思念李夫人不已，方士齊人少翁言能致其神。乃夜張燈燭，設帷帳，陳酒肉，而令上居他帳，遙望見好女如李夫人之貌，還幄坐而步。又不得就視，上愈益相思悲感，為作詩曰：『是邪，非邪？立而望之，偏何姍姍其來遲！』」令樂府諸音家絃歌之。」葉紹袁在《湖隱外史》中設冥秘目，專記招魂寫真之術，稱此為「李夫人之術」。葉小鸞奔月之後，惜無遺照留存，令家人深以為憾，故四處尋訪，為之寫真。

當年，葉紹袁肯請泐大師（金聖歎）為瓊章留照，金聖歎認為「此事甚難」，並模仿李夫人體，作詞感歎之：「是邪非邪？立而俟之，風何肅穆其開帷。是邪非邪？就而聽之，聲瑟瑟其如有聞。步而來者誰邪？就而問之，淚欄干其不分明。瞥然而見者去邪？怪而尋之，僅梅影之在窗雲。」似有推諉之嫌。崇禎十四年，有浙中馮生來，「能致仙，鎖於密室中，具諸繪彩，於內招魂傳神」〔註99〕。葉紹袁請寫宛君、瓊章影，朱生將眾亡人共一幅畫之，參差立於雲中，俱仙裝，但影殊不似，令葉紹袁深感遺憾。崇禎十五年九月，又有淮陰朱生熙哲善李少君之術，較為奇異，方法是「裝白紙於壁，以鏡對紙，凝神屏氣，先視鏡中，恍惚若睹，即現紙上」，「具壇設三幾，幾各備肴核酒茗之屬，朱生以黃紙書奏章，告之玉皇上帝、真武北極及冥府諸

〔註98〕葉紹袁：《續竊聞》，第 524、525 頁。
〔註99〕葉紹袁：《天寥年譜別記》，第 1072 頁。

神，齧雞冠血，漬丹砂書符。午間，先焚疏。疏焚已，即閉戶」，然後「朱生披髮跣足，手印杖烈，然六炬於堂，布七燈於地，爐香頻㸑，清水頻吸，置二大圓鏡於壇前，以朱生自視，一稗余（葉紹袁）與諸子視焉」〔註100〕。幾次招魂不至，直到最後一刻，葉小鸞方立半身於雲端，隨二青衣侍女，亦爲冶麗，但「寫瓊章方已，即如絲隨風飄散，不及運管矣」〔註101〕，朱生曰：「幸諸君其睹爾，不然以若是之美且豔，我凡拙手，管能貌之出耶？稍有不似，疑不容釋矣。」次日，在眾人幫助下方摹勒成掛。朱生奇異之處在於顯現出葉小鸞的畫影，不過，細究葉紹袁的論述，可知其最後所畫，應歸功於葉氏成員的點正。

二、葉氏對扶乩、招魂的態度

上述已知，扶乩、招魂中有諸多紕漏可尋。許地山就認爲《竊聞》與《續竊聞》裏，「乩語糅雜佛道，頗爲怪誕」〔註102〕。且前後幾次請仙，敘冥中事，眾人說法又各不相同，泐大師與朱生所言葉小鸞之仙事，就頗有差池。葉紹袁固然可用「大約泐公神氣霞舉，襟想高上，選其在世外者言之，不屑拾記塵寰往來，故寥寥曠邈千載」，朱生「藉靈於圖籙，摭實於表象」〔註103〕，聊以自慰。但其內心當也存幾分懷疑，方有「豈聖人不語，因以廢與？倘亦探幽抉秘，好奇之一助也」之語〔註104〕。《瓊花鏡》前言更是直稱「余記其事，貽諸好異」〔註105〕。浙中馮生所畫沈宜修、葉小鸞之像，「形竟不似」，葉紹袁將此事記在採錄眾多奇幻事件的《年譜別記》中，且自云「似則宜入正譜矣」，顯示了冷靜與審慎。晚年隱遁山林，時聽諸多奇聞，葉紹袁認爲：「言甚荒誕，姑妄聽之。」〔註106〕明確撇開事件的眞假不論，前承蘇軾「姑妄言之，姑妄聽之」的態度，可見，葉紹袁不是沒有鑒別力的。

儘管如是，葉紹袁對於扶乩，特別是泐大師的幾次降乩活動，篤信不疑。許地山認爲，「扶乩與幽靈信仰的關係是很明顯」，根源是「幽靈住在天上或

〔註100〕葉紹袁：《瓊花鏡》，第736頁。
〔註101〕葉紹袁：《瓊花鏡》，第737頁。
〔註102〕許地山：《扶箕迷信的研究》，商務印書館，1999年版，第28頁。
〔註103〕葉紹袁：《瓊花鏡》，第735頁。
〔註104〕葉紹袁：《天寥年譜別記》，第1072頁。
〔註105〕葉紹袁：《瓊花鏡》，第735頁。
〔註106〕葉紹袁：《甲行日注》，第1003頁。

人間的思想」〔註107〕。親人離世，傷痛中的葉紹袁一廂情願地相信鬼神之存在，他在《竊聞》弁首，便從眾多作品論證鬼神由來尚矣：

> 《易》曰：「原始反終，故知生死之說。精氣為物，遊魂為變，是故知鬼神之情狀。」史囂曰：「神聰明正直而一者也。」《列子》曰：「精神離形，各歸其真，謂之鬼。」《九歌》曰：「身既死兮神以靈。魂魄毅兮為鬼雄。鬼神由來尚矣。」〔註108〕

論證的目的，無外乎希望親人的靈魂尚在，仍能互通陰陽消息，儘管有些牽強，但讀者可體味出其內心悲涼的希望。

崇禎七年，葉紹袁從嚴永問冥中事，後與沈自徵、周永年有如下對話：

> 余曰：「一片悲楚心腸，兩載彷徨情事，思究來生鳳世，前後因緣，而乃惝怳寡端，率略尠緒。夜臺無路，難期墜淚之人；弱水徒航，莫寄思家之夢。言之匪徵，不其誕與？」沈君庸曰：「不然，彼夫稗官談衍，野乘雕甎，鬥炫誇靡，矜工傅會，繄斯數語，質而非侈。詎若《奇諧》志怪，澠漫不經，漆園滑稽，荒唐恣僻。又恐聽詫創聞，語艱傳信，爰舉二棺，以為左券，寓彰括微，敷小該大。金釵鈿合，更憑七日之辭；翠管痕斑，方驗九嶷之淚。雖十空幻化，根因未拆，而一指實相，逗泄已多，深印禪機，巧參冥數，莫徵於斯，何云誕哉？」周安期曰：「君家長淑，虔心貝梵，臨歿坐逝，還稱佛名。彼今既云幽魂未往，則知靈燈非滅，慧筏可渡，正宜弘宜五蘊，揚啓四門。寶樹七枝，朗開心蕊；甘露八水，潤滌情波。五色天花，花散天女之坐；一輪明月，月澄明性之輝。」余曰：「敬如誨言，殆無憾矣。」〔註109〕

葉紹袁自說冥中所言諸事，其不誕與？沈自徵告訴他冥中之事情確切無疑，因為有司指出葉氏中兩棺材之事，此事旁人何以知之，故絕不荒誕。周永年則從葉家素來虔心修佛，精誠所致，必定為開，寬慰葉紹袁此言不虛。以旁者觀之，沈、周二人的話，不耐推敲，但卻足讓葉紹袁的疑慮冰釋，因為他本人也熱誠地希望這一切都是真的。至此次扶乩之後，葉紹袁自言「益信瓊章真仙也」〔註110〕。

〔註107〕許地山：《扶箕迷信的研究》，商務印書館，1999年版，第84頁。
〔註108〕葉紹袁：《竊聞》，第511頁。
〔註109〕葉紹袁：《竊聞》，第514～515頁。
〔註110〕葉紹袁：《葉天寥自撰年譜》，第850頁。

　　泐大師的幾次扶乩，葉氏夫婦從未有懷疑。崇禎八年，泐公召葉小鸞魂歸家，葉紹袁、沈宜修「對視空中，共相號泣，悲慟酸楚，幾欲斷腸」〔註111〕，沈宜修在辭世時，絕筆即為《病中呈泐大師》，虔心至極。紀曉嵐曾言：「大抵幻術多手法捷巧，惟扶乩一事則確有所憑附。」又云：「所謂鬼不自靈，待人而靈也。蓍龜本枯草朽甲，而能知吉凶，亦待人而靈耳。」〔註112〕儘管說法仍不脫唯心觀念，但「待人而靈」一語頗有卓見，因為聰慧的扶乩者確實更容易令人信服。金聖歎降乩之前，先已閱讀《愁言》、《返生香》二集，故言之有鑿鑿，此外，金聖歎的降神活動富於藝術感染力，「每升座開講，聲音宏亮，顧盼偉然」〔註113〕，又「長篇大章，滔滔汩汩，縉紳先生及人士之有道行者，無不惑於其說。無行生某某，因之為利，築宮塑祀，造為禮懺文。儒服道冠，傾動通國者年餘」〔註114〕。且觀《續窺聞》中諸語，頗能撫慰葉紹袁，沈宜修臨別語：「為道愛身，省愁念佛，珍重珍重。」葉小鸞云：「父還要眼明手快，情重愁苗，乃是入獄根本，一刀割絕，立地清涼。」讓葉紹袁放下世間情愛，虔心向佛，這一切都是讓葉氏走出悲傷的最好方式。此外，金聖歎在崇禎八年寄語葉紹袁：「君家雁行還有凋零。」之後竟一語成讖，令葉氏悲痛且震驚，從此益信泐公。

　　對比葉氏夫婦的篤信，子輩卻未必然。崇禎十五年，朱生招沈宜修、葉小鸞亡靈，幾次不至。葉紹袁自述當時「天氣異寒，三夕皆至雞鳴方止，僮輩伺守亦盡憊甚」〔註115〕。對比葉紹袁的虔誠，他人卻憊甚，態度迥然。子輩中唯一長壽者葉燮，更是直接表達了自己的觀念，他晚年從《午夢堂集》中選其母《鸝吹》、姊紈紈《愁言》、小紈《存餘草》、小鸞《返生香》，編為《午夢堂詩鈔》，附於己集刊行，而未選《窺聞》、《續窺聞》與《瓊花鏡》。並於凡例介紹《返生香》時，對當年「郡人又能為鬼神之言者，憑乩自稱泐大師，言瓊章仙去；又淮上方士能致鬼物，言瓊章尸解，蓋空棺云」諸事，

〔註111〕葉紹袁：《續窺聞》，第521頁。

〔註112〕紀昀：《閱微草堂筆記》卷四《灤陽消夏錄》四，天津市古籍書店，1988年版，第79頁。

〔註113〕廖燕：《金聖歎先生傳》，《金聖歎全集》，第6冊，鳳凰出版社，2008年版，第158頁。

〔註114〕鄭敷教：《鄭桐庵筆記》「乩仙」條，《叢書集成續編本》第95冊，上海書店出版社，1994年版，第899～890頁。

〔註115〕葉紹袁：《瓊花鏡》，第736頁。

均認爲是「其言無徵，近迂怪」〔註116〕。

三、三書的文學特質

《竊聞》、《續竊聞》與《瓊花鏡》，記錄了各種法式場面與冥中之事，葉紹袁細膩的文筆，使得冥中事變得繽繁多彩。如《瓊花鏡》裏對葉小鸞現鏡的描摹，就十分靈動：

> 未幾，從鏡中彷彿露影，即紙上儼然在焉。白雲晻藹，蒼霧紛鬱，瓊章立半身於雲端，神彩流溢，素姿玉映，回眸動盼，韻態如生。平昔不喜衣紅衣，此夕衣淺紅色，輕如蟬翼，微風吹舉，天衣五銖，此殆然耶。漢武帝賦曰縹飄姚熮，逾莊也。隨二青衣侍女，亦爲冶麗，但寫瓊章方已，即如絲隨風飄散，不及運管矣。〔註117〕

葉小鸞宛若神光乍現，輕巧地現於鏡中。周遭白雲藹藹，霧氣茫茫，勾勒了一個撲朔迷離的場景，葉小鸞現身於雲端，正如伊人，在水一方，可望而不可及。「神彩流溢，素姿玉映」摹小鸞之體態，「回眸動盼」述小鸞之神情。她的衣著輕如蟬翼，微風輕舉，衣帶飄曳，頗有吳帶當風的美感。五銖衣，亦稱天衣，傳說爲古代神仙穿的一種衣服，輕而薄。《博異志·岑文本》載：「『衣服皆輕細，何土所出？』對曰：『此是上清五銖服』」。最後，葉小鸞又如絲般隨風而散，仙氣飄飄。昔日方士齊少翁招魂李夫人，漢武帝作《李夫人歌》：「是邪非邪。立而望之。偏何姍姍其來遲。」講述的就是此番景象吧。

扶乩中，卜者所寫詩作是爲乩詩，有些乩詩頗俱文學價值。葉紹袁就認爲「止累翰以騁思，或小言而託意。寫韻如生，悲歌欲泣」，故在《湖隱外史》中特設靈章一目，專爲記錄，顯示了他的獨到眼光。《竊續聞》中記載了眾多乩章，文辭優美，實爲金聖歎之妙筆。如召沈宜修、葉紈紈、葉小鸞三人魂，泐大師與三人共聯詩句：

> 靈辰敞新霽，密壺升名香。神風動瑤天，道氣彌曲廊。
> 憨燕驚我歸，疏花露我床。宿蛛冒我釵，飄埃沾我裳。
> 繡花生匣鎖，蟲鼠遊裙箱。遺掛了非我，檀佛因專房。
> 新荷爲誰綠，朱曦慘無光。君子知我來，清涕流縱橫。

〔註116〕葉燮：《午夢堂詩鈔》序言，《四庫全書存目叢書集部》244 冊，齊魯書社，1997 版，第 398 頁。

〔註117〕葉紹袁：《瓊花鏡》，第 737 頁。

　　舅氏知我來，不復成趨蹌。兄弟知我來，眾情合一愴。

　　婢僕知我來，灑掃東西忙。請君置家業，觀我敷道場。

　　須彌已如砥，黑海飛塵揚。月亦沈崑崙，日不居扶桑。

　　帝釋辭交珠，迦文掩師幢。萬法會有盡，一切皆無常。

　　獨有芬陀華，久久延奇芳。靈光頂上搖，慈雲寰中翔。

　　斷三而得三，遮雙即照雙。父兄亦眾生，母女成法王。

　　感應今日交，圍繞後時長。思之當歡踴，何爲又徬徨。〔註118〕

四人每人一句，韻腳相同，且長篇大論，可視爲仿照柏梁詩體。聯詩講述三
人歸家後家中的情景。常言物是人非，而今，在沈宜修三人眼中，故房塵埃
布滿，疏花落床，宿蛛釵上結網，實乃物非人是。她們的到來，傾動了全家，
葉紹袁清涕橫流，沈自徵等人步履趨蹌，其他子輩也爲之大慟，雖爲重逢，
卻是陰陽之隔，讓每個人都感痛不已。目睹於斯，三人從佛法教導家人，世
事無常，放下執念，專心向佛。這段聯詩與《木蘭辭》有些許相似，木蘭戎
軍二十載，重回故鄉，話題也是重逢，「開我東閣門，坐我西閣床。脫我戰時
袍，著我舊時裳」，木蘭重歸閨閣，「爺娘聞女來，出郭相扶將；阿姊聞妹來，
當戶理紅妝；小弟聞姊來，磨刀霍霍向豬羊」，家人欣喜之意溢於言表。兩詩
題材相似，但情感基調判若雲泥。

　　更爲知名的，當是以下對話，葉小鸞表示願從泐大師授記：

　　師云：「既願飯依，必須受戒。凡授戒者，必先審戒。我當一
　　一審汝，汝仙子曾犯殺否？」女對云：「曾犯。」師問：「如何？」
　　女云：「曾呼小玉除花虱，也遣輕紈壞蝶衣。」「曾犯盜否？」女云：
　　「曾犯。不知新綠誰家樹，怪底清簫何處聲。」「曾犯淫否？」女云：
　　「曾犯。晚鏡偷窺眉曲曲，春裙親繡鳥雙雙。」師又審四口惡業，
　　問：「曾妄言否？」女云：「曾犯。自謂前生歡喜地，詭云今坐辯才
　　天。」「曾綺語否？」女云：「曾犯。團香製就夫人宇，鏤雪裝成幼
　　婦辭。」「曾兩舌否？」女云：「曾犯。對月意添愁喜句，拈花評出
　　短長謠。」「曾惡口否？」女云：「曾犯。生柏簾開譏燕子，爲憐花
　　謝罵東風。」師又審意三惡業：「曾犯貪否？」女云：「曾犯。經營
　　細峽成千軸，辛苦鷹花滿一庭。」「曾犯嗔否？」女云：「曾犯。怪
　　他道蘊敲枯硯，薄彼崔徽撲玉釵。」「曾犯癡否？」女云：「曾犯。

〔註118〕葉紹袁：《續竊聞》，第524頁。

勉棄珠環收漢玉，戲捐粉盒葬花魂。」〔註119〕

此段文字，不僅讓在場的葉紹袁無限感傷，也打動了自錢謙益而下無數的古今文人。錢氏贊葉小鸞「矢口而答，皆六朝駢儷之語」〔註120〕。周亮工不以「泐師演說無明緣行，生老病死因緣」爲信，但對其「招瓊章至，瓊章來賦詩」的具體對答卻頗感興趣，認爲「此事甚荒唐，予不敢信，特愛其句之縟麗，附存於此」〔註121〕。泐大師本人對此翻話，亦感到驕傲，自贊：「此六朝以下，溫、李諸公血竭鬢枯、矜詫累日者。子於受戒一刻隨口而答，那得不哭殺阿翁也。然則子固止一綺語罪耳」。葉小鸞用六朝駢儷之句對答所犯之戒事，涉及到撲蝶、採摘新綠，描眉、刺繡等，生動表現出閨中少女的心態、性情，讓我們感知到一個活潑少女的閨閣生活。有論者認爲：「金聖歎善於想像女性的生活場景，揣摩其心理，體驗其情感，把文學史上的易性代言寫作推向極致。」〔註122〕誠不虛也。

〔註119〕葉紹袁：《續竊聞》，第 522 頁。
〔註120〕錢謙益：《列朝詩集小傳·閨集·葉小鸞》，上海古籍出版社，1959 年版，第 756 頁。
〔註121〕周亮工：《書影》卷六，上海古籍，1981 年版，第 165 頁。
〔註122〕參陳洪：《揣摩與體驗——金聖歎奇異的易性寫作論析》，《南開學報》，2009 年第 4 期。

第五章　書寫丹心——葉氏家族的山中歲月與史學論述

　　甲申鼎湖之年，朝代更叠，滿漢民族間進行了艱難的磨合。許多昔日「富貴富澤風雅文章」的貴族公子，開始了「死生患難骨肉流離疾病呻吟之苦」的生活〔註1〕。葉紹袁也於甲申之年八月二十五日，告家廟，攜世佺、世侗、世倌、世侕四子，開始了顛沛流離地隱遁生活。期間，他們與諸多遺民詩酒酬唱，抒亡國之恨，敘離別之悲，甚或與抗清者互致問答，昔劉辰翁有言「山中歲月，海上心情」（《柳梢青——春感》），恰可移用。

　　明清之際，遺民們「以表彰先賢、存鄉邦文獻爲己任」〔註2〕，湧現了大批頗具史料價值的論著，如談遷《國榷》、查繼佐《罪惟錄》、張岱《石匱藏書》等。葉紹袁亦側身其中，他在隱遁山林之時，作有《甲行日注》、《湖隱外史》以及自撰年譜系列，展現了「太湖流域及錢塘三角洲一線遺民集群之流亡生涯，亦爲特定歷史時期東南人文生態之縮影」〔註3〕。此外，「嘗輯一時死節諸臣爲書」，惜「未就而卒」〔註4〕，反映了葉紹袁使忠義之士丹心留汗青的願力。

　　《湖隱外史》記述分湖物產與人物，分目三十有八，「雖偏部短記，而於名迹、節義、里社、俠遊、遺遁、棲逸、風景、著述、庶姓、物產，皆臚

〔註1〕 冒襄：《祭方坦庵年伯文》，《巢民文集》卷七，如皋冒氏叢書。
〔註2〕 趙園：《想像與敘述》，《忠義與遺民的故事》，第120頁。
〔註3〕 嚴迪昌：《「長明燈作守歲燭」之遺民心譜——葉紹袁《甲行日注》，《西北師範大學學報》，2005年3月期。
〔註4〕 潘檉章：《松陵文獻·葉紹袁傳》，第907頁。

列無遺」〔註5〕。體例簡潔，內容偏勝人物，雖係方志性質，仍予幽懷孤憤
於其中。統覽之，葉紹袁此期所著，探記了許多奇人異事，對於形勝之美、
忠義之士、女史掌故等，亦為傾心。所述雖為一地一時所見，仍不失為研究
明清士大夫及地方風俗的珍貴資料。託名為葉紹袁的《啓禎紀聞錄》，歷來
聚訟紛紜，本章通過辨析，提出筆者的研讀心得。以上所述，是為本章主體。

第一節　葉氏家族的山中歲月

　　國破家亡之際，葉氏一族的出行路線及沿途的甘苦、葉紹袁在湖杭一帶
遺民中的領導作用以及他們與義軍的關係，是瞭解葉氏家族山中歲月的重
點，本節即以此為例，講述這段逃亡的經歷。

一、窮途嘉遇

　　葉氏一行在辭家之始，曾就「行將往焉」展開討論，「有言雙徑，有言武
林，有言鄧尉」，葉紹袁認為「吳人也，不可更入吳，其湖與杭乎？」〔註6〕
由於時局動盪等原因，他們最終遊走在太湖流域及錢塘三角洲一帶，託身於
寺廟，具體路線如下圖〔註7〕。

　　當其時，面對家國之變，士大夫逃禪之風盛行〔註8〕。歸莊曾云：「二十
餘年來，天下奇偉磊落之才，節義慷慨之士，往往託於空門。」〔註9〕李雯亦
說：「相逢半緇素，相見必禪林。」〔註10〕江南乃人文淵藪之地，士大夫遁入
緇流者甚眾，據陳去病記載，僅吳江一邑就有戴笠、包捷、趙庚、吳有涯、
楊維斗、顧咸正諸多士人入林為僧〔註11〕。葉氏一行輾轉流離中，與上述同

〔註5〕鄧實：《湖隱外史跋》，第 1080 頁。
〔註6〕葉紹袁：《甲行日注》，第 920 頁。
〔註7〕圖片來源於吳江市北厙鎮午夢堂紀念館。
〔註8〕有關士大夫禪悅之風盛行的原因，陳垣有云，「人當得意之時，不覺宗教之可
　　　貴也，惟當艱難困苦顛沛流離之際，則每思超現境而適樂土，樂土不易得，
　　　宗教家乃予以心靈上之安慰，此即樂土也。故凡百事業，喪亂則蕭條，而宗
　　　教則喪亂皈依者愈眾，宗教者人生憂患之伴侶也」，可作一參。《明季滇黔佛
　　　教考》，陳垣著，河北教育出版社，2000 年版，第 452 頁。
〔註9〕歸莊：《送筇在禪師之餘姚序》，《歸莊集》卷三，上海古籍出版社，1984 年版，
　　　第 240 頁。
〔註10〕李雯：《陳子龍詩集》附錄四，上海古籍出版社，1983 年版，第 789 頁。
〔註11〕陳去病：《五石脂》，《午夢堂集》附錄一，第 913 頁。

好相往來，共濟貧病難關，相濡以沫，彼此慰藉。

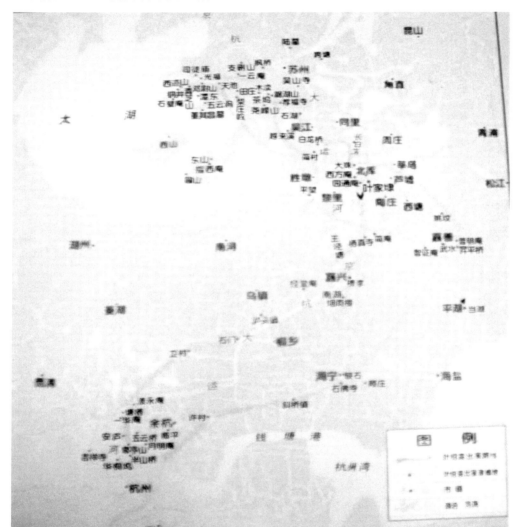

家——圓通庵（1645 年八月二十五日）——棲眞寺簡庵——經堂庵（九月初二）
——盧頭鎭衛村（九月初三）——石門漾永庵（九月初四）——一華庵（九月
初五）——安盧劉家橋華桐塢（九月十二日）——新庵（十月十七日）——月
明庵（十一月初一）——煙石居（十一月十三日）——臨平吉祥寺（十二月初
二）——普明庵（十二月初八）——簡庵（1646 年正月十三日）——大珠（四
月十七日）——長白蕩（四月十八日）——簡村（四月十八日）——百福（四
月十八日）——長嶺——薦福寺——青芝山（四月二十七）——眞珠塢（五月
初一）——吳山寺（七月初一）——指西庵（七月十八日）——奉慈庵（七月

二十二日）——一字庵（九月初一）——奉慈庵（九月十五日）——木瀆風廬
（十月初三）——岐龍山（十月初六）——鄧尉山聖恩寺（十一月十五日）（十
二月初二觀受戒）——顧筍洲亭（1647年正月初八）——石壁庵（正月二十三
日）——茶山（正月二十六日）——銅井山嶺——妙高峰（吳縣西南）——圓
照庵（二月初八）——光福寺（三月十二日）——崦山（三月二十日）——聖
恩寺（三月二十五日）——和豐庵（四月初四）——茗香庵（四月初九）——
紫霞庵（四月十四日）——芳塢秀蓉堂（四月十五日）——一雲庵（四月二十
三日）——楓橋重卿樓（四月二十六日）——平望通濟庵（吳江縣南五月初五）
——武水智證庵（五月初八）——梅溪庵（五月十五日）——興善寺（六月十
八日）——接待寺（八月初十）——寶生庵（八月初十日）——耘廬（在雲間
與武水之間1648年正月十一日直到八月二十日）〔註12〕

　　眾遺民友人中，葉紹袁與顧咸正的交往最為密切。顧咸正，字端木，其
弟顧咸建，與葉紹袁為兒女姻婭〔註13〕。咸正次子顧天遴（字仲熊）與葉
紹袁的外甥嚴抵敬為前後居，地利之便，兩人常抵掌傾談。隱居山林，談故
國變遷，自然為遺民最關心的話題。顧咸正嘗「言錢江事」，令眾人「相持
一哭」。崑山禍事更是不忍卒聽，崑山一役，滿漢軍隊死亡慘烈，清軍進城
之後開始了瘋狂的報復，「其族閨秀殉節者五六人」〔註14〕，「崑山少女艾
不辱節，投水者四百餘人」〔註15〕，鮮活的生命，倏忽消沉在碧波之中，
怎能不令人悲涕！顧咸正曾以副榜任延安府推官，親睹李自成、吳三桂先後
入秦〔註16〕，他將秦中諸事述之於詩，「紀國變，寫幽憤」，令葉紹袁讀後，
恍然「如在天寶之世矣」。除卻清談國事，他們也曾多次結伴遊覽：

　　　　顧端木拉往二窯看杏花，稍為風雨殘矣。有數百樹，茅簷村舍，
　　雞鳴犬吠，俱在杏花內。畫景天成，相對思酒甚。村無簾市，土人
　　引至一庵中，飲茶數甌。返從銅井嶺上游，共九人。〔註17〕

茅簷村舍，雞鳴犬吠，杏花濃淡皆宜，宛然一幅桃源景象。葉紹袁一行自庵
中對景飲茶，富於詩意。

　　而在交往中，更令人感動的，莫過於分甘佳話：

〔註12〕 出家路線文字描述參妙智：《明末江南寺院逃禪現象管窺》，《法源》，2003年
　　　　總第21期。
〔註13〕 咸建之女顧絃，許配與葉世偁，世偁未婚而亡，絃凶服過門，自稱未亡人。
〔註14〕 葉紹袁：《甲行日注》，第946頁。
〔註15〕 葉紹袁：《甲行日注》，第980頁。
〔註16〕 邵忠，李瑾：《吳中名賢傳贊》，江蘇古籍出版社，1997年版，第908頁。
〔註17〕 葉紹袁：《甲行日注》，第981頁。

> 仲熊致字倌、倕，云雪中覓得一野鴨，招共食之，友情深念友
也。〔註18〕

顧天遯偶遇野鴨，即招朋共食。遺民們在匱乏的物質環境中，相互依偎扶持，這份脈脈的溫情，溫暖著他們彼此的心靈。

葉氏一行流徙途中，託身於蕭寺，眾多僧人予以接應和庇護。葉紹袁本人「耽潔情高」，「卓見超庸一徹禪」〔註19〕，與僧人交往頗得默契。其與慈復上人的交誼，即為一例。葉紹袁記錄了一次霏霏細雨中，二人飲茶談天的情景：

> 往和豐庵，綠穠繞徑，紅薔薇花嬌映澗邊籬下，澗下一石矼已掩翠叢中矣。庭中梅杏，淺陰青嫩，蜀葵娟娟砌間，蘭花在缸，零澄小沐。飲新茶，食筍豆，聽黃鸝聲，悠然塵埃之外。而慈復以寇盜縱橫為歎，真滄浪橫流，處處不安也。歸即雨濛濛沾衣矣。〔註20〕

蜀葵、蘭花、梅杏娟娟靜好，嬌嫩的薔薇花掩映於澗邊籬下，綠穠花豔，流水淙淙，更無論黃鸝清脆的鳴叫時時傳遞耳畔，「此間有真意，欲辨已忘言」（陶淵明《飲酒》）。縱然如此，二人並沒有對景忘世，清談中夾雜了對盜寇縱橫的憂慮。葉紹袁歸去路上，適逢濛濛細雨，沐浴在空山新雨中，其心肺定是清爽無半分塵埃。慈覆上人善詩，曾贈詩於葉紹袁，稱其「高才落落動雲霄」，「丹心午夜貫天寒」〔註21〕，知音佳境，促膝傾談，此番樂事，人生能有幾回得？

當葉紹袁在流離之中，困頓之中時叩僧門而入，亦常得僧人清雅的款待：

> 大雨，早至一葦庵，超寰開門揖如，採園橘供茶。橘色正青，甘香獨異。〔註22〕

又，某日晴熱，他與兒輩們至薦福寺：

> 寺，故吳越王建也。渴甚，求井水飲，寺僧出霜梅侑之。〔註23〕

青橘甘香馥鬱，以之供茶，實助品茶之興。而在溽熱的天氣中，有霜梅解渴，讓人禁不住齒間生津，清酸留頰。

〔註18〕　葉紹袁：《甲行日注》，第 978 頁。
〔註19〕　葉紹袁：《甲行日注》，第 995 頁。
〔註20〕　葉紹袁：《甲行日注》，第 988 頁。
〔註21〕　葉紹袁：《甲行日注》，第 981〜982 頁。
〔註22〕　葉紹袁：《甲行日注》，第 920 頁。
〔註23〕　葉紹袁：《甲行日注》，第 946 頁。

　　馬克吐溫曾說：「貧窮在世界的任何地方，都意味著不方便」。當貧困遭遇家國之難，誓不出仕貳朝的遺民，背井離鄉流離失所，注定會遭遇更多的困窘。適逢亂世，偶遇俠骨熱腸之人，葉紹袁都銘感在心，鄭重記下他們的高誼。此期間，葉氏得到許多平民的幫助，尤以金奉川、金敬宇兄弟的事迹，最令感動。他們本是太平寺前開小酒店的生意人，在葉氏剛到安廬之際，便「送橘、栗諸品」，對其棄家行遁，深表「慕重」，令葉紹袁感歎「市井中有好禮如此，可爲窮途之嘉遇矣」〔註24〕。葉氏住在安廬，並不愉快，因爲糧資的問題，安廬主人德謙多有怠慢之意，旁人亦有規勸，或「婉諷主人，不當輕避世客」〔註25〕，或「遺箚規德謙，毋爲慢客」〔註26〕。當此時，金氏兄弟多次惠送食物，就不啻寒谷生春。而當葉氏一行受到德謙驅逐，金奉川爲其祖道設餞，助其尋覓舟楫，並親力肩挑食物往焉，令葉紹袁感歎：「天涯況旅，何以爲瓊玖之報！」〔註27〕

二、引領美人遙一方

　　葉紹袁隱遁山林後，分湖眾鄉人問及近況，侄孫葉元豐以詩述之，詩云：

> 槐深柳暗潤萍新，蘿薜垂陰自遠塵。
> 亂後身心休靜域，老來詩律愈驚人。
> 西山終隱多三士，東國懷歸有一臣。
> 幽徑松煙迷醉客，長愁豈爲馬卿貧。〔註28〕

由是可知，葉紹袁的隱所乃幽靜的林澗深處，無絲竹亂耳，無案牘勞神，更無俗事紛爭、盜賊搶奪。當世間乖戾之氣大熾，「滿朝食祿多復狂，男女憤氣激怒張」時〔註29〕，葉紹袁居所如斯，與槐柳綠蔭相伴，身心寧靜，寄託己志於文章，文采精進。儘管樂可忘憂，但其「懷歸」之心並未有一絲消磨，「趙壹賦命薄，馬卿家業貧」（李賀《出城別張又新酬李漢》），遺民於物質生活上舉步維艱，「知我者謂我心憂」，葉紹袁確實憂鬱滿懷，但所憂決不在此。他自稱：「顏子之樂，自在簞瓢，予不堪憂者，家國殄瘁，豈能忘心」〔註30〕，當看到「平湖郊外，盛作神戲，戲錢十二兩一本」，國難未紓之際，眾人居然

〔註24〕 葉紹袁：《甲行日注》，第 927 頁。
〔註25〕 葉紹袁：《甲行日注》，第 924 頁。
〔註26〕 葉紹袁：《甲行日注》，第 927 頁。
〔註27〕 葉紹袁：《甲行日注》，第 929 頁。
〔註28〕 葉紹袁：《甲行日注》，第 990 頁。
〔註29〕 葉紹袁：《甲行日注》，第 938 頁。
〔註30〕 葉紹袁：《甲行日注》，第 1010 頁。

忘華夷之變，令葉紹袁深深感歎：「人心盡亡，豈止賈太傅之哭哉！」〔註31〕
基於是，他曾夢「丁大司空以紫方錦片幅，廣二三尺許，如坐褥大，金書『忠
孝』二字相貽」〔註32〕，反映了心心所念。元豐的妻子錢氏，在「虜掠家村」
時，投水死，「年僅二十歲」〔註33〕，懷抱此孤憤，他對葉紹袁的忠貞之念，
有著更為關切的支持，涉筆成章，呈現出知音者的默契。本詩作亦受到葉紹
袁的肯定，收錄於《甲行日注》中。

　　太平歲月中，葉紹袁「偉麗如神仙中人」〔註34〕，流離之際，薛宷曾作
《像贊》一詩，記錄了他此時的風采，詩云：

　　　　或驚退之雲衲，或疑子瞻雪髯。

　　　　風骨何慚二老，嗟逢天寶建炎。

如是觀之，葉紹袁像身著衲衣的韓愈，又似留起雪白長髯的蘇軾，暗示此刻
葉身著衲衣，留有雪白長髯。葉紹袁本人對蘇軾也極為傾心，曾因泐大師語
其前身乃「蘇門四學士」之一秦觀，而「獨自私喜」〔註35〕。薛宷認為葉與
兩位先賢風骨相似，無奈逢遇如唐之天寶、宋之建炎的動盪時期，祝髮為僧，
顛沛山林，故其風骨較之二賢人，更添幾分滄桑。同時，天寶、建炎僅為盛
世中短暫的動盪，暗示了當時遺民對歸故土、復舊服的信念。畫中葉紹袁頂
笠執杖，適有山鄰見之，曰：「此韓文公也。」眾皆釋然〔註36〕。

（葉紹袁像，刊於清光緒 33 年《國粹叢書》）

〔註31〕葉紹袁：《甲行日注》，第 1015 頁。
〔註32〕葉紹袁：《甲行日注》，第 974 頁。
〔註33〕葉紹袁：《甲行日注》，第 941 頁。
〔註34〕劉仲甫：《讀葉仲韶午夢堂集感賦》，第 729 頁。
〔註35〕葉紹袁：《秦齋怨》序言，第 595 頁。
〔註36〕葉紹袁：《甲行日注》，第 981 頁。

　　前敘已知，在湖杭之際，有大批落髮僧服的士人，他們隱身於蕭寺，詩酒酬唱，互慰堅貞。觀現存詩文，忠貞如斯、風采如斯的葉紹袁，儼然為此中一眉目。葉紹袁在丙戌年（1646）五十八歲生日時，曾率意作初度詩二首，「以寄無聊」，詎知引發了廣泛的唱和。不僅山中遺民「交相屬和，共慰岑寂」，故鄉諸友亦熱情唱和，更有三名女性親屬傾情賡酬，共計二十六人，得詩八十餘首，眾人對其的倚重躍然紙端。

　　眾人對葉紹袁的治世之才，予以熱情襃揚，以吳大可的贈詩為例，詩云：

　　　高臥東山千日酒，勝當南面五車書。
　　　將求古劍來丹詔，墨藻重膺舊子虛。
　　　古句高吟收薊北，時賢交口誦關西。
　　　名山宰輔韜經濟，絕壑雲霞斷鼓鼙。〔註37〕

高臥東山，蘊含東晉宰相謝安之典。《世說新語・賞譽下》載：「王右軍語劉尹：『故當共推（謝）安石。』劉尹曰：『若安石東山志立，當於天下共推之』」。吳大可認為葉紹袁的才幹堪比謝安，聽其一番話，勝讀五車書。亦暗示其若能出東山，搖落筆端，發號詔令，天下大勢定然會發生改變，收復薊北或許就在明天，重現太平盛世。

　　外者如是，長子葉世佺，也對父親的韜略之才，予以讚頌：

　　　南陽誰是臥龍廬，冷斷柴門雨雪墟。
　　　曉夢烽青鶴舞幕，晚遊潮紫雁迎裾。
　　　楓凋贏得吳江句，梅繞稀聞隴上書。
　　　一片波光雲海外，空山幽曠萬緣虛。〔註38〕

世佺認為，父親如今歸隱山林，若諸葛亮躬耕陌上。生活清寂，卻得以欣賞自然界之旖旎風光。閒暇時分賦詩寫詞，娛樂心智，在天地之間作逍遙遊。聯繫史實，諸葛亮躬耕南陽，最終處廟堂之高，為天下蒼生謀計，世佺暗示父親的才幹亦不會泯滅於隴間。

　　面對眾人的交口稱讚，葉紹袁自謙道：「連篇郵寄，備極才思駘蕩之妙，但嘉譽過情，竊不敢當耳。」〔註39〕基於葉紹袁的忠貞與謀略，他在江浙一帶遺民群落中，甚有威望。友人金思眉，曾於山中夜訪葉紹袁，遭到周圍人

〔註37〕葉紹袁：《甲行日注》，第986頁。
〔註38〕葉紹袁：《甲行日注》，第970頁。
〔註39〕葉紹袁：《甲行日注》，第987頁。

的警戒，答「候余之故」，「乃皆釋然」，認爲「即正人也，夫復何疑」〔註40〕，其在當時的地位可見一斑！丙戌年（1646），王其翼贈詩於葉紹袁，稱其「引領美人遙一方，不需復起仍爲郎」〔註41〕，意指葉紹袁率領眾遺民隱居一方，宛然一名居於鄉野的大臣。

三、心念荷戈

　　葉紹袁隱居山林之際，並沒有一味的逃禪歸隱，眾多迹象表明，他與江浙一帶的義軍關係殊密。順治二年（1645），吳江進士吳易、舉人孫兆奎，組建白頭軍，揭開明末江南第一面抗清義旗。順治三年五月，吳易曾致信葉紹袁，云：

> 武林諸義士來顧行幕，稱說德義，頌歎無極。高風大節，固宜遐近景慕，垂譽千秋矣。但山林嘉尚，獨不念荷戈枕甲之瘁耶？弟血戰經年，大仇未報，軍孤餉乏，救援路絕，憂心如惔，未知所出。若得越中三千君子軍，成犄角之勢，亟圖進取，所大快也。聞諸君入山，問策魯仲連，先生幸廣引教之，無虛彼望。〔註42〕

葉紹袁富於智謀，眾所稱道〔註43〕。在信中，吳易袒露目前的兩大困境──軍孤餉乏，尤其是前者，希望能得到越中三千君子軍的呼應，成犄角之勢。此三千君子軍的領袖爲金思眉，「武林四友」吳思、沈綸錫、沈士壙、蔣翊文對其皆執弟子之禮。「同事二十餘士，已設壇歃盟，草澤中三千人，可一朝響集」〔註44〕，曾就戈甲匱乏，入山與葉紹袁相議，與吳易亦有拜會。以葉紹袁在江浙遺民群落的威望，以及與金思眉的交誼，由其寫信通達之，最爲適宜，故吳易特爲請之。葉紹袁受信後如何施展行動，不得而知，但施用的時間與力度一定局促，因爲吳易於一個月後，在浙江嘉善被捕，押解杭州，磔殺於草橋門。葉紹袁聽聞之後，悲憤難忍，提筆書下「南陽奇士著漁陽，大廈將興隕棟梁。八陣未能殲舍鼠，三軍曾亦殪天狼。江山墜冷千秋月，冠劍飛殘九日霜。忠武祠前今日淚，斷橋回首憶孫郎」的詩章〔註45〕，記述吳

〔註40〕 葉紹袁：《甲行日注》，第 947 頁。
〔註41〕 葉紹袁：《甲行日注》，第 938 頁。
〔註42〕 葉紹袁：《甲行日注》，第 948 頁。
〔註43〕 參第二章第二節第三分節。
〔註44〕 葉紹袁：《甲行日注》，第 947 頁。
〔註45〕 陳濟生編：《天啓崇禎兩朝遺詩》卷六《哭吳日生》，中華書局，1958 年版，

易的赫赫戰功及拳拳忠心。

動蕩之際，各路義軍難免不掠及尋常百姓，不過義軍對葉紹袁感念頗深，曾特將午夢堂「以周瑞印條封之」〔註46〕，避免遭受破壞，有則故事更須一提：

> 義師起兵初，其卒在余門前伐一柳枝，眾共苛責之。曰：物以人重，豈有忠義遠遁之家，損其手植乎？余何人焉，敢比甘棠蔽芾哉！而勿剪之也。〔註47〕

《詩經‧甘棠》所言：「蔽芾甘棠，勿剪勿伐，召伯所茇。」講述了百姓對召伯手植甘棠的珍重。義軍異口同聲「物以人重，豈有忠義遠遁之家，損其手植乎」，令我們感知葉紹袁當時的德望。

葉紹袁的眾多密友，亦多與南明朝廷互通消息。順治三年，吳巨手、吳叔向有泛海入閩的計劃。當是時，朱聿鍵稱帝於閩中，建立南明隆武朝，據記載，隆武帝「不飲酒，精吏事，洞達古今，想亦高、光而下之所未見也」〔註48〕，頗有中興之主的氣概，一心恢復明朝江山，名士黃道周亦供職於此。那麼，其行是否暗合了某種消息呢，試看吳叔向的贈詩：

> 皇天鞏明德，降罰奚嫌頻。上希首陽潔，誠恐污大倫。
> 荼毒咸弗忍，無辜顧蒼冥。劍難啓聖主，眞乃武乃神。
> 星雲呈景慶，藪郊遊鳳麟。義旅盡同德，致討問水濱。
> 余愧棄繻略，自分長賤貧。乘桴投闕下，願將忠義陳。
> 翔躍有盧志，途窮豈識津。邂逅遇大賢，幸荷先籍親。
> 髡首良非願，寧同遜國臣。殷勤爲援引，鼎呂假羽鱗。
> 臨別時伸曲，曰寄思美人。知己銜奚報，鞠躬以致身。〔註49〕

詩作講述了時世的動蕩、生靈塗炭，人皆弗忍，故「誓將去汝，適彼樂國」（《詩經‧碩鼠》）。中興聖主文韜武略，宛若神人，星雲呈祥，鳳麟齊瑞，軍民同心，彰顯了一個新興時代的即將開啓。故特將投闕下、表忠貞。通覽之，詩作除卻最後表露了對友朋眷戀外，其出行的目的與原因一覽無遺。吳巨手贈詩中亦云：「但使天家恢廟社，辭歸還共理殘吟。」〔註50〕顯示了對

第 632 頁。
〔註46〕葉紹袁：《甲行日注》，第 945 頁。
〔註47〕葉紹袁：《甲行日注》，第 950 頁。
〔註48〕黃道周：《與楊伯祥書》，見楊廷麟《楊忠節公遺集》卷六，清光緒五年刊本。
〔註49〕葉紹袁：《甲行日注》，第 935 頁。
〔註50〕葉紹袁：《甲行日注》，第 934 頁。

恢復廟社的期盼和信念。

　　同年十一月，葉紹袁五十八歲生日時，顧咸正的贈詩亦暗含諸多消息，詩云：

　　　　空山高臥即吾廬，暗有龍光在斗墟。薊北已殘周禮樂，江南誰
　　憶晉簪裾。家余涕淚《陳情表》，坐待圍棋破敵書。海上稍聞消息近，
　　試拈詩筆欲凌虛。〔註51〕

薊北、江南俱已淪陷，唯有龍光射牛斗之墟，似有祥瑞之氣。《世說新語‧雅量》篇載：「謝公與人圍棋，俄而謝玄淮上信至，看書竟，默然無言，徐向局。客問淮上利害，答曰：小兒輩大破賊。意色舉止，不異於常。」顧咸正亦有破敵書的期待。後人陳去病云「海上」點明有事於秘密舉動。此時，閩中隆武朝剛被擊破，紹宗被俘絕食而亡，但抗清運動仍在繼續。次年一月鄭成功在小金門，以「忠孝伯招討大將軍罪臣國姓」之名誓師反清，而嶺南亦有邵武、永曆政權先後存在，可與詩中所云海上消息互為應證。一年之後，松江提督吳勝兆策劃叛清事泄，錄其黨姓名，首及咸正，罪名正是「海舶書郵」於魯監國〔註52〕。

　　由是可知，湖杭之際的遺民群落儼然為一支地下抗清之隊伍。順治四年（1647）五月，「時傳虜於山中索九人焉，楊維斗、薛諧孟、姚文初、陸履常、顧端木、吳茂申、包朗威、驚幾弟兄及余」〔註53〕。清軍懸捕，當與諸人與抗清行為之相關。後顧咸正兩子大鴻、仲熊，先以匿陳子龍故被獲，同死雲間，至秋而咸正亦殉節金陵，顧炎武有詩記之「驚弦鳥不飛，困網魚難逝」〔註54〕。楊廷樞、薛宷亦並被捕獲，楊廷樞就義於分湖泗洲寺外永安橋埌，臨刑破口大罵，頭顱墮地，斷項猶出淩厲之聲：「生為大明臣，死作大明鬼！」薛宷，或曰僧也，免之，後歸常州〔註55〕。一年後，葉紹袁在表兄馮茂遠的耘廬中，黯然離世。遺民們在山中短暫的聚合，終以飄零為終止，但其反清之義舉、故國之忠心，千載而下，仍令人感佩。

〔註51〕葉紹袁：《甲行日注》，第 997 頁。
〔註52〕參謝國楨：《南明史略》，上海人民出版社，1957 年版。以及中國人民大學清
　　　　史研究所編《清史編年》，中國人民大學出版社，1985～2000 年版。
〔註53〕葉紹袁：《甲行日注》，第 992 頁。
〔註54〕顧炎武：《哭顧推官》，《顧亭林詩文集》，中華書局，1983 年版，第 275 頁。
〔註55〕顧炎武：《寄薛開封宷君與楊主事同隱鄧尉山并被獲或曰僧也免之遂歸常
　　　　州》，《顧亭林詩文集》，第 286 頁。

第二節　存史述懷——論《湖隱外史》

　　葉紹袁隱居山林之際，著有《湖隱外史》一書，本名《外史》〔註56〕，是書「取環（分）湖數里內，事有足資掌故者」，開分湖志乘之先〔註57〕。亦因「所紀純爲草野之事，不涉朝廷，實可稱爲民史」〔註58〕，具有較高的史料價值。《湖隱外史》現存最早版本爲葉紹袁十世孫葉振宗手鈔本，藏於蘇州圖書館。光緒三十三年（1907 年）國學保存會亦有鉛印本發行。而此書的特色，可用存史述懷來表示，在記述分湖地方史實，以及表露作者的遺民心迹方面，意義重大，以下分述之。

一、內容廣博、筆觸清麗

　　《湖隱外史》凡三十八目：「雖偏部短記，而於名迹、節義、里社、俠遊、遺逸、棲逸、風景、著述、庶姓、物產，皆臚列無遺。」〔註59〕如村落、園墅、橋梁、冢墓、風景、古迹、祠寺、土產、天行介紹了分湖之物景；興會、著作存錄了當地之文獻；社賽、靈章、靈異講述了地方民俗活動。諸多分目中，尤以人物爲勝，明哲、懿戚、文幃、令望、殉難、武略、俠遊、敦履、棲逸、容止、藝事、戰功、義贄、僑聚、晦迹、流寓、遁合、梵衲、飛錫、冥秘、庶姓、青衣記述了分湖聖賢志士。凡此種種，篇幅雖短，卻牢籠百態，儼然一幅分湖風俗人物圖景。章學誠有言，「凡欲紀一方之文獻，必立三家之學」，「仿記傳正史之體而作志」、「仿律令典例之體而作掌故」、「仿《文選》之體而作文徵」〔註60〕。如是標準觀之，此書可謂佳作。

　　《湖隱外史》中各目平行排列，無所統屬。每目之前列有小序，序言「儷辭莊語，各極其致」〔註61〕，間雜用典，敘述記錄此目的緣由。如記風景：

　　　　《楚騷》曰：「惜吾不及古之人兮，吾誰與玩此芳草？」又曰：

〔註56〕據載，葉紹袁另著有《內史》，與之相對。「餘有兩婢：素葟、紅於。紅於年十八，素葟年二十，微有姿色。紅於少侍瓊章，故亦能詩，素葟僅學爲詞，俱載《內史》中」。《天寥年譜別記》，第 891 頁。

〔註57〕後有沈剛中《分湖志》、柳樹芳《分湖小識》，三者並稱爲《分湖三志》，前者偏重詩文，後者偏重人物。

〔註58〕鄧實：《湖隱外史跋》，第 1080 頁。

〔註59〕鄧實：《湖隱外史跋》，第 1080 頁。

〔註60〕章學誠：《方志立三書議》，《文史通義校注》，中華書局，1985 年版，第 571 頁。

〔註61〕葉振孫：《湖隱外史跋》，蘇州圖書館藏。

「嫋嫋兮秋風，洞庭波兮木葉下。」此後世憑風眺景之始也。王無
功《與馮處士》云：「暮春三月，登於北山，松柏群吟，藤蘿翳景，
心甚樂之。賞洽興窮，還歸河渚，蓬室甕牖，彈琴讀書。」摩詰《與
裴迪秀才》云：「輞水淪漣，與月上下；寒山遠火，明滅林外。草木
蔓發，春山可望。輕儵出水，白鷗矯翼，露濕青皋，麥隴朝雊。」
二書時一展誦，心神遙往。況復花飛夾岸，即是桃源；目極平原，
無非楓樹。孤村夜笛，吹薛徑之煙霞；細雨征帆，送蘋波之風月。
故筆床茶籠，常想散人；箬笠蓑衣，每思釣叟。紀風景第一。〔註62〕

小序以《楚騷》肇端，追溯世人憑風眺景之原始，秋風嫋嫋，洞庭風波無限，
覽斯佳境，慕懷故人之情油然而生。接下來所引用的王績、王維詩作，更讓
人感知到與山水相對所帶來的心旌搖蕩。景物流連處，葉紹袁馳騁筆端，又
接連書寫了花飛夾岸、平原楓樹、細雨征帆、孤村夜笛等眾多美景，令人目
不暇接。吳江先賢唐代陸龜蒙曾作有《江湖散人傳》，「散人者，散誕之人也。
心散、意散、形散、神散，既無羈限，為時之怪民，束於禮樂者外之，曰：
『此散人也。』」宋人趙普著《煙波釣叟歌》，奇門遁甲術之大要，盡包其中。
自稱性懶成癖的葉紹袁〔註63〕，筆硯之餘，茶酒之暇，追慕散人，臆想遁
遊，似要化一沙鷗，浮游天地間。

　　小序之後，葉紹袁始細筆描摹分湖之景。「湖不甚闊，但路僻人稀，罕有
過而問者」，固得清靜之趣。「千家禾黍，十里菱花」，空氣中彌漫著菱角的清
香。葉紹袁之父曾築堤湖滸，植以芙蓉楊柳，「絳桃百樹，爛漫如錦」，春季
花飛夾岸，上演武陵落花之美景。湖中隱現山根，「櫓搖觸之，如一席大耳」。
湖西南，有蒲葉灘，「秋空月靜，泛小艇夷猶，眺之微茫遠碧，霜楓乍飛，僧
舍磬聲燈影，參差林薄，不知此際在塵世中也」，隱然有《九歌‧湘妃》之景
觀。湖水澄澈靜練，「芊草碎石歷歷可數，魚蝦如遊畫中，與碧天蕩漾矣」，
湖底有礄徑，「亙十里許，闊可四五尺」，晴日立岸望之，「光皎然浮映水面，
如鮫人霜綃一匹」〔註64〕，若水晶堤。閱讀至此，怎能不令人心生感慨，斯
景誠上蒼之妙筆！

〔註62〕葉紹袁：《湖隱外史》，第1034頁。
〔註63〕朋友贈詩有「架書如昔依然亂，庭草經冬尚未芟」，葉紹袁認為「極似余懶性
　　　　也」，《天寥年譜別記》，第878頁。
〔註64〕葉紹袁：《湖隱外史》，第1034頁。

通覽《湖隱外史》，葉紹袁用清麗的筆觸，勾勒分湖百態，予人以豐富的審美體驗。

二、存地方之史實

「地近則易核，時近則迹眞」〔註65〕，地方志乘的史料價值歷來頗受關注。葉紹袁居分湖六十餘年，除卻短暫的外出仕宦，未曾離開故鄉。對於鄉邦歷史、風土人情，十分熟稔。出自其手的《湖隱外史》，生動眞實地記述了分湖各個方面的史實。

葉紹袁素重詩文，對存鄉邦文獻十分傾心。「興會篇」記載了名士賦分湖之詩文，共得賦一篇、記一首、詩十餘首。先前葉氏夫婦編訂《伊人思》時，認爲「其書世多有，是以不論，論其軼事」〔註66〕，重在補遺。此次亦然，所存錄詩文多爲孤本，使其歷史價值更爲珍貴。

以才命負重一時的陶振，嘗著有《釣鼇集》、《紫金山賦》，今不傳。止遺《分湖賦》，存《湖隱外史》中。《分湖詩賦》借漁者之口，描述了分湖風景與物產。「若微波不興，一碧萬頃，如青銅之淨拭，似白練之平鋪」，盛產香草，如「辛夷、杜若、菡萏」，另有「珊瑚、大貝之寶」等湖中珍貴者。該文一併記載了分湖之地方先賢陸龜蒙、天游子、六一翁、雲樵先生、採芝逸士等，可惜多數在葉紹袁時已「俱無可考」，「安得起九原而問之哉」〔註67〕？楊維楨《分湖記》記述了與友人挾妓乘舟遊湖之事，蕩舟分湖上，風景殊美，主人顧君用「武陵溪上花如錦」之句，分韻賦詩，眾人紛紛唱和。葉紹袁將此次諸人雅集之作存錄於後，爲後人慕想當年之盛景，留下了可咨參考的依據。

「著作篇」中，葉紹袁對分湖先賢的著作，進行了羅列。如袁黃著有《圖書解》、《曆法新書》、《屯田、馬政、治河考》、《農書》、《易說》、《尚書、中庸疏意》、《舉業文規》、《心鵠》、《群書備考》、《兩行齋集》。作爲袁黃的義子，葉紹袁多年在袁家入帷讀書，耳濡目染，此書可目爲研究袁黃的珍貴資料。葉紹袁亦記錄了葉氏成員的著作，爲研究其家族文學提供了眞切的記錄。如他提到自己有《櫚塵集》並《午夢堂》諸刻，「與廷尉（葉紹顯）俱

〔註65〕章學誠：《修志十議》，《文史通義校注》，中華書局，1985年版，第843頁。
〔註66〕沈宜修：《伊人思》自序，第538頁。
〔註67〕葉紹袁：《湖隱外史》，第1056頁。

刻二百餘篇，經義亦各刻百篇，名《瑞芝堂》」〔註68〕。《櫩塵集》與《瑞芝堂》惜已不傳，無法知曉有「十年梨花槍」佳名的葉紹袁，其經義、時文是如何的驚豔。葉世儋素有奇才，著作散佚不存，於此，亦有吉光片羽的記錄。存詞作兩首，「淡煙欲暝，採蓮人去是天涯。吳宮易遠，楚天空杳，一帶啼鴉」（《秋波媚》），「香蒸去年心，啼鶯卻又今」（《菩薩蠻》）〔註69〕，頗有晏幾道之風。

　　《湖隱外史》中對於諸多風俗的記述，可目為經濟、鄉村史的珍貴材料。如對分湖社賽繁複，每年正月初三，「時民家殷實，爭傚繁華旗幟羽葆之類。每年疊增鮮彩，紅紫錯還，笙管雜奏，繽紛陸離，透迤村巷，年來不能得矣。旆旌與杖，僅以備觀，惟金鼓之聲不絕於耳者，一二日而已」，極盡奢華之能。五月十三日，「伏魔大帝誕辰，鄉人歲有奠獻之會，俱用牲體。余以帝乃大乘金湯也，獨用蔬饗，但不廢裸鬯，以昭神庥」。除卻此固定節日外，適逢天災，市民亦會共求冥祐，如崇禎十四年（1641）六月，「飛蝗蔽天匝地，人心憂皇，莫知所措」，葉紹袁首捐金倡焉，「定初十日舉行，甚切虔肅。會出而蝗悉飛過界，或夜集田中，亦不傷苗。他家稍怠不誠，遂有損害，蓋亦靈矣」〔註70〕。飛蝗之災，因世人舉行社賽而免，而不誠者家中，即有損害，有不可推敲處，倒也真實反映了當地人民對冥祐的肯定。

　　此外，是書亦記載了分湖形勝與物產。如「古迹篇」中，對陸氏義塾、陶氏義塾等俱有描摹，目的在於「弔古以寄其懷」、「徵迹而宣其藻」〔註71〕。「土產篇」中，記述分湖米「粒長而色光潤，性柔滋而味甘香」，湖蟹「甘潔鮮美」，鱸魚「霜鱗雪翼」，蓴菜「只生一處」，若移他所，「終不能盛」，泗洲寺前的泉源清冽，「為我鄉茗品」〔註72〕。凡此種種，令我們真切觸摸了一個時代的風土人情。

三、述內心之幽懷

　　章學誠認為史志之書，「傳述忠孝節義，凜凜烈烈，有聲有色，使百世而

〔註68〕　葉紹袁：《湖隱外史》，第1054頁。
〔註69〕　葉紹袁：《湖隱外史》，第1055頁。
〔註70〕　葉紹袁：《湖隱外史》，第1040頁。
〔註71〕　葉紹袁：《湖隱外史》，第1037頁。
〔註72〕　葉紹袁：《湖隱外史》，第1075、1076頁。

下，怯者生勇，貪者廉立」〔註73〕，故可裨風教。《湖隱外史》係葉紹袁晚年所作，時目睹家國之變，「愴懷古今，褒揚節義，尤三致意焉」〔註74〕。

葉紹袁嘗言：「睢陽常山，一二其人。蓋誠史籍之光，豈止邦家之恫而已。」〔註75〕透露他借史存人之意。是書中，葉紹袁花費較多筆墨記述了慷慨赴國難的忠貞之士。如其記錄互爲兒女姻婭的顧咸建爲浙江錢塘令，城破之日，「欲從靈均以死」，百姓救之。「縋城夜出公，送歸。六月十九日抵於蔽廬。二十日敵索焉，遇於崑山道中，乃止公，高其名也，將之官。公大罵不屈，然猶無意加刃也。賊臣張秉青、陳洪範倡言殺之。時盛暑，懸首五日如生，蠅蚋無敢集其上。士民號哭，守首者不肯去，某亦悲之，許收殮」〔註76〕。酷暑之日，懸首如生，蠅不附身，顧咸建大義凜然，天地似乎都爲之動容。另有李枝芳，曾從戴之儁爲部領〔註77〕，就義之前，「辭色不擾，意氣激烈，殺之於市」，人之所懼，莫過於生死，李枝芳慨然赴義，視死如歸，令人感佩。

順治三年（1646）三月下旬，吳易、孫兆逵率領義軍與清兵在分湖激烈交戰。此戰，孫吳軍大獲全勝，斬敵將二十三員，殲敵三千餘人，繳獲船隻五百餘艘，衣甲兵器無數。此戰役極大的振奮了當時的士氣，葉紹袁在「戰功篇」中，對於此役有慷慨激昂地描述，「怒氣翻波，呼聲礮野，持弓礮兒，發矢貫犯，追北至龐山湖四十里，殺獲二千人，斬其渠魁，遁去者二三十人而已。水流盡赤，草腥不綠，兵威襒其三孽，崇名振於七郡。豈如赤壁故壘，終藉火焚，益州樓船，徒徹風利哉」〔註78〕！義軍以少勝多，書寫了勝利的輝煌。文中對義軍眾志成城，軍紀嚴明，亦有描述：「設壇建旗，祭纛蒞盟。器仗鮮明，部伍整肅。畫隼纂兵，人進射聲之號；水龍分翼，家列習流之陣。爰有武林諸士，聞風溯懷，慕義興起。衣冠猶在，悽愴故主之思；弓矢來同，慷慨征途之涉。」〔註79〕從中，你可清晰感知明清之際，義軍們保家衛國的

〔註73〕 章學誠：《答甄秀才論修志第一書》，《文史通義校注》，中華書局，1985年版，第821頁。
〔註74〕 葉振宗：《湖隱外史》跋，蘇州圖書館藏。
〔註75〕 葉紹袁：《湖隱外史》，第1056頁。
〔註76〕 葉紹袁：《湖隱外史》，第1056頁。
〔註77〕 戴之儁爲陳子龍的舊識，積極支持吳勝兆起兵。參顧誠《南明史略》，上海人民出版社，1957年版。
〔註78〕 葉紹袁：《湖隱外史》，第1063頁。
〔註79〕 葉紹袁：《湖隱外史》，第1064頁。

熱誠。

　　葉氏後輩葉振宗稱此書：「而爲幽蘭《夢華》之遺，所南《心史》之作，豈徒侈桑梓而張家世哉？」將其與《東京夢華錄》、《心史》並舉，細述葉紹袁內心之幽懷，可謂曾祖的知音。

四、《湖隱外史》的白璧細瑕

　　《湖隱外史》存地方之史實、述遺民內心之幽懷，實具很高的史料價值。不過用嚴肅的學術眼光觀之，亦存在些許瑕疵。

　　首先，這是一部未完之作，書中常有補遺、待補充、待加入的字樣。如文幃目，只列人名，既無小序，亦無事迹，小字旁注云：「補小序，詳事實。」但通覽書作，找不到任何補注。故而清人柳樹芳評價該書時，認爲「未經完稿」。近代柳亞子將此觀點闡述之，「大概中間排滿的話頭，都被天寥不肖兒子橫山刪掉，所以是一部不完全的書」〔註 80〕，將殘缺歸罪於葉燮，觀點新穎，卻失之片面。固然在記錄義軍與清兵鬥爭的戰功、義贅等目，只有小序而無事迹，葉燮將具體的事迹、人名刪掉，以免清朝文網搜羅，乃情理之中。不過在懿戚目中，所列人物爲沈宜修之父沈珫等，與抗清無絲毫關聯，亦止存人名，當與書作本身殘缺有關。

　　其次，該書的體例不夠謹密。三十八個分目中，並沒有統一的編排。在順序上，忽而人物，忽而古迹，忽而物產，飄忽不定。與作者之前手訂過的《秦齋怨》、《年譜自撰》等著作相比，亦無總序言。

　　再次，書中所錄內容，多爲個人目力所及。葉紹袁曾坦言：「我乏交遊，僅於寒宗得一二人，非私族也，耳目之所易識焉耳。」〔註 81〕故其所彰錄的人物，多爲與葉氏相交者，涉獵非廣，有「一家之言」的傾向〔註82〕。

　　即便如此，《湖隱外史》作爲分湖志乘的開山之作，筚路藍縷，惠予後人良多。清人沈剛中所作的《分湖小識》與柳樹芳的《分湖志》，雖後出轉精，但內容、體例上受其影響甚大。而作爲葉紹袁晚年之作，當其時生存艱窘、文網酷密，書中諸多殘缺抑或言語閃爍之處，想來後世讀者會予以深切的理解。

〔註80〕柳亞子：《大分湖》發刊號，《柳亞子文集補編》，社會科學文獻出版社，2004年版，第 174 頁。

〔註81〕葉紹袁：《湖隱外史》，第 1058 頁。

〔註82〕柳樹芳：《分湖小識》凡例，《分湖三志》，廣陵書社，2008 年版，第 106 頁。

第三節　葉紹袁史料著作的書寫特色

　　黃宗羲有言：「茫茫然尚欲計算百世而下，爲班氏之《人物表》者，不與李、蔡並列。」〔註83〕頗具歷史自覺的明遺民，許多在生前即著手準備自己的傳記材料，如陳子龍有《自撰年譜》等。葉紹袁亦如是，隱遁山林之際，他先後作有《葉天寮自撰年譜》、《年譜續纂》及《天寮年譜別記》，記述往昔生活中「可爲眉飛色舞者」並「流涕太息者」，雖不免繁蕪駁雜，亦如《陶庵夢憶》，令人不勝撫今追昔之感。忠義之心、家國之恨，亦隱然充斥其間。他在生命的最後時刻，著有《甲行日注》，是爲研究江浙遺民集群的第一手資料。在明末的遺民語境下，葉紹袁的這些史料著作有著鮮明的書寫特色，這表現爲內容採錄上的尚奇、對女史及其才藝的珍重，以及敘述方式上的留白等。

一、明末的遺民語境

　　崇禎九年（1636），《心史》一書的出現，在士子中掀起了軒然大波，葉紹袁如是記錄：

> 鄭所南，宋室遺臣也，《心史》一卷，沈之承天寺井中，殆將四百年。至崇禎丙子，寺僧濬井見底，有石匣出之，匣中有書，聞之中丞玉笥張公（名國維），始獲於世。噫！其心亦苦矣，其出亦奇矣！〔註84〕

鄭所南，名思肖，字憶翁，乃宋元之際頗具民族氣節的愛國詩人和畫家。《心史》沉入井底，四百年後重現天日，堪稱奇迹。當其時，敏銳的士大夫恒有山雨欲來風滿樓的壓迫感，這種體驗與宋末的士子極爲相似，兩代士子有情感上的天然共鳴，《心史》的出現燃起了明人述史的願望。而明代原本就「士習甚囂」，「野史如鯽」〔註85〕，此刻，這種風尚更加流行。到了易代交替之際，清兵在江浙遭受到最爲頑強的抵抗，當抵抗愈見尾聲，諳熟歷史的文人，深悉一切功過最終將由歷史評判，存史述懷就成爲最令期待的抵抗方式。故此時此地，出自遺民之手的史料論著呈井噴之狀，乾隆三十九年八月上諭稱：「明季造野史者甚多」，「此等筆墨妄議之事，大率江浙兩省居

〔註83〕黃宗羲：《壽徐掖青六十序》，《黃宗羲全集》，浙江古籍出版社，1985至1986年版，第11冊，第64頁
〔註84〕葉紹袁：《湖隱外史》，第1053頁。
〔註85〕梁啓超：《飲冰室書話》，時代文藝出版社，1998年版，第66頁。

多。」〔註86〕

　　遺民所述歷史中，多記耳目所聞之事，以表彰先賢、存鄉邦文獻爲己任，地域意識悄然興盛。陳子礪《勝朝粵東遺民錄》、《明季東莞五忠傳》，溫廷敬《明季潮州忠逸傳》、秦光玉《明季滇南遺民錄》等不勝枚舉〔註87〕。葉紹袁嘗「輯一時死節諸臣爲書，未就，感愴成疾而卒」〔註88〕。上節所述《湖隱外史》，「取環（分）湖數里內，事有足資掌故者」，雖係一家之言，實開分湖地乘之首，具有濃鬱的鄉邦意識。

　　朱彝尊曾比較官修與私家史述，認爲：「國史成於官局者，未若一家之專。」〔註89〕萬斯同亦持相近看法〔註90〕。葉紹袁的史料著作，均爲其目力、耳力所及，在史述的客觀性與廣泛性上有天然的缺失，卻提供了考察士大夫處明亡之際的珍貴材料，創造了官修正史所不能提供的特殊價值。其所記述的分湖內外節士、義軍的慷慨事迹，具體而微，種種細節令後人感動，讓我們更眞實的聆聽了那個時代。葉紹袁的妻弟沈自炳等人，輔佐孫吳「白頭軍」抗擊清兵，這些著作，又何嘗不可「視爲江浙兩省反清運動的後延」〔註91〕？

二、供後人猜想的留白

　　遺民著作，因著文網的酷密以及後世流傳中的增減，敘述中頗多「暗示、隱語以至有意留白」，特別是留白，需善讀之〔註92〕。如傅山與顧炎武交往極密，「但雙方詩文集中留下的痕迹很少，只不過互相酬唱的幾首詩」，趙儷生認爲，顧炎武外甥徐元文的《含經堂集》中，「簡直一首懷念舅父的詩文也沒有」，由此「應該體會到的不是疏遠，而是親密和保密」〔註93〕。

　　葉紹袁的著作中，也存在諸多可疑的留白，尤以沈自徵爲著。沈自徵爲

〔註86〕轉引自蕭一山編：《清代通史》第二冊，華東師範大學出版社，2006年版，第35頁。
〔註87〕參謝國楨：《增訂晚明史籍考》卷一七，上海古籍出版社，1981年版。
〔註88〕鄧實輯錄：《蘇州府志・文苑傳》，《午夢堂集》附錄一，第906頁。
〔註89〕朱彝尊：《元史類編序》，《曝書亭集》卷三五，國學整理社，1937年版，第432～433頁。
〔註90〕參錢大昕：《萬先生（斯同）傳》，《潛研堂文集》卷三十八，《四部叢刊》本。
〔註91〕趙園：《明清之際士大夫研究》，北京大學出版社，1999年版，第368頁。
〔註92〕此觀點參趙園：《想像與敘述》，人民文學出版社，1999年版，第123頁。
〔註93〕趙儷生：《顧炎武新傳》，《趙儷生史學論著自選集》，山東大學出版社，1996年版，第342頁。

沈宜修的同母胞弟，姊弟二人感情很好，書信往還不斷。沈宜修曾有「惻惻復惻惻，離恨邈難測。一別七經秋，愁思唯歎息」之句述說對弟弟的思念〔註94〕。沈自徵的原配張倩倩，與沈宜修爲表誼，二人感情極深。季女葉小鸞出生後，「家貧乏乳，方四月，過育舅沈君庸家，妗母張倩倩撫之」，十歲方歸。崇禎三年（1630），葉紹袁仕宦京都，不耐吏職，陳情歸養，「蕭然空橐，不能載途」，「君庸代爲區處五十金，始得治裝」〔註95〕。甲申年（1644），葉紹袁將女眷寄養於西方庵，率子輩隱遁山林，次女葉小紈與夫婿、子媳沈憲英即依附沈自徵遺孀李玉照處。凡此種種，可知在沈氏兄弟中，沈自徵與葉氏關係最密。而沈自徵的一生，頗多奇幻。他自小喜讀兵書，「懷奇負氣，慕魯仲連之爲人」，又「多倜儻之畫策」〔註96〕。天啓年間，因貧無策，北上燕京，遊歷於西北邊塞，窺察地形，將山川陸原要害熟記於心。居京師十年，爲諸大臣出謀劃策，皆中機宜，名聲大振。特別是在崇禎二年（1629年）的「己巳之警」中，沈自徵隻身一人，進入袁崇煥大營，使袁崇煥入朝覲見，一度消解了君臣之間的懷疑，穩定了局勢。清兵攻入北京前，他預知時局不祥，造漁船千艘，散隱於鄉野。蘇州淪陷時，沈自徵已於四年前（即崇禎十四年）亡故，但所留的千艘漁船，在沈自炳和沈自駉的指揮下，與義兵組成「白頭軍」，爲抗擊清兵立下汗馬功勞〔註97〕。

沈自徵俠膽義骨的事迹，在葉紹袁的著作中卻無絲毫展現，現將作品中與沈自徵相關的詮次如下〔註98〕：崇禎三年，葉紹袁在京都，有憐人李魯生，號雲澔，「時官省中，聲勢赫奕」，李魯生「買宅京師，掘地下得一石，甚古」，「上鑿雲澔二字，眾皆詫異，長安貴人交相賦詩歌詠之」，「君庸勸余亦以詩投之，或可借交爲館選力」〔註99〕。又，丁亥四月（1647），離家遁行的葉紹袁與佺、侗步行抵「舊園」，該園地處偏僻，風景優美，「四圍長松，錯以梧桐、桃、梅、蕉、竹，門外高榆列植，澗水潺緩繞流」，幾易其主，「園，故里人周氏業也。周貧，鬻於余家」，「萬曆二十七年（1599）是秋即悲失怙，園屬婦翁沈懋所」，「（沈懋所）壬戌捐館，仍爲汶陽之歸，內弟沈君庸借居

〔註94〕沈宜修：《夢君庸》，第 6 頁。
〔註95〕葉紹袁：《葉天寥自撰年譜》，第 846 頁。
〔註96〕凌景埏：《漁陽先生年譜》，見《諸宮調兩種》，齊魯書社，1988 年版，第 419 頁。
〔註97〕凌景埏：《漁陽先生年譜》，第 419～520 頁。
〔註98〕按：上段所述葉小鸞寄養於沈自徵家等事例，除外。
〔註99〕葉紹袁：《天寥年譜別記》，第 886 頁。

之」、「甲子，余公車，君庸遂私售於崇明黃生，黃又與高婦素稱虎，人咸畏之」。此時，葉紹袁與子輩假居於旁，黃生與婦「攘臂出，悍橫萬狀，無容停足」〔註100〕。頭一則記錄顯示了沈自徵媚俗的一面，後一則對沈自徵私售房屋於他人表示了不滿。著作對沈自徵在京師出謀劃策，在蘇州建造兵船，無隻言片語。聯繫史實，動盪之際，清兵對於抗清者的萬分仇恨，而民間多有諂媚者極盡告密之能事，禍及與抗清相關聯者。當年沈自炳起兵後，葉紹袁的侄孫葉公玉曾「餉以百金」，「族中媚虜者，尋之為怨府，公玉遂受侮不少矣」〔註101〕，即為最真切的一例。故此空白實體現了葉紹袁特殊的關愛，沈自徵固然亡矣，但嫠婦弱子尚在，風聲鶴唳之際，不予敘說，正可視為隱秘的保護。

　　同樣，葉紹袁的其他妻弟沈自炳等追隨義軍，英勇抗清，在其著作中亦不顯著，僅有片金碎玉散落各處，如曾記述：

　　　　夢君晦功成，夢有「自起帳中書露布，將軍援筆劍花霜」，「海
　　上青鯢霜護節，江干白馬日迎旗」。君晦一片忠憤，付之飛灰，漂流
　　生死，杳無消息。向風佇立，每欲沾衣，不意吹葭初夕，有此佳兆。

〔註102〕

寤寐之中，仍念念不忘，可見感念之深，但葉紹袁點到為止，並沒有過多的追述。「將軍」、「海上」等言語所指，「一片忠憤」、「漂流生死」所含的具體細節，唯有知者能辨之。

　　緣於葉紹袁下筆珍重，抑或後來葉燮大手筆刪除，其史料著作中留白隱曲處，值得後人細繹、尋找，也恰因於此，構成「遺民史述的魅力」〔註103〕，令我們生發無限的想像，去迫近真實。

三、內容採錄上的尚奇

　　葉紹袁史料著作在內容採錄上，有濃鬱的尚奇色彩。特別是《天寥年譜別記》，編撰在《自撰年譜》、《年譜續纂》之後〔註104〕，可視為前兩者的補充，專記各種奇人異事，頗有故事性。

〔註100〕葉紹袁：《甲行日注》，第989頁。
〔註101〕葉紹袁：《甲行日注》，第933頁。
〔註102〕葉紹袁：《甲行日注》，第964頁。
〔註103〕趙園：《明清之際士大夫研究》，北京大學出版社，1999年版，第369頁。
〔註104〕按：《別記》所記述的時間包含《葉天寥年譜自撰》與《年譜續纂》。

　　謝齋，位於午夢堂群落之東北處，庭有玉蘭二樹，花香芬馥，取玉樹階庭之意，故取名為謝齋，為葉氏子輩讀書處。後，葉紹袁將此屋賣於堂弟葉紹頤，自此，謝齋遂發生了諸多怪事：

> 或見二三女子聯袂而行，或兩丈夫坐而對弈，或白帽人步廊廡間，或時作裂繒碎石之聲，或齋中瓷瓶盛火，烈焰熾然，即而視之，一無所有，此不知何故也。〔註105〕

往昔嵇康夜宿月華亭，與鬼切磋琴藝，習得《廣陵散》，留下「相遇雖一遇於今夕，可以遠同千載」的佳話〔註106〕。這些出沒於謝齋聯袂而行的女子、對弈的丈夫，以及白帽人，當也都是各有故事的人，可惜葉氏與之未有更多碰觸，儘管記述寥寥，還是若聊齋異事，令後人感到驚奇。

　　崇禎三年，葉紹袁管朝陽、東門兩門河工。某日傍晚，葉紹袁與同僚下工進東直門：

> 遇以婦人肩輿，諸內臣故欲其步走出城，婦人不得已啓幔而出，美麗娟好，足稱殊色，避余馬過，亭亭立俟，似士人家閨秀也。東直門外甚荒涼，何以有此！〔註107〕

眾內臣進城，而一位娟好女子款款出城。當其時，狼煙數舉、飛羽交馳，女真族的鐵蹄時刻威脅關內。關外「黃埃湧起，散漫彌天，北風甚烈，吹卷砂石，如晦如噎，睹之栗人」，一派「塞上悲涼光景」。同時期的某日，「城門乍開，婦女來避敵者，計千萬數」〔註108〕。如是觀之，此位女子傍晚乘轎出城，膽量非尋常女子可比，很難不讓人聯想到志怪神魔小說中的狐仙，葉紹袁當也懷有此揣測。

　　葉紹袁在爛溪周家處館時，有同事友人章大士，講述了他在未中子衿時的一段奇遇：

> 家甚貧，稍能讀黃帝、岐伯之書。居於鄉，一日，忽有青衣二人至，相揖云：「欲邀先生一賜針砭。」章曰：「我非醫也，且素昧平生，何以及此。」青衣曰：「君雖非醫，然久慕君精於其理，必欲敦屈，幸勿辭焉。」時日已下舂矣，強行之，且云不數武而近，行

〔註105〕葉紹袁：《天寥年譜別記》，第897頁。
〔註106〕李昉等：《太平廣記》卷三一七，中華書局，1961年版，第八冊，2510頁。
〔註107〕葉紹袁：《天寥年譜別記》，第885頁。
〔註108〕葉紹袁：《葉天寥年譜自撰》，第842頁。

－154－

則果不遠也。至一高閣巨闕，旋入中堂，虛無人焉。回顧二青衣者，更不復隨後矣。章甚疑，俄有雙鬟出，云：「先生待茶，我家娘子有小恙，但今已晚，留宿至曉，求入一診耳。」章曰：「我有事，必弗可留。」然日已向暝，不得已止焉。雙鬟爲舉燈，備酒肴，治床幬，將命出入，止此一女子，餘無人。章益疑，步中庭，月色黯淡如午夜之初，稍稍就枕，聞野雞聲甚喜，急往叩門，則石扉也。雙鬟曰：「先生何太匆匆，不驚我娘子寢耶？」章曰：「我未與家人語而來，今心搖搖如旌懸，急欲歸耳，幸賜櫛沐之具。」雙鬟應而起，捧銅匜盛湯並梳奩來，章視之，皆貴重華燦，袖其微著者一柄出，欲以驗，門猶自未開，則啟楗急行，昨日青衣又復相踵迫追呼至矣。章踉蹌奔驅，皆菁葦叢薄，刺足掛衣萬狀，不暇記也。將五六里許，天微明可辨，至湖滸有舟行矣。行舟之人皆駭曰：「此某山麓，素無人往來，子何以至此！」告之故。曰：「離子家已十餘里矣。」因獲附舟歸。歸，出柄視之，則美碧玉也。訪之，云是趙宋時一某王妃葬此。〔註109〕

文首所稱岐伯爲傳說中黃帝時的醫者，西晉皇甫謐《帝王世紀》載：「（黃帝）又使岐伯嘗味百草，典醫療疾，今《經方》、《本草》之書咸出焉。」當是因爲章大士善讀《黃帝內經》等醫書，聲聞於外，所以有陰陽之隔的王妃，也特遣人來相請。所述青衣倏忽而至，十數里之路不數步即達，荒郊野外又忽現高閣巨闕，偌大廳堂中只有一雙鬟前後進出侍奉，種種一切，令章大士疑竇重生，內心甚憂恐。故連忙狼狽逃出，未能與王妃相見診脈，止剩美碧玉，作爲此離奇之行的留念。雖然在故事中王妃吝於一見，但青衣、雙鬟言辭得體，當章大士狼狽逃出時，青衣亦不再強行脅迫，否則，以青衣的速度，如何不能追及？可揣想王妃的通情達理。

四、對女史及其才藝的珍重

葉氏族內，女宗並秀，沈宜修及四個女兒才色兼備，甥女嚴小瓊、子媳顧紜、沈憲英亦清芬卓識。葉紹袁本人對於女子「德、才、色」不吝欣賞〔註110〕，在其史料著作中，多處記錄了女子的事迹與詩文。

〔註109〕葉紹袁：《天寮年譜別記》，第879～880頁。
〔註110〕參陳書錄：《「德才色」主體意識的復蘇與女性群體文學的興盛——明代吳江

　　《詩經・載馳》有「女子善懷，亦各有行」之句，慧心女子究心於詩文，極大損耗了她們的心智與體力，而囿於時代醫療的簡陋，使紅顏薄命往往成讖〔註111〕。葉紹袁常無限痛心地記述身邊早逝的佳人。如當年葉紈紈徂逝，小姑袁小素隨母往哭，「時年十三，頎長之質，髮已垂肩矣，姿容端好，舉止舒詳」，「迨年十八亦死，紅顏薄命，往往而然，造化亦復何意，恒有如此摧折」〔註112〕。沈宜修的季妹沈智瑤，「娟秀妍麗，好工詩詞」，沈宜修在《五君詠》中贊曰：「珠暉映日流，玉彩迎花度。」可想其風格。但「畫眉人貌陋而性更悍劣，素不喜學，日以賭為業，無立錐矣。少君怨甚，忽於今四月中自沉於水而死，時年三十餘耳。傷哉！」姪女沈憲英寫詞「寶柱哀弦，曲終人杳，晚江清淺。奈芳菲極目，雲霞未賞，都倩靈妃遊伴」哀之〔註113〕。關於沈智瑤的故事及旁人所悼詩文，都被葉紹袁記錄於《年譜別記》之中。

　　對於歷史上的慧心女子，葉紹袁亦懷珍重的心願予以記錄。《湖隱外史》「冢墓」條，特記錄女史蓮侶的葬所，並錄有葉紹袁所題的壙銘，云：「若生也奚促，憯奄忽其銷亡；若死也奚遽，偕湖水其淼茫。猗飄姚其履纖兮，婉柔曼而清揚；映桃花之夭夭灼兮，攀楊柳以徜徉。沼有荷花兮隰有棠，汝永安之兮慎勿傷。」〔註114〕寥寥數語，蓮侶婉曼清揚的風姿映刻在讀者的腦海中，所謂「慕美人兮天一方」，即可謂此。

　　對於當代女子的奇人異事，葉紹袁亦有記錄：

> 邑中桂生者，貧而無子，止一女甚美，為男子裝，不使人知為女也。詩詞古文俱工，學制舉義，應芘支試，兩次不得曳子衿，年已二十，不能不返初服矣。然尚未有人知，惟中丞楊述中與勿所先生知之。楊將為茂陵之聘，而太僕先焉，以故楊甚恨，流言中傷先生，遂有嚴旨招逮，幸即雪矣。先生已歿十餘年，今桂娘尚在，白香山燕子樓詩堪為悲啼。〔註115〕

自花木蘭的故事流傳以來，女子易服的故事便家喻戶曉。在目為近代女性敘事文學高峰的彈詞中，女性作家將傳世的願望、脫離閨閣的期盼化為筆尖眾

　　　　葉氏家族女性文學研究》，《南京師範大學學報》2001 年 5 期。
〔註111〕參第三章第一節第一、三分節。
〔註112〕葉紹袁：《天寥年譜別記》，第 888 頁。
〔註113〕葉紹袁：《天寥年譜別記》，第 902 頁。
〔註114〕葉紹袁：《湖隱外史》，第 1079 頁。
〔註115〕葉紹袁：《天寥年譜別記》，第 892 頁。

多女扮男裝的人物形象，如陳端生《再生緣》中的女狀元孟麗君，等等，不一而足。與之相比，這位桂娘沒有用虛幻的故事自我麻痹，而是親歷實踐，膽量有加。當桂娘返初服後，兩位官員爭聘之，不惜為此相互中傷，亦反映了當時士大夫對奇女子的敬重與欣賞。

　　沈宜修生前曾輯成《伊人思》，搜羅同代女子的詩文詞作，一方面「所謂伊人，在水一方」，表追慕之意；另一方面，作為同好，「相彼鳥矣，求其友聲」（《伊人思序》），述知音者的欣賞，是為「對女性才名的珍重推介與記憶」〔註116〕。葉紹袁亦將所見搜入書中，以示紀念。如葉紹袁友人顏開美的兩個女兒，一名芳佩，一名宛思，芳佩《病中作》云：「女子無文可送窮，愁心脈脈許誰同。殘燈明滅黃昏後，一枕支離白日中。自顧傷禽難振羽，那看病樹又臨風。朝來強起憑欄在，花影依依霧氣濛」。宛思次姊韻云，「深閨寂寂意難窮，繡罷傷心每自同。再讀高堂懷病句，倍添兒女坐愁中。為憐雁隊依宵夢，轉傍臺怯曉風。消瘦枕痕緣底事，不情不緒更濛濛」〔註117〕。二詩作可謂善描女子處貧病中的各種情狀，貧病詩乃葉氏家族的創作母題，葉紹袁錄時當更存相惜之情。芳佩有詩集《繡閣草》，葉紹袁鈔有一本，可惜在兵火中散佚。

　　此外，葉紹袁在著作中，多處記錄了風景之美。如天啓五年，他與葉紹顒在京城同遊高梁橋，「綠楊垂蔭，黃鶯亂飛，細草茸茸，流泉潺潺，江南暮春景色，忽然入覽，心神開越。日來馬足衣塵，幾忘之矣。買酒登樓，坐客高歌引酌，暮雲起而斜月西。清遊絲靜，而山煙送晚，然後旋歸，宮鴉已啼矣。真不負帝城一樂也」。二人在回鄉的路上，更是「或過都歷邑，攬名山大川之勝；或停橈泊楫，訪餘風故迹之遺，忘其為津梁之疲，江河之險也」〔註118〕，對風景的喜好一覽無餘。

第四節　《啓禎紀聞錄》辨析

　　署名葉紹袁的《啓禎紀聞錄》，作為一部記述明末清初蘇州一帶時事、風俗的著作。自民國面世以來，便以其獨特的史料價值備獲世人青睞。但學者

〔註116〕曹虹師撰，大平幸代譯：《明代における女性古文家の登場》，見松村昂編《明人とその文學》，東京汲古書院，2009年版。
〔註117〕葉紹袁：《甲行日注》，第992頁。
〔註118〕葉紹袁：《葉天寥自撰年譜》，第837頁。

就葉紹袁作者身份的辯論也伴隨始終。本節即以《啓禎紀聞錄》的內容爲基礎，借助前輩學者的研究成果，參照葉紹袁史料著作的寫作特色，對此再作考辨。

一、《痛史》本《啓禎紀聞錄》概況

《啓禎紀聞錄》共有八卷，署名葉紹袁，首見於樂天居士所輯之《痛史》叢書。樂天居士乃民國學者孫毓修之別號〔註119〕，曾拜目錄學大家繆荃孫爲師，亦好藏書，在商務印書館涵芬樓多年從事善本古籍的搜集和鑒定工作。

《痛史》宣統辛亥年（1911）由商務印書館首發，作者自述曾依託前賢之所著，「尋溫睿臨（本寫明，疑誤）逸史之所引，與楊鳳苞秋室之所記。綜其目錄，奚翅數百」。溫睿臨，字鄰翼，浙江烏程人，與史學家萬斯同相善，曾裒聚野史《綏寇紀略》等四十餘種爲《南疆逸史》，有論者認爲：「上絜《蜀志》，差得比肩。」「信三帝、魯王，皆爲紀略，列傳凡二十四。」至此「南都、閩、浙遺事詳矣。」〔註120〕楊鳳苞，號秋室，清乾隆、嘉慶間人，熟明末史事，曾欲修明史，未果而卒。楊爲《南疆逸史》作有跋語，先是，溫睿臨在凡例中，曾將書中徵引書目簡單羅列，楊在此基礎上，更廣爲搜羅：「考其例中臚引書目四十餘種，亦稱該備。第以予所知，三藩之野史出乎是編采擇之外尚多。其兼紀三藩事者，則有吳蕃昌《三朝大事紀》、沈東生《三朝宰輔年表》、《大臣年表》、《封爵年表》、韓昌箕《秋室集》（箕作基）、《日昃月虧錄》、潘居貞《鞠旃小史》」〔註121〕。將《逸史》中所徵引書目詳細列出，爲後人提供了按圖索驥的便利。儘管有賢人導夫先路，但史料因「禁網久錮，散逸太半」，孫毓修「向收藏之家，冥心搜訪，得若干種」。《痛史》發印之先，《小說月報》接連在該年第九、十、十一、十二期上刊有廣告，云：「各書皆從私家鈔本錄出，詳記明末清初遺聞軼事，從前並無印本，洵爲三百年來惟一之秘書，現特精校付印以餉海內。」〔註122〕介紹《啓禎紀聞錄》爲「吳人風俗上事實上一切情形，及國變後官吏之橫暴兵士

〔註119〕杜信孚、蔡鴻源：《著者別號書錄考》，江蘇古籍出版社，1985 年版，第 32 頁。

〔註120〕章太炎：《南疆逸史》序，《章太炎全集》，上海人民出版社，1985 年版，第四冊，第 202 頁。

〔註121〕楊鳳苞：《南疆逸史》跋，《南疆逸史》，中華書局，1959 年版，第 456～457 頁。

〔註122〕《小說月報》，1911 年第 9、10、11、12 期。

之騷擾，逐日登記」。此即冠名爲葉紹袁的《啓禎紀聞錄》，首次現於世人視野。

余浩所編《明清史料叢刊八種》〔註123〕，影印《痛史》叢書，可睹當年該本《啓禎紀聞錄》的全貌。是書共八卷，講述天啓朝辛酉至順治癸巳，蘇州時事與風俗。卷四附錄有《國難睹記》、《史閣部、黃虎山殉國紀略》、《播遷日記》三書，卷七中摻有《芸窗雜錄》的部分內容。

二、《啓禎紀聞錄》本名《埜語秘彙》

《痛史》編者孫毓修雖精於目錄，但對《啓禎紀聞錄》的版本、來源並無隻字介紹。事實上，《啓禎紀聞錄》並非經由《痛史》陡然現於世間，該書本名《埜語秘彙》，有八卷傳鈔本，不著撰人姓名。民國藏書家傅增湘曾見過此書：

> 是書（《埜語秘彙》）凡八卷，起明天啓元年，訖於清順治十年。所記皆鼎革遺聞，吳中瑣事，以年月次第綠之。卷一至四題《啓禎紀聞錄》，附以《國難睹記》、《史閣部、黃虎山殉國記略》、《播遷日記》。卷五以後起順治元年，則但以干支紀之。書前後無序跋，不著撰人姓名。〔註124〕

從內容可一望而知兩書關係，故傅增湘在看到《痛史》本《啓禎紀聞錄》後即言：

> 是書流傳頗罕，前人著錄咸未之及，惟龐樹栢《龍禪室摭談》言曾見其書於友人家。逮至辛亥革命以後，申江書肆刊行《痛史》，其中有《啓禎紀聞錄》一書，檢其文字與此書悉同，惟前冠以葉紹袁序，謂即葉氏所撰。〔註125〕

從上，可知該書一直以《埜語秘彙》爲名，流傳頗罕。《痛史》將其改爲《啓禎紀聞錄》，並冠之以葉紹袁名，逐更鮮有人知道此書的源流。《埜語秘彙》另有一個版本：「不分卷。舊寫本。前二冊記啓禎朝野雜事，故題曰《啓禎紀聞錄》，三冊以後則敘順治二年以後事。」〔註126〕該版本是傅增湘在其老師李

〔註123〕余浩編：《明清史料叢書八種》，北京圖書館出版社，2005年版。
〔註124〕傅增湘：《藏園群書經眼錄》卷四史部二，中華書局1983年版，第二冊，第315頁。按：國家圖書館現存清鈔本八卷，不撰姓名，似爲傅增湘所睹版本。
〔註125〕傅增湘：《藏園群書題記》，上海古籍出版社，1989年版，第170～171頁。
〔註126〕傅增湘：《藏園群書經眼錄》卷四史部二，中華書局1983年版，第二冊，第

文田處看到，李文田爲晚清人，以博學素重一時，清史稿稱其「學識淹通，述作有體」〔註127〕。

三、《啓禎紀聞錄》的眞實作者

自《痛史》本《啓禎紀聞錄》面世以來，是否爲葉紹袁所撰，在當時就有爭議。南社成員柳亞子首發詰難，認爲是書爲吳郡不知撰人所著，託名於葉紹袁：

> 《痛史》本妄以天寥道人《年譜自序》列於《啓禎紀聞錄》之首，一若《紀聞錄》爲葉氏所撰者，今取此書（《甲行日注》）事實與《紀聞錄》對校，則眞僞立辨矣。。

並認爲：

> 《痛史》編輯者孫毓修辨《鹿樵紀聞》非吳偉業所撰，而不能知此書之僞託葉氏，可謂千慮一失。〔註128〕

柳亞子的理由有二：第一，《啓禎紀聞錄》之序言與葉紹袁《年譜自序》相同，故有篡妄之嫌；第二，《甲行日注》乃葉紹袁晚年眞實手筆，記載年份與《啓禎紀聞錄》相重疊，但兩書內容相比較，差之千里，不過柳亞子對於兩書如何差之千里，並沒有詳述。

當代學者鄧長風接續此思路，從《啓禎紀聞錄》內容著手，詳細比較葉紹袁的自撰年譜系列及《甲行日注》。認爲有幾處可疑：其一，甲申年後，葉紹袁隱遁山林，《紀聞錄》記述了許多市井之事，非山林之士目力可及；其二，書中沒有任何地方顯現出與葉家相關之記述；其三，書中出現了清朝的年號，非遺民行爲；其四，書中所記，與其他著作相比，雖然不是截然相反，但相互牴牾。比如，《啓禎紀聞錄》卷二記辛巳（1641）二月，「向聞松陵有垂虹橋之勝，余未履其地。辛巳二月既望，友人拉余同往。謁吳江葉令，乃由太湖啓渡」。而《年譜續纂》中載「十四年辛巳，五十三歲，正月，世信期喪告除，哀愴幾絕。二月十五日，舉同善會」。鄧長風認爲：「一個沉浸在悲痛之中的老人，怎麼可能前一天剛爲已逝的愛子舉辦了同善會，第二天馬上去遊山玩水；且以一個老資格的進士（天啓乙丑即 1625 年），行前居然還去拜見

315 頁。按：從各大圖書館目錄所存看，已不能找到該版本的《楚語祕彙》。
〔註127〕趙爾巽等：《清史稿》卷四四一《李文田傳》，中華書局，2000 年版。
〔註128〕轉引謝國楨：《增訂晚明史籍考》，上海古籍出版社，1981 年版，第 125 頁。

－160－

小小的縣令呢」〔註129〕？據此，鄧長風判斷《啓禎紀聞錄》非葉紹袁所作。

誠然，《啓禎紀聞錄》確非葉紹袁所作。但是八卷本中，卷四附有《國難睹記》、《史閣部、黃虎山殉國紀略》、《播遷日記》，內容龐雜，非一人一時之作，還需一一釐清。

除卻附錄的三書，《啓禎紀聞錄》記述從天啓元年（1621）到順治十年（1653），講述以蘇州爲中心的時事與風俗，順治朝後，按地支方式紀年，爲一人手筆。根據李文田考證，該書的此部分作者「姓吳，蘇州秀才，以訓蒙爲業」。王頌蔚贊同李文田的考證，稱其良是也，且云：「觀卷中齊門西雁地形頗低云云，則作者之里居略可考見。又嘗館王洗馬巷顧氏、白鶴觀張氏，蓋以筆耕爲業者也。」〔註130〕筆者對於此論不能有新解。

《國難睹記》言北京甲申之事，末題「甲申仲夏草莽東海波臣記」，此外再無訊息。王欣夫在《國難睹記題跋》中論：

> 題「草莽東海波臣瀝血謹記」，鈔本。作者稱草莽，稱瀝血，自爲明臣。當易代之際，有所顧忌，故不署眞姓名也。李自成軍破京師，一時朝野蒼黃，咸出目睹。雖簡略，自是翔實可信。尤以所謂受僞命諸臣名單云：「親見黏貼欽授職街中門，其屬風影者不敢列」。與得諸傳聞者不同。後附吳三桂致聖祖玄燁書，蕭穆《敬孚類稿》卷九有記，謂確爲三桂當日所上原本，非他人所能僞託，又謂其中有可疑者三事，不甚可解，只可存疑，未敢懸揣爲定。先後兩說矛盾，若以事實爲證，三桂不應有此諸誤，似以後說爲長。鈔者青雪生有兩跋，知與侯峒曾、黃淳耀同爲嘉定人。〔註131〕

王欣夫認爲作者有所顧忌，故不願署眞姓名，自爲明朝臣子。又根據鈔者的跋語，可知作者爲嘉定人。

李文田對《國難睹記》的作者也有考證，認爲：「此書名見錢軹《甲申傳信錄》序中，其人乃薊州一秀才也」。〔註132〕翻閱《甲申傳信錄》序，載：「丙戌冬，客從江南攜甲申事來，所載《國變錄》、《甲申記變》、《國難記》、《聞見紀略》、《國難睹記》、《變記確傳》、《燕都日記》、《陳濟生再生錄》、《孤臣

〔註129〕參鄧長風：《關於葉紹袁家世資料的幾點補正》，《文獻》1993年3期。
〔註130〕傅增湘：《藏園群書經眼錄》卷四史部二，第315頁。
〔註131〕王欣夫：《蛾術軒篋存善本書錄》（上冊），上海古籍出版社，2002年版，第493頁。
〔註132〕傅增湘：《藏園群書經眼錄》卷四史部二，第315頁。

紀哭》、《陳方策揭》，凡十餘家，猥繁不倫，異端叢出，一時簡策無所折中。」
〔註133〕明明所言客從江南攜書來，但李文田卻定為北方薊州的秀才，不知由
何而推？

事實上，《國難睹記》曾被《明季北略》採錄。對《明季南北略》素有研
究的張釜，在羅列《南北略》資料來源時稱：「《國難記》，見《北略》卷二十
二《楊士聰》篇，徐凝生撰。」〔註134〕《國難記》是否為《國難睹記》呢？
張釜自言《南北略》的資料中有「不少簡化書名」，故他認為「《睹記》，見《北
略》卷二十二《楊廷鑒》篇，疑即草莽東海臣撰《國難睹記》。」〔註135〕翻閱
《北略》卷二十二《楊士聰》篇，有「徐凝生《國難記》云：『親見門黏欽授
官銜』，或開刑辱」。〔註136〕對參王欣夫所撰《國難睹記題跋》，可知二書的內
容一樣〔註137〕。由是，《國難記》是為《國難睹記》的簡稱，而作者正是徐凝
生。不過因為只是孤證，有關徐凝生的生平等，均無記錄。

《播遷日記》講述南京乙酉之變，末有《播遷日記題跋》，署名為「乙酉
季夏固密齋主人漫記」。固密齋主人的真實名字為朱英，楊鳳苞在《南疆逸史
跋》云：「按朱英《播遷日記》一卷，記南都破城事。」據《明清江蘇文人年
表》記載，「朱英，字寄林，雲間人。有《醉揚州》、《鬧烏江》、《播遷日記》。」
〔註138〕而且，他也是《南詞新譜》的參閱人之一〔註139〕。

《史閣部、黃虎山殉國記略》講述明末名將史可法、黃得功殉難的事迹，
具體作者不詳。該書夾在《國難睹記》與《播遷日記》之間，因為《播遷日
記》末題有「以上所紀，皆固密齋主人在南都目睹而筆記之者」，故有可能兩
書的作者為同一人朱英。

至此，我們可知，《啟禎紀聞錄》非葉紹袁之作。孫毓修為目錄版本學
家，雅好藏書，不存在刻意託偽的意圖，那麼，當是此書被訪到時，即已冠
葉紹袁之名。而以編撰者的廣博目力，又為何沒有留心作者的真偽？「今並

〔註133〕錢軹：《甲申傳信錄》序言，《臺灣文獻史料叢刊》本。
〔註134〕張釜：《計六奇與〈明季南北略〉》，《明季北略》附錄，中華書局，1984年版，
　　　　第739頁。
〔註135〕張釜：《計六奇與〈明季南北略〉》，第742頁。
〔註136〕計六奇：《明季北略》，第603頁。
〔註137〕按，此段記錄見《啟禎紀聞錄》，《明清史料叢書八種》，北京圖書館出版社，
　　　　2005年版，第七冊，第441頁。
〔註138〕張慧劍：《明清江蘇文人年表》，上海古籍出版社，2008年版，第636頁。
〔註139〕張慧劍：《明清江蘇文人年表》，第621頁。

刊行，俾不泯沒」，也許孫以保存文史資料爲務，尙無暇考量作者之眞僞。

四、《啓禎紀聞錄》緣何託名葉紹袁

《啓禎紀聞錄》託名於葉紹袁，逃過了編者銳利的眼睛而不予細究，眾研究者在引用才材料時，亦多冠之以葉名，暗示此書出自葉紹袁之手，不是眞實，卻符合大眾的閱讀期待。緣何？以下幾點或許可以解釋。

首先，是書除卻附錄的三書外，主要內容敘述了天啓元年（1621）至順治十年（1653），發生在蘇州城及吳江一帶的風土人情，與葉紹袁生活的時空基本吻合。

其次，是書的關注點，與葉紹袁以往的史料論著頗爲吻合。對參之，如下：

> 《啓禎紀聞錄》採錄了許多奇人奇事。如記錄某位友人，「往太湖之濱弔喪，乘暇步於水旁，少年嬉戲，墜一銀簪於水，以爲必無復之理。三年後，復有他事，諸人復閒步湖濱，時值水涸，忽於沙礫中，得其故遺釵，不亦異哉？可見得失定數，有出於意外者，細事且然，則事事皆然」〔註140〕。遺釵三年之後失而復得，確實頗爲奇幻，得出得失定數事事皆然，也頗像葉紹袁的口吻〔註141〕。另記述，「玉峰古刹薦嚴寺，俗名東寺。而學院則在寺之東，址相接也，庚辰十一月中歲試，初五日爲第一場，四鼓時，待試者眾集寺中，或坐臥佛前，或蹲踞供桌，時大熊殿有觀音像三尊，其在東偏者佛龕忽大震動，殿屋作颯拉聲，眾駭愕奔避，一時共述其異，或亦大士顯應，以驚頑慢云」〔註142〕。眾考試者在古刹中或臥或蹲，行爲不敬，頭上三尺有神靈，大殿震動，可視爲警誡。

書中亦顯示了對女史及其才藝的珍重。如稱讚柳如是：「庶幾女流之俠，又不當以閨閣細謹律之。」〔註143〕又如，書中詳細記錄一位深陷囹圄的吳地女子的供詞，供詞如下：

> 賤妾幼育名閨，長嫻書史，重重書院，靜鎖春心十數年。寂寂

〔註140〕葉紹袁：《啓禎紀聞錄》，《明清史料叢書八種》，北京圖書館出版社，2005年版，第七冊，第441頁。
〔註141〕參第四章第一、二節。
〔註142〕葉紹袁：《啓禎紀聞錄》，第442頁。
〔註143〕葉紹袁：《啓禎紀聞錄》，第548頁。

芳蹤，學賦悲秋黌百首。敢誇林下之風，豈遜閨中之秀。禍因踏青
南陌，惹來蝶浪蜂狂。隨喜東禪，遇著鶯儔燕侶，有太倉王生者，
才同子建，貌似何郎，囗囗（疑是琴心）既挑，傳得伊心寄流水。
投梭未足，漫勞予佩付江臯。託得侍婢以通辭，囗倩女郎而申約。
兩聯詩囗，竟成紅葉之媒。一首新言，遂作銅鞮之好。繫遊絲於蕭
寺，再易春秋。綰錦帶於西廂，兩往寒暑。猶恐歡娛不久，離別有
時。是以王生泛范蠡之舟，賤妾踵西施之迹。將謂五湖浩渺，雲雨
常行。誰知七島漂流，風波頓作。楊介人造成囗劍腹刀。王子彥織
就羅鉗吉網。白面書生，誣作勛鬐海國。紅顏女子，謬爲吒利劫章
臺。命之不猶，夫復何恨？願效重瞳之配，伏劍君前。甘同季倫之
姬，捐軀樓下。幸遇神爺秉燃犀之照，水怪潛形。奮焚樹之霆，山
精破膽。楊賊已伏囗辜，王生宜成其美。憶昔淡妝卓氏，服縞素而
就相如，王孫弗較。紅拂囗囗，著紫衣而歸李靖，楊相不追，古有
其事，今亦宜然。伏乞神爺將奴斷配王生，庶使潘安無恙，還誇擲
果之車。賈女多情，永遂偷香之願。拯癡迷於海苦，勝造七級浮屠。
消曠怨於人間，奚藉五氤姻牘。了此一段奇緣，完卻三生宿業。罪
甘萬死，恩戴山天。瀝血披誠，所供是實。〔註144〕

供詞文筆優雅，四六成文，多處用典。文中首先敘述自己長於名閨，嫻於書
史，學詩賦詞，有林下風氣。《世說新語・賢媛》載：「謝遏絕重其姊，張玄
常稱其妹，欲以敵之。有濟尼者，並遊張、謝二家，人問其優劣，答曰：王
夫人神情散朗，故有林下風氣；顧家婦清心玉映，自是閨房之秀。」使二人
高下立判，吳女自比於此，自矜之意隱然而出。次敘王生，他才同子建，貌
似何郎，二人因踏青南陌，芳心暗許。往昔，司馬相如通過彈琴表達對卓文
君的愛慕之情，是謂之琴挑，上演才子佳人的浪漫故事，而吳女與王生亦如
是。接著，吳女敘述惡人如何作梗，使二人蒙冤，幸得縣令明察秋毫，逃離
囹圄。最後，懇請縣令賜婚於王生，她追述卓文君夜奔相如，紅拂女私歸李
靖。卓王孫、楊素俱成其美，是爲佳話，此舉勝造七級浮屠，自己亦將結環
報恩，感佩在心。供詞文筆甚好。但是，與李陵當年致信蘇武一樣，文采飛
揚，實爲僞作，故作者在文末，也提出疑問：「此未知果出於吳女之手與否？」

書中亦體現了作者對形勝之美的嚮往。記錄崇禎十六年，遊玩蘇州城內

〔註144〕葉紹袁：《啓禎紀聞錄》，第568～569頁。

的天平山，「山復俊秀，上有萬笏林，群石挺立，亦名勝也」，後有官宦卜築於此，「搜剔巖藪，疏鑿池沼，建亭榭堂廡，植佳樹美竹，大費經營位置，遂為茲山增色，春秋花月，遊人之盛如蟻」〔註145〕。又如，記錄崑山城內的馬鞍山，「石質最巧秀，然佳處尤在西偏。且孤聳乏水，至其東偏。惟丘隆荊榛，未？山之妙也」，亦有「亭榭齋閣，位置得宜。遂有澗以儲水，淵然澄碧。頓成名勝，天巧實藉人工以呈」〔註146〕，字裏行間中，可以感受出作者的心旌飛揚。

再次，儘管書中偶有順治年號出現，亦有諸如「拜見貝勒爺」等行為，但遺民語境仍清晰可見。如葉紹袁的密友楊廷樞，述其「幼讀聖賢之書，長懷忠孝之志，立身行己，事不愧乎古人」〔註147〕。如批判魏忠賢，「天子幼弱，權鐺魏忠賢大作威福，諸縉紳凡有隙者，非矯旨提解，則削奪斥逐，仕途人人自危，其寡廉鮮恥者，皆拜子認孫，勢焰傾動一時」，實「劉瑾之後，又一大厄會也」〔註148〕。更為珍貴的是，該書記錄了崇禎朝太子詔告天下的文書〔註149〕，書首敘亡國之痛：「泣予先皇帝丕承大器，克劍前猷。凡諸臣庶，同甘共苦，播著中外，罔不宜知。胡天不祐，慘罹奇禍。凡有血氣，烈皆痛心。泣予小子，分宜殉國。思以君父大仇，不共戴天。皇祖基業，血汗非易。忍恥奔避，圖雪國冤。」〔註150〕次說福王荒淫誤國，最後號召世人戮力同心，抗擊福王。文書中的故國之思，深沉真摯，最令人動容。而且該書的紀年方式與葉紹袁頗合。葉紹袁在甲申之後的寫作，其紀年方式均用天干地支予以記錄，蘊春秋筆法於其中。如1647年正月初一，葉紹袁在《甲行日注》如是記錄：「丁亥正月初一日癸卯，元旦即立春也。」有位不知名者慧眼識之，旁注小字：「順治三年十二月除夕立春，魯監國二年元旦立春，先生用監國曆，不用大清曆也。」〔註151〕

最後，葉紹袁確實有史學意識。有眾多記實之作，除卻現存的史料著作外，散佚的作品亦有《讀史碎金》、《風塵紀事》等，故而寫作《啟禎紀聞錄》

〔註145〕葉紹袁：《啟禎紀聞錄》，第456頁。
〔註146〕葉紹袁：《啟禎紀聞錄》，第442頁。
〔註147〕葉紹袁：《啟禎紀聞錄》，第550頁。
〔註148〕葉紹袁：《啟禎紀聞錄》，第411頁。
〔註149〕按：崇禎帝的長子朱慈烺，因所留資料稀少，世人知之甚少，此文書是否真偽，有待查考。
〔註150〕葉紹袁：《啟禎紀聞錄》，第488～489頁。
〔註151〕葉紹袁：《甲行日注》，第975頁。

在眾人臆想之中。

　　綜上所述，託名或誤讀於葉紹袁，在眾人的閱讀視野中，順理成章。而葉紹袁本人在民國時期的地位與影響〔註152〕，亦爲本書增色不少。事實證明，得益於歷史情境的相似等諸多因素，上海商務印書館推出的《痛史》，爲清末民初晚明稗史出版熱潮的集大成者。該叢書於辛亥年（1911）10 月初版，民國六年（1917）8 月就已爲三版，頗受世人關注。《啓禎紀聞錄》所記載的那段風雨飄搖的歷史，也隨之廣泛流傳。

〔註152〕民國時南社對葉紹袁不吝推崇，柳亞子對此位鄉賢溢美有加，葉氏後裔葉楚傖也以葉紹袁抗清爲藍本，作章回小說《古戍寒笳記》，在當時甚有影響。

參考文獻

一、古籍之屬

1　《詩經注析》，程俊英、蔣見元著，中華書局 1991 年版。

2　《禮記集解》，孫希旦著，中華書局 1989 年版。

3　《春秋左傳注》，左丘明撰，楊伯峻注，中華書局 1990 年版。

4　《漢書》，班固撰、顏師古注，中華書局 1962 年版。

5　《後漢書》，范曄撰、李賢等注，中華書局 1965 年版。

6　《明史》，張廷玉等撰，中華書局 1991 年版。

7　《清史稿》，趙爾巽等撰，中華書局 2000 年版。

8　《明季北略》，計六奇撰，中華書局 1984 年版。

9　《明季南略》，計六奇撰，中華書局 1984 年版。

10　《南疆逸史》，溫睿臨著，中華書局 1959 年版。

11　《臺灣文獻史料叢刊》，大通書局 1987 年版。

12　《明清史料叢書八種》，於浩編，北京圖書館出版社 2005 年版。

13　《明清江蘇文人年表》，張慧劍編著，上海古籍出版社 1986 年版。

14　《列朝詩集小傳》，錢謙益，上海古籍出版社 1983 年版。

15　《清代閨閣詩人徵略》，施淑儀輯，上海書店 1987 年版。

16　《分湖葉氏族譜》（不分卷），葉世熊纂修、葉振宗增補，南社抄本，上海圖書館藏。

17　《續修吳中葉氏族譜》（十卷），葉長馥等輯，明萬曆原刊清康熙中修補印本，上海圖書館藏。

18　《吳中葉氏族譜》（六十六卷末一卷），葉德輝、葉慶元纂修，清宣統三

年活字本，南圖藏。

19 《吳江沈氏傳略》，沈永肴等輯清刻本，上海圖書館藏。

20 《乾隆吳江縣志》，沈彤、倪師孟纂，丁元正、陳莫纓續修；《光緒吳江縣續志》，金福曾等修、熊其英等纂，見《中國地方志集成·江蘇府縣志輯》19、20 冊，上海古籍出版社、上海書店、巴蜀書社 1991 年版。

21 《吳江志》，莫旦纂，明弘治元年刊本，見《中國方志叢書》第 446 冊（一、二），臺灣成文出版社 1966 至 1970、1947 至 1976、1983 至 1985 版。

22 《分湖志》，沈剛中纂、陸耀訂，上海圖書館藏。

23 《欽定四庫全書總目》（整理本），紀昀等總纂，中華書局 1997 年版。

24 《書目答問補正》，張之洞撰、范希曾補正，上海古籍出版社 1983 年版。

25 《歷代婦女著作考》，胡文楷編著，張宏生等增訂，上海古籍出版社 2008 年版。

26 《清人文集別錄》，張舜徽著，中華書局 1963 年版。

27 《清人詩文集總目提要》，柯愈春著，北京古籍出版社 2001 年版。

28 《文史通義校注》，章學誠著，葉瑛校注，中華書局 1985 年版。

29 《高僧傳》，惠皎著，《大正藏》第五十卷。

30 《續高僧傳》，道宣著，《大正藏》第五十卷。

31 《世說新語箋疏》，劉義慶著，余嘉錫箋疏，中華書局 1983 年版。

32 《顏氏家訓集解》，顏之推著，王利器集解，中華書局 1993 年版。

33 《長物志校注》，文震亨著，陳植校注，江蘇科學技術出版社 1984 年版。

34 《日知錄》，顧炎武著，嶽麓書社 1994 年版。

35 《清稗類鈔》（文學類），徐珂編撰，中華書局 1984 年版。

36 《般若波羅多蜜多心經》，《大正藏》第八卷，新文豐出版有限公司 1973 年版。

37 《金剛般若波羅蜜經》，《大正藏》第八卷。

38 《弘明集》，僧祐著，《大正藏》第五十二卷。

39 《廣弘明集》，道宣著，《大正藏》第五十二卷。

40 《楚辭補注》，洪興祖撰，白化文等點校，中華書局 1983 年版。

41 《陶淵明集箋注》，陶淵明著，袁行霈箋注，中華書局 2003 年版。

42 《陳忠裕全集》，陳子龍著，嘉慶八年刊本。

43 《黃宗羲全集》，黃宗羲著，浙江古籍出版社 1985～1986 年版。

44 《顧亭林詩文集》，顧炎武著，中華書局 1983 年版。

45 《巢民文集》，冒襄著，如皋冒氏叢書。

46 《祁彪佳集》，祁彪佳著，中華書局 1960 年版。

47 《寓山注》，祁彪佳著，清光緒元年山陰安越堂平氏刻本。

48 《歸莊集》，歸莊著，上海古籍出版社 1984 年版。

49 《金聖歎全集》，金聖歎著、陸林輯校整理，鳳凰出版社 2008 年版。

50 《袁枚全集》，袁枚著、王英志校點，江蘇古籍出版社 1993 年版。

51 《袁中郎全集》，袁宏道著，中國國家圖書館出版部，1935 年版。

52 《潛研堂文集》，錢大昕著，《四部叢刊初編》本。

53 《古歡室集》，曾懿著，光緒三十三年（1907）刻本。

54 《已畦集》，葉燮著，《四庫全書存目》集部 244 冊，齊魯書社 1997 版。

55 《江南星野辨》，葉燮著，《四庫全書存目》史部 249 冊。

56 《已畦瑣語》，葉燮著，《叢書集成續編》集部 42 冊，上海書店 1994 年版。

57 《汪文摘謬》，葉燮著，《叢書集成續編》集部 124 冊。

58 《學山詩稿》，葉舒穎著，《叢書集成續編》集部 127 冊。

59 《分甘詩鈔》，葉舒璐著，《叢書集成續編》集部 127 冊。

60 《文選》，蕭統編、李善注，中華書局 1977 年版。

61 《午夢堂集》，葉紹袁原編、冀勤輯校，中華書局 1998 年版。

62 《列朝詩集》，錢謙益輯，三聯書店上海分店 1989 年版。

63 《名媛詩緯初編》，王端淑輯，康熙六年清音堂刻本

64 《歷代名媛文苑簡編》，王秀琴編，商務印書館 1947 年版。

65 《吳江沈氏詩集錄》，沈祖禹、沈彤輯校，清乾隆五年刻本，同治六年刻本。

66 《松陵文獻》，潘檉章輯，清康熙癸酉刻本。

67 《笠澤詞微》，陳去病輯，民國三年百尺樓叢書鉛印本。

68 《文心雕龍注》，劉勰著，范文瀾注，人民文學出版社 1985 年版。

69 《文章辨體序說　文體明辨序說》，吳訥、徐師曾著，於北山等校點，人民文學出版社 1982 年版。

70 《藝概》，劉熙載撰，袁津琥校注，中華書局 2009 年版。

71 《靜志居詩話》，朱彝尊著，人民文學出版社 1990 年版。

72 《原詩　一瓢詩話　說詩晬語》，葉燮等著，人民文學出版社 1979 年版。

73 《梧門詩話合校》，法式善著，張寅彭等編校，鳳凰出版社 2005 年版。

74 《清代閨秀詩話叢刊》，王英志主編，鳳凰出版社 2010 年版。

75 《歷代文話》，王水照編，復旦大學出版社 2007 年版。

76 《民國詩話叢編》，張寅彭主編，世紀出版集團 2002 年版。

77 《越縵堂日記說詩全編》，李慈銘著，張寅彭、周容編校，鳳凰出版社 2010 年版。

二、研究之屬

1. 《南明史略》，謝國楨著，上海人民出版社 1957 年版。

2. 《增訂晚明史籍考》，謝國楨著，上海古籍出版社 1981 年版。

3. 《清史雜考》，王鍾翰著，中華書局 1963 年版。

4. 《明清史論著集刊》，孟森著，中華書局 1959 年版。

5. 《趙儷生史學論著自選集》，趙儷生著，山東大學出版社 1996 年版。

6. 《明遺民錄彙輯》，謝正光、范金民編，南京大學出版社 1995 年版。

7. 《柳如是別傳》，陳寅恪著，上海古籍出版社 1980 年版。

8. 《金明館叢稿初編續編》，陳寅洛著，北京三聯書店 2001 年版。

9. 《知堂書話》，周作人著，中國人民大學出版社 2004 年版。

10. 《諸宮調兩種》，凌景埏、謝伯陽校注，齊魯書社 1988 年版。

11. 《士與中國文化》，余英時著，上海人民出版社 1987 年版。

12. 《明清之際士大夫研究》，趙園著，北京大學出版社 1999 年版。

13. 《明清之際士大夫研究續編》，趙園著，北京大學出版社 2006 年版。

14. 《想像與敘述》，趙園著，人民文學出版社 2009 年版。

15. 《千古文人俠客夢》，陳平原著，北京大學出版社 2010 年版。

16. 《晚明士人心態及文學個案》，周明初著，東方出版社 1997 年版。

17. 《中國紳士的收入》，張仲禮著，費成康、王寅通譯，上海社會科學院出版社 2001 年版。

18. 《中國俸祿制度史》，黃惠賢、陳鋒主編，武漢大學出版社 2005 年版。

19. 《中國古代小說的文體獨立》，董乃斌師著，中國社會科學出版社 1994 年版。

20. 《中國古代文體概論》，諸斌傑著，北京大學出版社 1990 年版。

21. 《中國古代文學批評方法研究》，張伯偉著，中華書局 2002 年版。

22. 《中國古代文體形態研究》，吳承學著，中山大學出版社 2000 年版。

23. 《中國駢文史》，劉麟生著，東方出版社 1996 年。

24. 《中國駢文發展史》，張仁青著，臺灣中華書局 1970 年。

25. 《晚明詩歌研究》，李聖華著，人民文學出版社 2002 年版。

26. 《陽湖文派研究》，曹虹師著，中華書局 1996 年版。

27. 《中國辭賦源流綜論》，曹虹師著，中華書局 2005 年版。

28. 《清代常州駢文研究》，曹虹師等著，江蘇人民出版社 2010 年版。

29. 《賦體文學的文化闡釋》，許結著，中華書局 2005 年版。

30. 《中國賦學歷史與批評》，許結著，江蘇教育出版社 2001 年版。

31. 《明清文學與性別研究》，張宏生編，江蘇古籍出版社 2002 年版。

32. 《中國女性文學史》，譚正璧著，天津百花文藝出版社 1991 年版。

33. 《中國婦女文學史綱》，梁乙真著，上海書店 1990 年版。

34. 《女人話題》，程薔著，上海文藝出版社 1997 年版。

35. 《女性詞史》，鄧紅梅著，山東教育出版社 2000 年版。

36. 《清代女詩人研究》，鍾慧玲著，臺北里仁書局 1989 年。

37. 《中國女性書寫——國際學術研討會論文集》，淡江大學中文系編，臺灣學生書局 1998 年版。

38. 《閨塾師——明末清初江南的才女文化》，（美）高彥頤著，江蘇人民出版社 2005 年版。

39. 《綴珍錄——十八世紀及其前後的中國婦女》，（美）曼素恩著，江蘇人民出版社 2005 年版。

40. EDWARD H.SCHAFER, *The Divine Women,* University of California Press，1973.

41. Dorothy Ko, *Teachers of the inner chambers: women and culture in seventeenth-century China*, University of Stanford Press, 1994.

42. 《疾病的隱喻》，蘇珊桑塔格著，程巍譯，上海譯文出版社 2003 年版。

43. 《明代女性散文研究》，張麗傑著，中國社會科學出版社 2009 年版。

44. 《奩中物：宋代在室女「財產權」之形態與意義》，張曉宇著，江蘇教育出版社 2008 年版。

45. 《明人とその文學》，松村昂編，東京汲古書院，2009 年版。

46. 《流變中的書寫——祁彪佳與寓山園林論述》，曹淑娟著，臺北里仁書局 2006 年版。

47. 《明清蘇南望族文化研究》，江慶柏著，南京師範大學出版社 2000 年版。

48. 《書籍的社會史：中華帝國晚期的書籍與士人文化》，〔美〕周紹明著、何朝暉譯，北京大學出版社 2009 年版。

49. 《文本風景：自我與空間的相互定義》，鄭毓瑜著，臺北麥田出版社 2005 年版。

50. 《鄭子瑜修辭學論文集》鄭子瑜著，臺北書林出版有限公司 1993 年版。

51. 《中國戲曲概論》，吳梅著，上海古籍出版社 2000 年版。

52. 《明雜劇研究》，徐子方著，中華書局，2003 年版。

53. 《葉燮和〈原詩〉》，蔣凡著，上海古籍出版社 1985 年版。

54. 《午夢堂研究文叢》（1～12 輯），吳江市北庫鎮文化站編印 1998 年 5 月～2001 年 10 月。

55. 《明季滇黔佛教考》（外宗教史論著八種），陳垣著，河北教育出版社 2000 年版。

56. 《湯用彤全集》，湯用彤著，河北人民出版社 2000 年版。

57. 《佛教征服中國》，（荷）許理和著，李四龍、裴勇等譯，江蘇人民出版社 2005 年版。

58. 《中國古代的夢書》，劉文英編，中華書局 1990 年版。

59. 《夢的迷信與夢的探索》，劉文英著，中國社會科學出版社 1989 年版。

三、論文之屬

1. 《葉燮行年考略》，蔣寅著，北京大學國學研究院中國傳統文化研究中心《國學研究》第十卷，北京大學出版社 2002 年版。

2. 《葉氏一家及其〈午夢堂集〉的流傳》，冀勤著，《文獻》1990 年第 3 期。

3. 《關於〈午夢堂集〉）及其佚文》，冀勤著，《文獻》1993 年第 1 期。

4. 《關於葉紹袁家世資料的幾點補正》，鄧長風著，《文獻》1993 年第 3 期。

5. 《明清吳江沈氏文學世家略論》，李真瑜著，《文學遺產》1992 年第 2 期。

6. 《德、才、色主體意識的復蘇與女性群體文學的興盛——葉氏家族女性文學研究》，陳書錄著，《南京師範大學學報》2001 年第 5 期。

7. 《「長明燈作守歲燭」之遺民心譜——葉紹袁〈甲行日注〉》，嚴迪昌著，《西北師範大學學報》2005 年 3 月版。

8. 《〈午夢堂〉集中「泐」大師其人——金聖歎與晚明葉氏交遊考》，陸林著，《西北師範大學學報》2004 年 7 月版。

9. 《詩性的構建與文學想像的達成——論葉小鸞形象生成演變的文學史意義》，杜桂萍著，《文學評論》2008 年第 3 期。

10. 《清代蘇南望族與家族文獻整理》，江慶柏著，《清史研究》1999 年第 2 期。

11. 《好的開始：近世士人子弟的幼年教育》，熊秉真著，《近世家族與政治比較歷史論文集》中央研究院近代史研究所編輯出版，1991 年。

12. 《陶淵明的文學史地位新論》，張伯偉著，香港浸會大學《人文中國學報》，第 15 期。

13. 《十七世紀中國才女的書信世界》，魏愛蓮著，劉裘蒂譯，《中外文學》，

第 22 卷第 6 期，1993 年 11 月。

14. 《明代における女性古文家の登場》，曹虹師著，大平幸代譯，收入松村昂編《明人とその文學》，東京汲古書院，2009 年版。

15. 《曾懿與晚清「疾病的隱喻」》，楊彬彬著，《中國社會科學院研究生院學報》2008 年 02 期。

16. 《1840～1950 年間世家文學傳統衍變研究》，徐雁平著，教育部人文社會科學研究一般項目終期成果。

17. 《明清之際分湖葉氏文學世家研究》，蔡靜平著，復旦大學 2003 年博士論文。

18. 《吳江沈氏文學世家研究》，郝麗霞著，華東師大 2004 年博士論文。

19. 《明末清初吳江葉氏家族的文化生活與文學》，吳碧麗著，南京師範大學 2005 年碩士論文。

20. 《葉燮詩文研究》，張雪著，西北師範大學 2006 年碩士論文。